致青春 059

以你為名的小時光

（下）

東奔西顧　著

高寶書版集團

目錄
CONTENTS

第八章　兩情相悅

喬樂曦愣愣地看著他，這才後知後覺，不過幾天不見，他整個人都瘦了下去。頭頂上的水晶燈折射出耀眼的光，照在他沒有血色的臉上，更顯得整個人蒼白無力，還有眼底那股遮掩不住的頹然。

他只是愣了幾秒鐘，很快喬樂曦就看到一絲懊惱和解脫從他的臉上一閃而過。

江聖卓知道她一定聽到了，他現在抱著將錯就錯的心態，以一副豁出去的樣子和她對視，一雙漆黑如墨般的眸子直直地看著她，像是要把她吸進去一般，喬樂曦忽然不敢看他。

蕭子淵站起來看著兩個人，忽然笑出聲來，明明是郎有情妾有意，怎麼會被兩個人弄成這種局面，真是不佩服都不行。

他笑過之後拍拍江聖卓的肩膀：「我先進去了。」

江聖卓心不在焉地點了下頭，他現在的心思都在對面那個人身上，他清楚地感覺到心裡有一個地方已然塌陷，似乎有東西正在悄悄脫離而去，那種剝離時細細密密連綿不絕的疼痛緊緊纏繞著他、折磨著他。

他的聲音明明在顫抖，卻勉強地扯了扯嘴角，掛上一抹玩世不恭的壞笑：「我嚇到妳了？」

喬樂曦一個字都說不出來，她低頭捂住臉拚命搖著頭，眼淚卻止不住地往下掉。

今天晚上發生了太多事，他們這算什麼？陰錯陽差？天意弄人？

江聖卓看她哭得肩膀一抽一抽的，走近了幾步邊遞面紙給她邊哄著：「別再哭了，等一下妳這個樣子回去，被妳二哥看到，他肯定會打死我啊？我才剛出院身體虛著呢，只有挨打的份。」

喬樂曦接過紙巾胡亂抹了抹眼淚，吸吸鼻子，漸漸收起眼淚，抬頭靜靜地看著他，心裡有很多話想要告訴他，卻不知該如何說起。

江聖卓怎麼都想不到，他會在這種情況下用這種方式讓喬樂曦知道他的心意，他也沒什麼指望了，心一橫一副無賴的樣子：「我就是喜歡妳，行不行，妳給我一個痛快吧！」

喬樂曦聽了卻又開始哭，什麼都說不出來。

江聖卓認識她二十幾年，從來沒見她這麼哭過，只能苦笑著逗她：「不願意也不用哭得這麼傷心啊，我被拒絕了都沒哭呢，妳哭什麼啊？」

他邊說邊往外走，一轉過身臉上的笑容立刻就掛不住了，眼眶慢慢紅起來，卻是一副風輕雲淡的樣子，嘴裡還低聲嘮叨著，不知道是在安慰她還是安慰自己：「不願意就算了唄，從今天開始，我還是妳哥哥，別哭了。」

喬樂曦看他要離開，忽然慌了，猛地抓住他的衣袖，聲音因為哭泣而有些啞：「不是的，我……」

等她斷斷續續地說完，江聖卓也傻眼了。

原來一切都是陰錯陽差，他們竟然錯過了那麼多年。

夜裡起了風，吹在身上帶來絲絲涼意，江聖卓拉著她往前走了幾步，重新回到走廊。

他很不自在地清清嗓子，微瞇的眼裡閃過一絲狡黠，聲音依舊平緩，不敢驚動她：「妳是說，妳喜歡我，很多年了？」

喬樂曦還沉浸在剛才的氣氛裡，垂著腦袋看地毯上的花紋，老老實實地點頭。

江聖卓循序漸進地誘哄：「真的？」

「嗯。」

「什麼是真的？」

「我喜歡你很多年。」

喬樂曦被他帶著說完才覺得不對勁，她一時搞不清楚狀況，抬起頭來看江聖卓。

她哭得頭暈眼花，睜著一雙濕漉漉的大眼睛呆呆傻傻地看著他。

江聖卓立刻眉開眼笑，看她眼睛紅紅的像隻小兔子，抬手捏了捏她的臉，一張俊顏神采飛揚：「妳這算是向我表白嗎？」

此時的江聖卓一臉壞笑，哪裡還有半分剛才深情的樣子？

喬樂曦這才發覺被他誘哄著說了什麼，惱羞成怒紅著臉一巴掌打到他身上，江聖卓順勢抓住她的手放在胸口，把她扯進懷裡摟著，下巴抵在她的頭頂上輕輕摩挲著。

兩人忽然安靜下來，半天沒說話。

這算是江聖卓第一次光明正大地抱她。她乖乖伏在他胸前，溫溫軟軟的，溫熱的呼吸透過襯衫薄薄的布料噴灑在他胸口，熨燙著他的心，這種感覺讓他有一種不真實的美好。

他早已過了容易臉紅心跳的年紀，這些年人前人後，他早已淡然，或許只有懷裡的這個女人能讓他回到那肆意大笑的日子。江聖卓不知道自己現在該是什麼心情，似乎早就認為自己這輩子都不可能擁有的東西，突然間發現原來一直都在自己的口袋裡，那份訝異和驚喜一時間全都湧上心頭，然後便是懊惱。

「再也不鬧了，我們好好的，把浪費的時間都補回來。」

江聖卓在她頭頂喃喃低語，不知道是在說給喬樂曦聽，還是在說給自己聽。

喬樂曦剛才哭了很久，此時在他的懷裡有些累，一歪頭看到地上有人影在動，她臉一紅，推開江聖卓，走了兩步便看到葉梓楠、施宸、蕭子淵和喬裕站在那裡憋著笑偷聽牆角。

都是見過大世面的人，偷聽被抓住，臉上紛紛閃過一絲不自然，但很快就掩飾過去，微笑地看著兩個人。

喬樂曦的臉越來越紅了，江聖卓把她護在身後，瞇著眼睛審視著四個人，在等解釋。

「呵呵，那個，我看你們這麼久沒回來，就出來看看。」施宸跳出來和其他三個人保持距離。

「我去洗手間剛好經過。」葉梓楠往施宸那邊靠了靠表明立場。

江聖卓假笑著點頭，問旁邊兩位：「那你們呢，敬愛的蕭大公僕、喬二哥？」

蕭子淵一臉正經：「我真的是路過，你看我的樣子像是那麼八卦的人嗎？這麼沒品的事情我做不出來的。」

喬裕則是一副理直氣壯的樣子：「我來找我妹妹，有什麼問題嗎？」

江聖卓知道喬裕在喬樂曦心裡的影響力，以後很多事情恐怕還需要讓他幫忙，自然也不敢多說什麼。

喬樂曦站在他身後，低著頭兩隻手抓著他的手指玩，被四個人笑得頭越來越低。

江聖卓感覺到她手心裡的薄汗，便皺著眉打發了他們，他們嘻嘻哈哈地笑著回了包廂。

江聖卓笑著轉身摸摸她的頭：「我們也回去吧。」

喬樂曦忽然想起了什麼，瞬間翻臉，甩開他的手，順帶瞪了他一眼：「我不想回去。」

江聖卓的手又自動黏了上去，嬉皮笑臉地問：「為什麼？」

「你說呢？」喬樂曦惡狠狠地看著他，剛才他和李書瑤眉來眼去的那麼曖昧！

他和李書瑤根本就沒什麼，不過是故意氣她，江聖卓看她炸毛的樣子，恐怕下一秒就會撲過來撓他，既然她不想看見某人，索性就不要回去了，他笑著招呼服務生進去拿外套，然後便悄然離開。

江聖卓沒開車，牽著喬樂曦慢慢走在街頭，時間不算晚，沿路還能遇到各式各樣的人。街邊擺著小吃攤的生意人在熱氣騰騰的鍋邊招呼客人，行色匆匆的路人趕著回家，還有一對一對的情侶手牽手壓馬路。

江聖卓正低頭幫她圍圍巾，溫熱的指尖不經意間從她臉頰滑過，引起一片緋紅。

喬樂曦老老實實地站在離他很近的地方，一抬頭就看到他的臉，他也不看她，認認真真地把她的頭髮撩起來，然後包住她的手一起塞到大衣口袋裡，一句話都沒說。

喬樂曦側頭看他，他目視前方，嘴角自然地彎起，似乎心情極好。

覺察到她的視線，江聖卓沒回頭，只是轉了轉手指，和她十指緊扣。

也許是幸福來得太快，兩個人沒有像以往一樣鬥嘴聊天，沉默了一路，雖然安靜卻不尷尬，昏黃的路燈燈光下，兩個人的影子重疊糾纏，帶著一種靜謐的溫馨。

走了一段，喬樂曦還是沒忍住，歪頭問他：「胃沒事了吧？」

江聖卓捏了一下她的手，看上去兇狠卻並沒用多大的力氣，從鼻子裡哼出一聲，眼角微挑：「等妳問，我早就死了。」

「呸呸呸！」喬樂曦立刻跳腳，「不要亂說話！」

江聖卓捏捏她的臉：「那妳為什麼不來看我？」

喬樂曦的眼睛東瞧瞧西看看，明顯一副底氣不足的樣子，剛想開口，江聖卓就洋洋灑灑地補了一句：「不要說妳不知道！」

喬樂曦垂著腦袋，用腳尖畫著地面，小聲嘀咕：「那個時候我們不是在吵架嗎？我怎麼能去看你……」

江聖卓拉著她繼續走，一副無可奈何的樣子：「真是一點虧都吃不得！」

喬樂曦撓撓鼻頭，小聲反駁：「不是啊，那個時候我以為你喜歡孟萊……」

江聖卓睨她一眼：「妳以為？妳想知道什麼不能直接問我？別人說什麼妳就以為是這樣？」

江聖卓的那張臉一向是殺傷力十足，這個動作由他做起來更顯風流瀟脫，看在這張臉的分上，喬樂曦決定不和他吵，靜靜聽著。

江聖卓也不是在怪她，他是怪自己，對白白浪費的幾年時間耿耿於懷。那些逝去的日子，拿什麼都換不回來了。

兩個人手牽手地到了喬樂曦家樓下，江聖卓又把她送到家門口，喬樂曦有些捨不得分開，邊拿鑰匙開門邊猶猶豫豫地轉頭問：「要進來坐一下嗎？」

江聖卓靠在門口，一臉不正經地問：「寒冬臘月，月黑風高，我們孤單寡女的，妳提出這麼誘人的要求，知道這意味著什麼嗎？」

話是這麼說，可從剛才開始，他拉著喬樂曦的手就沒放開過，這時邊說邊摩挲著她的掌心，明顯就是不想走。

「裝什麼裝，我這裡你都來了幾百次了吧，每次來都跟回自己家一樣，現在怎麼那麼客氣啊？」喬樂曦打開門直接拉著他往裡走，「我連你沒穿褲子的樣子都見過，還怕什麼。」

江聖卓聽到這句心裡一動，沒接話，低頭笑了笑。

說是坐一下，可江聖卓自從坐下後就端著杯水盯著電視機，慢悠悠地偶爾喝上一口，坐了半天根本沒有打算走的意思。

喬樂曦無聊地打了個哈欠，真不知道那杯白開水有什麼好喝的，更不明白那晚間新聞有什麼好看的。

她踢踢江聖卓：「喂，我睏了。」

江聖卓看看她：「那睡覺吧。」

那語氣、那眼神要多純潔有多純潔。

喬樂曦指指門口：「那我就不送了。」

江聖卓一臉詫異：「妳讓我走啊？」

喬樂曦看著他很平靜地問：「不然呢？你以為呢？」

江聖卓可憐兮兮地訴苦：「妳還記得吧，我們是走回來的，我沒開車，妳家這地方又不好招計程車，妳再讓我走回去開車啊？我可是剛出院……」

喬樂曦忽然想起了什麼，咬牙切齒地笑起來：「對對對，你的身體虛著呢，和李書瑤縱欲過度嘛，我記得！」

江聖卓立刻安靜了，他越看喬樂曦的笑容越覺得詭異，心裡暗暗後悔，真是搬起石頭砸自己的腳。

喬樂曦詭異的笑容一直保持著，直到把他從沙發上拉起來丟出門外，才惡狠狠地說：「把你自己收拾乾淨了再來找我！」

然後砰的一聲關上門。

江聖卓一臉無辜地摸摸鼻子，敲敲門解釋著：「我和她真的沒什麼。」

喬樂曦隔著門回答他：「不止她，是她們！」

江聖卓再接再厲：「妳先讓我進去唄，外面這麼冷。」

「不行！」喬樂曦本來高漲的士氣突然消失了，「你快讓司機開車來接你，我去睡覺了啊，你別等在門口，我真的要洗澡去了啊，拜拜。」

江聖卓看著眼前紋絲不動的門板，猛然明白他的小丫頭是害羞了。

笑容就這麼抑制不住地爬滿整張臉，他哼著歌按下電梯。他本就沒打算怎麼樣，不過就是習慣性地逗她，以前有所顧忌，現在終於名正言順了，他怎麼捨得放棄這麼好的機會。

江聖卓在樓下等了一下就看到車子緩緩開過來，他上了車坐穩後問：「送她回去了？」

葉梓楠靠在椅背上點頭：「該說的我都說了，她也明白你的意思了，李書瑤是個聰明人，你選女人的眼光，我不得不佩服啊。」

江聖卓打斷他：「停住吧，這可不是什麼好話，我跟她真的沒有什麼。」

葉梓楠笑了笑不再接話。

江聖卓看他一眼，在晦暗的車內他眉宇間的疲憊卻那麼明顯：「怎麼了，新婚宴爾，不正該是春風得意的時候嗎？」

葉梓楠淡淡一笑，半睜開眼睛：「家家有本難念的經啊。」

江聖卓嘖了一聲，又開始不正經：「怎麼了啊，葉夫人宿老師需求過大，讓你難以招架，感覺身體被掏空？」

葉梓楠不知怎麼了，竟然難得沒有嗆回來，而是默默地嘆了口氣。

江聖卓知道他不願多談便不再開口，開始想著怎麼把自己收拾乾淨。

過了一陣子葉梓楠才再次開口：「還有啊，只此一次，下次這種善後的事情別找我！」

江聖卓看在他心情不好的分上點頭，不過還是不滿地哼哼了兩聲：「上次你去度蜜月，可是奴役了我半個月呢！」

——※——

第二天上班的時候喬樂曦在電梯口碰到關悅，笑著打招呼。

關悅飽含深意地看著她：「有什麼喜事嗎，這麼高興？」

喬樂曦摸著自己的臉：「我表現得很明顯嗎？」

關悅咿咿呀呀地拉長音笑話她：「和前幾天半死不活的樣子簡直是天與地的差別啊。」

喬樂曦雙手捂住自己的臉，轉頭看著旁邊玻璃上倒映出來的自己，雖然有些模糊，可露出來的那雙眼睛一直帶笑，怎麼遮都遮不住。

關悅看她出神的樣子湊過來小聲問：「和江聖卓……好了，嗯？」

喬樂曦受了驚嚇，聲音沒壓住：「妳怎麼知道？」

關悅意味深長地笑著，看了她半天才慢慢開口：「妳們不是經常吵架和好、和好吵架無限輪迴的？我這麼猜有什麼奇怪的嗎？妳以為我是什麼意思？」

喬樂曦咬咬唇，她確實想多了，紅著臉半天才湊到關悅耳邊說了幾個字。

關悅邊聽邊笑，最後笑出聲來。

喬樂曦瞄她一眼：「妳笑什麼？」

關悅等著其他人上了電梯，拉住她站在原地等下一班，待到周圍沒人了，她才開口：「對於這種結果，覺得驚奇的只有妳們兩個，周圍長了眼睛的都覺得這是早晚的事情。

「樂曦，妳是什麼人啊，那麼驕傲那麼聰明，對於不喜歡的男人，從來都是如秋風掃落葉一樣殘酷無情。如果妳心裡沒有他，怎麼會允許自己和他糾纏不清，泥足深陷？」

「江聖卓呢，以他的資本，當然有大把的女人投懷送抱，他用得著整天被妳奚落諷刺找不自在？妳們真有意思，一個願打一個願挨，卻誰都不願先妥協，旁人都看得明明白白，就只有妳們糊裡糊塗的。」

喬樂曦安安靜靜地聽著關悅的話，又在心裡思考了半天，忽然很想見到江聖卓。

關悅還想說什麼卻忽然停住了，碰了碰她。

喬樂曦抬頭順著她的視線看過去，是齊澤誠正追在白津津身後腳步淩亂地解釋著什麼，一臉狼狽。

走近了幾步，白津津看到她們，臉上閃過一絲尷尬，停住腳步轉身挽住齊澤誠的手臂，對他笑了笑，這才趾高氣揚地走過來。

喬樂曦和關悅對視了幾秒鐘，眼裡都是深意，然後轉頭齊聲打招呼。

齊澤誠看到喬樂曦臉上也閃過一絲不自然，勉強笑著回應。

喬樂曦看不慣白津津揚著下巴一副目中無人的樣子，便打趣齊澤誠：「喲，齊總這是調回來了？」

齊澤誠拘謹地笑笑：「沒，我有些私事回來處理一下……」

白津津如今再也不偽裝了，一看到喬樂曦就把刺立起來，尖酸刻薄：「是不是妳對別人的男人永遠這麼關心啊？」

喬樂曦一點也不生氣，微微一笑：「不是關心，我就是想和齊總說一聲，他調走的時候太匆忙，送我的東西，我一直沒機會還回去，正好這次他回來了，我剛好可以還給他。」

關悅在一旁也是笑瞇瞇的模樣：「嗯，我還記得上次齊總大手筆地擺了一屋子的花，真是漂亮啊。」

白津津的臉立刻就黑了：「妳們什麼意思？」

喬樂曦挑眉一笑：「沒什麼意思啊，就是想問問妳，我玩剩下的東西，妳接手後有什麼感受？」

關悅在旁邊煽風點火：「樂曦，妳怎麼這麼說話呢，人家齊總明明是真的看上了白小姐的家世嘛！」

這下白津津的臉又白又綠，齊澤誠一臉尷尬地看著她，剛想解釋：「津津，妳聽我……」

白津津一把推開他：「你給我閉嘴！」

說完轉身就走了，齊澤誠皺著眉看了兩人一眼，很快追了上去。

喬樂曦一臉同情地看著兩人的背影，邊搖頭邊嘆氣：「破人姻緣，真是罪過罪過啊！」

關悅在一旁大呼：「真是太解氣了！」

喬樂曦和她進了電梯：「怎麼，敢得罪太子女，妳不想幹了？」

關悅一臉不在乎：「她敢給我小鞋穿，我就敢把辭職報告扔她臉上，再大吼一聲，老娘不幹了！然後回家讓謝恒養我，多幸福啊！」

兩人對視一眼，大笑出聲。

接下來的幾天，喬樂曦和江聖卓沒有見面，她倒是因為工作關係見了薄仲陽幾次。

喬樂曦幾次想提一提她和江聖卓的事情，但又覺得她和薄仲陽也不是那種關係，自己這樣貿然開口，是不是有點自作多情？

猶豫了幾次，她還是打算暫時壓下來。

晚上九點，喬樂曦正坐在沙發上用電腦整理資料，聽到門喀嚓一聲，她下意識地抬頭，便看到江聖卓拎著那件筆挺的手工西裝走了進來。

從門口到客廳，短短的幾步，他走得別有一番風情。

喬樂曦皺著眉問：「你怎麼有我家鑰匙？」

江聖卓一副理所當然的樣子：「妳忘了這房子是我幫妳找的？租房子的時候我就配了一把啊。」

喬樂曦無語，看著他悠然自得的樣子，再想到他幾天沒找她，心裡便湧起幾絲不自在。

她摘下工作時才戴上的黑框眼鏡，歪著腦袋調侃：「喲，江少，今天的夜生活怎麼結束得那麼早？是菜不好吃、酒不好喝，還是姑娘不好看啊？」

江聖卓那雙桃花眼此時挑得更高，可能是喝了酒，春色無邊、妖氣橫生，他隨意地把西裝搭在沙發椅背上，笑瞇瞇地湊到她面前，戲謔著回擊：「家裡有個這麼漂亮的美人等著我，我哪裡還有心思調戲外面的那些野花啊，妳說對不對？」

說完接下她的黑框眼鏡扔到一邊，步步逼近，下一秒滾燙的呼吸便噴灑在她的臉頰上。

喬樂曦耳根一熱，剛想推開他，他的唇便毫無預警地貼了上來，軟軟涼涼的，似乎還帶著外面的寒氣。

她的腦子轟的一聲炸開，只是一瞬間的愣神，他的舌便靈巧地撬開她的唇齒，滑進她嘴裡，細細密密地掃過她的唇舌，最後又含著她的下唇輕咬了一下，才意猶未盡地鬆開。

喬樂曦目瞪口呆地看著他，始料未及，他臉上的笑容越發放蕩，彷彿還在回味，舌尖輕輕舔了下唇角，語氣曖昧地開口：「確實挺甜的。」

她這才從震驚中回過神，一下子推開他，卻沒推動，江聖卓反而湊得更近了，一雙含春的眸子直勾勾地看著她。

看他的樣子就知道他喝醉了，喬樂曦紅著臉偏過頭：「你喝醉了，快起來……」

江聖卓微微彎腰，整個人籠罩住她，抓著她的手放在嘴邊，一根手指一根手指地輕吻過去，嘴裡還低喃著：「真的很甜，我還想再嚐嚐……妳不知道晚上田昊那傢伙說起這事，我恨不得當場掀了桌子！」

說完真的把她拉到懷裡，一手托著她的頭一手攬著她的腰身，居高臨下地吻下去。

田昊和江聖卓是高中同學，當年江聖卓還替他和喬樂曦拉過紅線，但是他們在一起沒多久便分開了。今天田昊從國外回來，他們一群人幫他接風洗塵，薄仲陽也在，自然就提起了喬樂曦。

田昊被灌了不少，說起話來口無遮攔，打著酒嗝湊到薄仲陽跟前色瞇瞇地回憶：「原來你們在一起了啊，我跟你說，當年我還親過那丫頭，水水嫩嫩的，你不知道有多甜，不對，你肯定知道，你肯定嚐過了，是不是很甜……」

一群人本就喝了酒，又提起這個話題，氣氛一下子火爆起來。

薄仲陽修養極好地笑著，不顧眾人的起鬨，淡淡地回應：「你不要亂說話。」

比起薄仲陽的淡定，江聖卓恨不得把桌子掀了，面上卻不肯表現出半分，雙眸低垂，嘴角掛著意味深長的淺笑。

一群人中自然有察言觀色的高手，看到他的神色比剛才淡了幾分，便察覺出異樣，笑著開玩笑：「喲喲喲，四少不樂意了。」

「你懂什麼，人家兄妹這麼多年感情呢，做哥哥的當然捨不得妹妹被別的男人搶走。」

「四少，雖然你疼這個妹妹，可是她終究要嫁人的嘛，終究是要讓男人……嘿嘿，是吧？」

一群人喝了酒之後開玩笑越來越過火，江聖卓輕敲著酒杯的杯壁，淡然無波地開口：「你說得對，那丫頭終究是要讓男人……」

停頓了幾秒鐘，他抬眼往薄仲陽的方向看過去，一字一頓地說：「不過不是你。」

薄仲陽神色如常地和他對視著，一時間包廂內鴉雀無聲。

過了許久，江聖卓微抿的薄唇忽而勾出淡淡的弧度，極淺地笑：「你們慢慢玩，算我帳上，我先走一步。」

眾人皆感覺到一股寒意從腦後湧上來，明明屋內的空調不斷噴出熱風，明明他的唇邊還帶著沒來得及收回的笑意，可怎麼就感覺他翻臉了呢。

江聖卓推開椅子站起來，慢條斯理地往外走，可一出酒店就一路猛踩油門飆到喬樂曦家樓下，連電梯都來不及等，直接爬樓梯上來宣佈主權。

喬樂曦被他親得迷迷糊糊，還在想他為什麼忽然提起田昊，她不斷掙扎反抗著，可江聖卓卻怎麼都不肯放過她。

她被他抵著唇模模糊糊地問：「唔……和田昊有什麼關係啊？」

江聖卓突然放開她，拇指來回摩挲著她的唇，軟軟的唇瓣被他揉捏得變成了好看的嫣紅色，他才收手，瞇著眼睛問：「田昊是不是親過這裡？」

喬樂曦眼角一跳，心虛地移開視線。

的黑名單裡。

其實她也不知道當時是怎麼回事，她只是不經意地一抬頭，竟然碰上了田昊低著頭湊上來的唇，貼上來的一瞬間她便推開了他，因為這件事她再也沒理過田昊，田昊這個名字至今還躺在她的黑名單裡。

喬樂曦看到江聖卓瞇著眼睛的樣子，越看越覺得危險，小聲解釋：「只是輕輕碰了一下……」

江聖卓勾著唇點頭，一副理解的樣子：「哦，只是輕輕碰了一下啊……很好很好……」

說完又捏著她的下巴狠狠地貼上來，舌尖仔仔細細一寸一寸地勾勒著她的唇，不時不輕不重地咬一下。喬樂曦不知道他吃哪門子的醋，又不是她主動的，她也是受害者啊，喬樂曦還真怕自己的唇會被他一狠心咬下來。

她不敢反抗，乖乖地回應，他伸了舌頭進來，她就乖乖地含著，小口小口地吮吸。

江聖卓存心挑逗她，又深情又色情地吻著，沒多久喬樂曦就被逗得心都在發癢，臉越來越紅，呼吸越來越急促，她小聲地嗚咽，在靜謐的夜裡聽來，格外曖昧。

江聖卓堵著她的唇停頓了一下：「那薄仲陽呢？有沒有親過？」

喬樂曦猛搖頭。

江聖卓輕笑了一下，一路吻到她耳邊，滾燙的呼吸噴灑在她的肌膚上，引起懷中人一陣陣的戰慄，他的聲音暗啞，似乎在壓抑什麼：「樂曦，乖，把舌頭給我……」

說完又吻上她的嘴角，喬樂曦顫顫巍巍地伸出自己的舌頭，下一秒便被他勾住，挑逗著、吮吸著，腦中一片空白。

她臉上帶著不正常的潮紅，頭髮亂七八糟地鋪在身下，一縷碎髮還因為出汗黏在嘴角邊，就這麼一臉迷茫地看著他，眼角眉梢掛著情動的春色。江聖卓看一眼心裡就起了衝動，那股衝動讓他把她越擁越緊。

喬樂曦明顯感覺到小腹處的那團堅硬和火熱，她再傻也知道發生了什麼事，皺著眉推他的胸膛：「江聖卓，別，我最怕疼了……」

江聖卓趴在她細白的頸間一下一下地吻著，聲音斷斷續續地傳出來：「乖，讓我抱抱，我就不動妳……」

話說得好聽，可他的手還是從衣服下擺伸了進去，肆無忌憚地在她的腰間、胸前流連。

她晚上洗完澡就沒穿內衣，這下更是方便了，他火熱的掌心覆在她胸前的高聳柔軟上，像是要把她燙化了一樣……

她覺得自己身上也起了火，從臉上一直燒到小腹。衣領被他拉開，胸前的兩點似乎也在布料的摩擦下越來越漲越來越癢，他的唇舌一路延伸下去，火熱濡濕，大口大口地吞咽著綿軟，打著圈含住頂端的粉嫩，這些都是她從未有過的體驗。陌生、新奇、刺激，可無論怎樣都比剛才那種煎熬要好，讓她不自覺舒服地喟嘆出聲。

江聖卓看到她下意識地挺著胸往他嘴邊送想要更多，啞著嗓子笑：「妳也是喜歡的，是不是？」

喬樂曦的臉紅得彷彿要滴出血，想反駁卻找不出一句話。

江聖卓滿意地抬起頭，看著她衣衫不整地躺在他身下，半睜著迷離的雙眼欲迎還拒的樣子，他閉了閉眼，心底的欲望越來越強烈，呼吸也開始亂了，連帶著眼角都被激得猩紅。

在他年少的夢裡，預示著他長大成人的夢裡，喬樂曦就是這樣半裸著身體躺在他的身下。藍白校服的上衣被推到胸部以上，堪堪遮住精緻的鎖骨，黑色的內衣包裹著胸前的挺翹渾圓，褲子半脫不脫地褪在腿彎處，露出中間一截白皙的身子。少女的身體又白又嫩，泛著柔和的光，清純又放蕩，無聲又極致的誘惑，他被刺激得熱血沸騰。

她一臉情動的迷離，臉上泛著好看的粉紅，一聲一聲地叫著他的名字，拉著他的手撫摸自己的身體，最後讓他進入自己的身體……

從來沒有過的極致快感衝上大腦，他醒來後摸到兩腿間的濕熱，便明白了是怎麼回事。那種緊致柔軟的感覺還清清楚楚地盤旋在腦中，除了心驚肉跳之外，還加深了他對喬樂曦的渴望，以至於第二天他見到她時，臉紅心跳，眼神躲閃著不敢直視她。

他對她身體的渴望隨著年齡的增長越來越強烈，所以他不止一次地警告喬樂曦的「男朋友們」——「她還小，不許動她。」

其實他是存了私心的，他守護了十幾年的嬌嫩小花怎麼能讓別人採擷了？出國的那幾年，她不和他聯繫，他心底的恐懼和嫉妒都快把自己逼瘋了。

他的手漸漸下移，來到她兩腿之間，那裡早已是一片泥濘，一張一闔地蠕動著，吐著熱氣叫囂著什麼，他的手指堪堪碰到，就被它吸住，狠狠地吮吸著，想要吞咽進去……

江聖卓咬著牙扯掉那最後遮擋的布料，猩紅著眼睛盯住那裡。

空氣中情欲的氣息越發濃重，喬樂曦兩腿努力合併想要阻止他：「別，你別看……」

他只用了一隻手就按住了她，把她的兩腿壓在胸前，低著頭直直地看著她下面的小嘴吃著他的手指，想像著如果把手指換成……

他的視線太火辣，空虛、酥癢……

這些念頭一下子襲來，佔據了她所有的思維，她全身上下幾乎全裸，可壓住她的那個人卻衣衫整齊，羞恥心讓她忍不住嗚咽著哭出來，邊哭邊罵：「江聖卓，你這個流氓！騙子！壞人！你快放手啊！」

她小聲哭泣的樣子更是刺激了江聖卓，想要把她壓在身下狠狠地要她，一直把她要到哭！

這麼想著，他實在忍不了了，急急地解開腰帶，只來得及脫下褲子便一個挺身進入，衝破那層屏障後，裡面層層疊疊的嫩肉立刻吸附上來，他舒服地嘆了口氣。

喬樂曦卻被異物侵入帶來的疼痛驚醒，皺著眉哭叫：「疼……你說不進去的……」

幾乎要將她劈開的尖銳疼痛一下子湧上心頭，她推著他：「你出去，你說不進去的，渾蛋……」

江聖卓吻著她的眼淚，輕聲哄著：「噓，乖，別哭，等一下就不疼了，我也不想讓妳疼，可是我實在忍不了了……我都想了十年了，怎麼還忍得住……」

他握著她的手指，一根一根地含過去，還極色情地抽插了幾下，似乎在暗示什麼，喬樂曦抽回手指，給了他一拳：「你……變態！」

江聖卓悶笑著，一手揉著她的胸，一手重重地碾壓著下面早就充血凸起的紅珍珠，等著她的身體適應。

過了一陣子，她的呼吸開始難耐起來，他才挺著下身試著動了幾下，晶瑩剔透的液體中夾雜著紅絲，他畢竟也是第一次，看到這裡是真的忍不住了。

不經意地換了個角度，喬樂曦立刻嬌媚地呻吟出來，他又頂了一下那塊軟肉，她的聲音立刻大了，整個身體都在蜷縮。

江聖卓忽然想起晚上田昊他們的話，邊重重地撞擊著邊問：「妳叫我什麼？」

喬樂曦迷迷糊糊的，下身的充實滿足讓她就像落入雲端一般，酥酥麻麻的快感越積越多，她根本無法思考他為什麼突然這麼問，也沒有辦法抽出精力來想，腦子裡只有結合的那個地方帶來的快感。

江聖卓卻忽然停下來，俯下身體，在她耳邊低聲誘哄：「妳不是一直都跟別人說，我是妳的哥哥嗎？」

喬樂曦馬上就要攀上高峰了，他卻停了下來，吊著她不上不下的很難受，她摟上他的脖子，乖乖地討好著叫他：「哥哥……」

江聖卓挑眉，歪頭親了一下她晶瑩圓潤的肩，又狠狠地撞了她一下：「妹妹和哥哥怎麼能做這種事呢？叫我老公……」

喬樂曦剛解了癢，誰知他又停了下來，整個人被欲望支配著，不自覺地收縮了，糊裡糊塗地順著他的意思叫：「老公……」

「嘶，不許夾！」江聖卓打了她圓翹的小屁股一巴掌，「到底是老公還是哥哥？」

喬樂曦下意識地選擇後者：「哥哥……」

「乖……」江聖卓笑著撫上她的小腹，重重地壓上那塊凸起挑逗著，「哥哥等一下把好東西都給妳，把妳這裡都填滿，到時候妳幫哥哥生個寶寶，好不好？」

「好……」

他邊動邊問：「那妳說，寶寶是叫我爸爸啊，還是舅舅啊？」

喬樂曦受不了身體和語言的雙重挑逗，哭泣著：「你……」

他看著她，惡狠狠地在她耳邊說：「以後再跟別人說我是妳哥哥，我就做死妳！」

喬樂曦只來得及聽到前半句，便被突然而至的浪潮淹沒，耳邊再也聽不到他說什麼，只有漫天的煙花在眼前散開。

江聖卓放慢動作感受著她的吸吮和收縮，輕嘆著：「真緊……真舒服……」

喬樂曦清醒過來後只覺得全身痠痛，江聖卓的欲望在她體內越來越大、越來越熱，幾乎要把她融化了。她忽然害怕起來，小聲呻吟著，淚眼蒙矓地求他：「不要了……你快出去……」

江聖卓依舊興致盎然地律動著，把她的腿抵到胸前，進入得又深又狠，快感已經漸漸高漲，他卻還在挑逗她：「這就不要了……那妳自己努力讓我出來……」

喬樂曦似乎明白了什麼，用力縮起小腹，江聖卓始料未及，被她猛地夾了一下，立刻抽身出來，剛抽出來，喬樂曦便感覺到一股股火熱的液體噴射在她身上……

江聖卓抱著暈過去的喬樂曦進浴室清洗之後，又回到床上，然後緊緊地把她摟在懷裡，剛才他是受了刺激趁著酒勁要了她，現在卻有些擔心，不知道她醒來後會是什麼反應。

他是不後悔，甚至還有些慶幸，不然還不知道要拖到什麼時候。

但是，她呢？

江聖卓親親喬樂曦的額頭，心虛，又忍不住苦笑，就算是再難搞定的合作方，他心裡都沒這麼沒底過，但每次面對這個小女人，卻總是拿她一點辦法都沒有。

正想著，喬樂曦的手機響了起來，江聖卓從床頭摸過來看了一眼，很快接起來：「二哥。」

喬裕聽到這個聲音也沒多想：『怎麼是你，樂曦呢？』

江聖卓看了一眼懷裡的女人，理直氣壯地回答：「她睡著了。」

喬裕想起前幾天飯店的那一幕，這下有些遲疑：『這個時間你們……是你在她那，還是她在你那？』

江聖卓老老實實地說：「我在她這裡。」

喬裕心裡跟明鏡似的，握著手機半天沒說話，過了一陣子才說了句：『這週末帶她回家。』

江聖卓知道喬樂曦一向排斥回那邊，便問：「有這個必要嗎？」

喬裕嘆了口氣：『你們啊，整天只知道胡鬧，老爺子最近聽了外面的風言風語，再加上薄仲陽最近風頭正盛，而這些年樂曦又一直沒男朋友，他以為這丫頭和薄仲陽有什麼了，動了心思，今天特地把我叫回去問這事，你自己說，有沒有必要？』

喬裕今天下午接到家裡的電話，以為是出了什麼事急匆匆地趕回去，沒想到父親會問到這件事。他明白妹妹的心思，知道薄仲陽根本不可能，但這話當然不能明說，於是他只能含糊其詞地勸父親，說樂曦還小，這些事不著急。

喬父也看出了他的意思，沒說什麼。

但喬裕知道父親肯定是有所打算了才會問他，所以這才打電話準備跟喬樂曦說一聲，讓她見好就收，別和薄仲陽鬧大了，免得到時候說不清楚，傷了兩家的和氣。

他更沒想到的是，江聖卓這小子動作這麼快。

江聖卓同樣沒想到這件事這麼快就傳回去了，他輕輕撫著喬樂曦的背，很快應下來：「好的，這週末我就帶她回去……」

江聖卓還想再說什麼，一低頭就看到喬樂曦不知道什麼時候醒了，正直勾勾地盯著他看。

他眼角一跳，對喬裕說：「我有點事，先掛了啊，再聯繫。」

掛了電話，他對著喬樂曦痞痞一笑：「吵醒妳了？」

喬樂曦不回答他，還保持著在他懷裡的姿勢，面無表情，只是睜著烏黑明亮的眼睛看他。

經過剛才的激情，她的臉還帶著粉粉的紅，乖巧地窩在他懷裡看得江聖卓心裡起火，他淡淡地挑眉：「妳看什麼？」

喬樂曦還是不說話，但是下一刻眼淚就落了下來，滾燙飽滿的淚水順著臉頰落在他摟著她的手臂上，江聖卓立刻就被燙疼了，抬手替她擦眼淚，小聲問：「怎麼哭了？是不是還疼？」

他以為她會鬧會打他，但是沒想到她會哭。

喬樂曦的雙眼被淚水模糊，看不清楚他的臉，心裡委屈，惡狠狠地問：「你喝酒了？」

她的聲音因為哭而有些沙啞，江聖卓手忙腳亂地擦著眼淚，胡亂地點頭：「嗯，喝了一點。」

「我就知道你把我當成別人了……」喬樂曦嗚哇一聲哭出來。

江聖卓看到她哭得一抽一抽的就頭疼，以前怎麼逗都不哭，現在怎麼哭成這樣，他邊抽面紙幫她擦眼淚邊無奈地哄：「妳就是妳，哪裡會把妳當成別人。」

喬樂曦一把推開他：「誰知道，你有那麼多女人，你還、你還對我……」

江聖卓把她拖過來箍在懷裡，笑得邪惡：「對妳怎麼了啊？」

「你還敢說！」喬樂曦紅著臉打他，「你走！我不想看見你！」

江聖卓聽完之後真的拿起旁邊的浴巾裹在腰上往外走，喬樂曦愣了一下，在他身後叫：「喂！你還真的走啊？」

江聖卓頭都沒回，進了浴室很快又出來，手裡拿著熱毛巾，小心翼翼地幫她擦著哭得紅腫的眼睛，好脾氣地解釋：「妳說妳啊，哭什麼啊。妳每次都是這樣想我這個人，妳也不想想，除了妳，誰還能讓我這樣，妳說呢？」

溫熱的毛巾輕輕拂過眼皮，很軟很舒服，喬樂曦也不鬧了，歪在他懷裡聽他說話。

「我是喝了酒，可還沒到認錯人的地步。」他忽然勾唇貼到她耳邊，火熱的呼吸噴灑在她耳畔，「再說了，如果男人真的醉到那個地步，是不可能……」

最後幾個字被他貼著耳根輕飄飄地吐出來，喬樂曦才聽了一個字臉就紅了，伸出雙手掐上他的脖子：「你怎麼什麼都敢說？」

江聖卓看著她裸露的雙臂，她一抬手被子便往下滑，露出胸前的大片春光，她卻不自知，看得他心猿意馬。

她的手上沒有注意輕重，偏偏江聖卓還不住嘴，邊拉著她的手往身下放邊笑得輕浮：「我還是喜歡妳剛才的樣子，要多乖有多乖……」

邊說邊一臉回味，喬樂曦惱羞成怒，一手捂上他的嘴，心思一轉忽然鬆了手，對江聖卓笑了一下，甜甜地叫了聲：「哥哥。」

江聖卓現在特別忌諱這兩個字，磨著牙根陰惻惻地看著她：「妳……妳再叫一聲試試！」

喬樂曦剛才吃了虧，這時恨不得全還回去，歪著腦袋一臉天真：「怎麼，不能叫嗎？你不是也一直強調我是你妹妹嗎？」

「我那是……」江聖卓語塞，「總之，妳不許再這麼叫！」

「我偏叫！」

「行啊，不收拾就得寸進尺！」

江聖卓伸手過去撈她卻被她靈巧地躲過，他再伸手，喬樂曦嘻嘻哈哈地躲著，嘴裡還一口一個哥哥地叫，最終還是被他堵在床角。

兩個人相擁躺在床上，江聖卓從她的額頭一路吻下去，纏著她的舌頭引誘她回應：「樂曦，妳終於是我的了……」

兩個人身體的大片肌膚交纏在一起，喬樂曦覺得在她二十多年的人生裡，從來沒有什麼時候像現在這一刻這樣滿足過，她偷偷地睜開眼睛看了一眼江聖卓。

他閉著眼睛吻得專心又認真，她慢慢閉上眼睛回應他，嘴角悄悄翹起。

喬樂曦即將進入夢鄉的時候，模模糊糊地聽到江聖卓的聲音：「田昊不是什麼好東西，還有那個薄仲陽也不是什麼好人！只知道說些曖昧不清的話讓人誤會！妳以後離他們遠一點有沒有聽到？」

她條件反射般地嗆他，懶懶地回嘴：「別人都不是好人，只有你是好人？誰都沒你壞！」

說完就昏睡了過去，留下江聖卓皺著眉捏她的臉。

——※——

隔日上班，喬樂曦改了一整天的設計圖，出公司大門的時候渾身上下散發著煞氣，一副「誰都不要惹我」的模樣，看到江聖卓也不理他，直接坐進車裡。

江聖卓見她黑著一張臉也不介意，探身過來幫她繫安全帶，輕輕親了她一下，沒多問便發動了車子。

他擁著她進包廂時，眾人正聊得熱火朝天，也沒覺得不對勁。

旁邊一個人倒了杯紅酒遞給江聖卓：「這酒醒得差不多了，江少嚐嚐。」

酒杯在半路被喬樂曦攔下，她面無表情地睨了江聖卓一眼：「你胃不好，不許喝。」趁著那人愣住的時候，喬樂曦奪過來扔到一邊。

江聖卓很開心地笑了笑，沒有任何異議。

那人尷尬地搓搓手，轉了一下玻璃轉盤，把一道菜轉到江聖卓面前：「江少，這是這裡的招牌菜，您嚐嚐。」

那道菜在經過喬樂曦的時候，喬樂曦伸手按住玻璃轉盤，那道菜穩穩地停在她面前，她夾起來嚐了一口，面無表情地對江聖卓說：「你胃不好，這個不好消化，不許吃。」

說完反方向一轉，那道菜離江聖卓越來越遠。

那個人的臉澈底垮下來，苦著臉：「江少，這……」

江聖卓抖動著肩膀笑得不可抑制，對那人說：「快坐吧，她心情不好，不是針對你。」

一桌子人看著眼前這個詭異的狀況，一頭霧水。

以往兩個人不是專門對著幹的嗎？對方越不讓人做什麼，就偏要做什麼，江聖卓什麼時候這麼聽話了？

接下來的時間裡，喬樂曦一直很安靜地吃東西，江聖卓和他們聊天的時候還不忘偶爾看她一眼。

快結束的時候，坐在對面的男人起鬨：「對了，江少，我那邊最近新進了幾個小模特兒，又年輕身材又好，特別嫩，等一下叫出來一起坐坐？」

他們之前說起這些一向不避著喬樂曦，喬樂曦對於不適合她聽的事情都會選擇性失聰。這次聽到時她卻愣了一下，然後繼續低著頭吃菜，只是一直冷著的臉卻慢慢笑了起來。

江聖卓看著她的樣子，手一抖，筷子夾著的菜掉到了桌子上。

喬樂曦歪頭看他一眼，笑著幫他重新夾了放回碟子上，溫溫柔柔地說：「又年輕身材又好，去看看吧？」

那人還在開玩笑：「男人玩樂的地方，樂曦妳就別去了。」

喬樂曦笑瞇瞇地回答：「這樣啊，原來我不方便去啊。」說完又看了江聖卓一眼。

江聖卓瞪了那人一眼，討好地笑著解釋：「我很久沒出去玩了，真的。」

喬樂曦一副高高在上的樣子，揚著下巴睨他一眼：「是嗎？」

那眼神、那語氣，帶著明顯的不相信。

江聖卓一臉真誠地看著她，毫不猶豫地點頭，努力證明自己的清白。

喬樂曦微微笑了下，似乎很隨意地問了句：「今天早上看報紙了嗎？」

「今天有點忙，隨便看了幾眼，怎麼了？」

江聖卓努力回想著報紙上的內容，似乎沒什麼值得他關注的啊。

喬樂曦張了張嘴，忽然看到周圍滿臉八卦的人，她把要說的話咽了下去，放下筷子對著眾人一笑：「各位慢慢吃，我吃飽了，先走了。」

說完看也沒看江聖卓便施施然起身往外走。

江聖卓知道喬樂曦這是幫他留面子，眼看著她出了門，他也站起來準備追出去。

旁邊有人拉住他，懶洋洋地招呼著：「兄弟，你別這麼寵著那位小姑奶奶，行不行啊？看把她寵成這樣，嘖嘖……」

江聖卓狠狠地拍開他的手：「我樂意！你管得著嗎？我只有這麼一個老婆，不寵著她還寵著你啊？」說完就追了出去。

留下一屋子人大眼瞪小眼，良久，有人遲疑著問出來：「不是妹妹嗎，什麼時候變老婆了？」

「……」

「不是和薄仲陽嗎？怎麼……」

「……」

「剛才是誰說要叫女模特兒出來坐坐的？」

「……」

江聖卓邊穿大衣邊追，終於在酒店門口追上了喬樂曦。

喬樂曦昂首闊步，不快不慢地邁著步伐順著酒店門前的路往前走，在他追上來的時候不冷不熱地掃了他一眼之後就當他不存在。

江聖卓走在上風口幫她擋著風，亦步亦趨地跟著，笑著問：「報紙上說什麼了？」不說這個還好，一說起來，喬樂曦就火大，一根白白嫩嫩的手指狠狠地戳向江聖卓的胸口：「你還敢問啊？你知不知道你江公子又上了娛樂版的頭條了？你自己數數你每個月要上多少次？他們是讓你抽成還是怎麼樣，啊？」

江聖卓邊躲邊握住她的手放在嘴邊親，哭笑不得：「別戳別戳，把手戳疼了我還要心疼。我真的不知道，和誰啊？妳告訴我，我跟妳解釋啊。」

喬樂曦狠狠地抽回手，瞪著他：「還敢問我是誰，是不是有可能的女人太多，你根本分不清啊？」

喬樂曦憋了一天的火終於找到了宣洩出口。

一對小情侶憋著笑從旁邊路過，那個男孩摟著女孩一臉同情地看了一眼江聖卓。

江聖卓沒有一絲尷尬，拉著喬樂曦往路邊靠了靠，嬉皮笑臉地解釋：「怎麼可能，我最近真的沒有別的女人，要不然，妳驗驗身？」

「還敢狡辯，都被人拍到了還不承認？我倒要看看你怎麼解釋。」喬樂曦狠狠地翻了個白眼，從包裡翻出報紙找到那一版貼到江聖卓臉上，「你自己看，是不是你？」

江聖卓往後撤了撤，透過昏暗的路燈吃力地辨認了半天：「呵呵，我還想是誰呢，我前天和一個合作方吃飯，他是法國人，喜歡去那種地方，就碰上她了，打了個招呼而已，你看她擋著的這個地方坐著的就是那個合作方，看到那雙手了嗎？」

喬樂曦皺著眉看了半天，只能讚美攝影師的角度抓得好，恐怕除了當事人沒人會知道那個地方還有個人。

「不生氣了吧？」江聖卓垂眸看著她，見她臉色沒那麼難看了才又笑著湊上來。

她本就不生氣，只不過今天對著一張圖改來改去把自己改鬱悶了才借題發揮。早上她還帶著這張報紙，興致盎然地就著江聖卓正面好看還是側面俊朗這個問題和關悅討論了半天，根本沒往心裡去。

喬樂曦撇撇嘴，抬起頭剛想說話，就看到一片雪花落在江聖卓的眉毛上，緊接著大片大片的雪花飄然而下。她抬著頭看著天空，心中一喜，也忘了正和他生氣，揪著江聖卓的大衣：「你看，下雪了耶！」

「這下高興了？」江聖卓幫她撥了撥額前的碎髮，看著她雙眼放光地盯著天空，笑著牽著她繼續走。

喬樂曦笑嘻嘻地點頭。

江聖卓曾經跟別人說，喬樂曦的脾氣特別對他的胃，雖然壞了點，但來得快去得也快，從來不記仇，這點就算是他也望塵莫及，不像有些女孩子，一生起氣來沒完沒了，哄到最後再好的耐心也磨完了。

這是今年冬天的第一場雪，毫無預兆地飄然而至，路上的行人都是驚喜萬分，還有小孩子在尖叫歡呼。

一個兩、三歲的小姑娘指著雪花咿咿呀呀地叫，滿臉都是新奇，抓著爸爸的褲管奶聲奶氣地說：「爸爸抱抱……爸爸抱抱……」

年輕的父親笑著彎腰抱起她，邊走邊逗，父女倆的笑聲傳出去很遠。

喬樂曦看了半天，靈動的眼睛轉了轉忽然停住，搖著江聖卓的手臂有樣學樣：「江蝴蝶，你揹我……」

江聖卓把臉轉到一邊不斷地抖動雙肩：「這下好了，不是兄妹，改當父女了。」

喬樂曦的心情因為這場突如其來的大雪變得格外開心，揪著江聖卓不放，使勁地搖：「哎呀，你揹揹我吧，就一下下！」

「揹妳？」江聖卓故作一臉嫌棄地從上到下打量著她，「妳最近胖了不少吧？」

喬樂曦恨不得撲上去咬他一口，咆哮著：「沒有！」

江聖卓笑著要去摸她的胸，一臉的不正經：「是嗎？那我摸摸。」

喬樂曦一把推開他的手：「你怎麼那麼下流？」

他本就是逗她的，看她皺眉咬唇的樣子就想笑，手指轉了個方向去捏她的臉，然後轉過身彎下腰：「上來吧。」

喬樂曦立刻喜笑顏開地跳上去，趴在他背上指揮著，不是「駕」，就是「吁」。

雪下得越來越大，兩個人卻依舊在街頭慢悠悠地晃著。

「我記得小的時候，妳一不高興就讓我揹著妳滿院子地轉，我可真是給妳做牛又做馬了。」

喬樂曦趴在他寬闊溫暖的背上，拿臉蹭蹭他，勾著唇無聲地笑個不停。

雖然江聖卓看不到她的表情，卻感受得到她的依賴：「現在能跟我說說，今天為什麼不高興了嗎？」

喬樂曦摟著他的脖子，過了好一陣子才開口：「我記得我們小的時候，整天盼望著自己快點長大，以為長大了就可以去做小孩子不可以做的事情，可為什麼長大後，我們不只不能做更多的事情，甚至連小孩子可以做的事情，我們都不能做了呢？我們為什麼會戴著面具畏首畏尾、瞻前顧後？為什麼我們心裡明明說的是媽的，嘴上卻還是笑著說好的呢？」

江聖卓往上托了托她，清冽的聲音中帶著笑意，他們難得討論這麼正經的話題：「怎麼了，突然對人生有那麼多感悟？」

喬樂曦盯著江聖卓的頭頂，實在忍不住了伸手去揪他乾淨清爽的頭髮：「我今天改了一天的圖，可怎麼都不通過，說是成本太高，尺寸改了又改，再改下去肯定會出事。其實，整個環境都是這樣，只是這麼多年了，我還是不習慣。」

江聖卓停下來把她放下來，雙手摟著她的腰把她勾進懷裡：「工作幹得不開心啊？」

喬樂曦噘著嘴點點頭，有些沮喪。

江聖卓挑眉一笑：「我倒是有個好辦法。」

「什麼呀？」

「辭職回家我養妳啊。下次誰再讓妳改，妳就把圖扔他臉上去，告訴他，姑奶奶我不幹了！我回家讓我老公養我去！」江聖卓眉飛色舞地邊說邊手舞足蹈地比畫。

喬樂曦被他逗笑：「誰要你養啊？」

兩個人還在打鬧，江聖卓忽然按住她，拿出手機看了一下：「我媽。」

喬樂曦立刻老實了，趴在他旁邊聽。

「母親大人，您有什麼吩咐？」江聖卓剛聽了一句就打斷，「您也別費心了，您已經有兒媳婦了……這不是才剛有您就打電話來了，不然怎麼說我們母子連心呢……不是那些女人……是誰？您想見啊？那行，我改天帶她回去給您看看，您一定滿意……這麼著急啊，那我這週末就帶她回去……好，您隨便做，她就是頭豬什麼都吃……那您明天就去逛個街買幾件漂亮衣服，去做做頭髮美美容，漂漂亮亮地等著見您未來的兒媳婦……那就先這樣吧，母親大人，拜拜。」

江聖卓掛了電話摟過喬樂曦：「週末跟我回家吧？」

喬樂曦皺起眉頭：「不去。」

「為什麼不去，我爺爺、我奶奶、我爸、我媽，妳不是都認識？」

喬樂曦猛搖頭：「那不一樣！」

江聖卓正打算說服她，忽然笑了，一副勢在必得的樣子：「我有的是辦法讓妳答應！」

喬樂曦極其不屑地「切」了一聲：「好啊，我等著。」

眼看著地上的積雪越來越厚，兩個人便打算回去，好在這個地方離江聖卓住的地方不遠，到家的時候，兩個人頭髮上、身上都是雪。

江聖卓把毛巾遞給她推她到浴室門口：「趕緊洗個熱水澡，不然要感冒了。」

喬樂曦隨手接過來，看著江聖卓進了臥室換衣服，悄悄地跟上去。

江聖卓剛把襯衫脫下來，喬樂曦就跳過去把雙手貼在他的後背上，大叫一聲：「接我一記寒冰掌！」

可能是她的手太冰了，江聖卓背對著她半天沒反應，喬樂曦以為他生氣了，心虛著收回手。

誰知他一轉身抓住她收回一半的手，一臉正經地訓她：「妳怎麼回事啊，手套圍巾都給妳了，手還這麼涼，我幫妳暖暖。」

說完拉著她的手放在自己胸前。

喬樂曦笑得正開心卻發現越來越不對勁。

江聖卓拉著她的手越來越往下，最後放進了褲子裡……

放。

江聖卓一雙桃花眼明亮柔和，勾著唇壞壞地笑著問：「暖和嗎？」

喬樂曦只覺得手下的東西熱得燙手，還有漸漸甦醒的趨勢，她縮了縮手，偏偏江聖卓按著不放。

喬樂曦東瞧西看，就是不敢看江聖卓。

江聖卓笑著俯身含著她的耳垂又問了一遍：「大不大啊？」

她怕不回答江聖卓會做出更過火的事，另一隻手抵著他阻止他靠近，急著敷衍著「嗯」了一聲，說完紅著臉低下頭，卻看到了更刺激的視覺衝擊。

他和她的手臂交纏著並排壓在他的小腹上，兩隻手雙雙隱沒在半開的褲子裡，隱隱可以看到裡面內褲的邊沿，和下方撐起的一團。

他似乎有了感應，手下的東西突然跳了一下。

喬樂曦被嚇了一跳，猛地抬起頭，卻撞進他妖氣流轉的眸子裡。

江聖卓把她拉進懷裡吻在她的眼睛上，本是很溫馨的氛圍卻因為他的話變得色情：「喜歡這個顏色嗎？」

他的唇軟軟涼涼的，引得喬樂曦輕輕顫抖，小聲地認錯：「江聖卓，我真的錯了，你饒了我吧！我、我還疼呢……」

她輕顫的睫毛刷在他的唇舌上，讓他怎麼都捨不得放手，輕聲誘哄：「乖，讓我抱抱……」

邊說邊按著她的手輕輕地揉著越來越腫大的某處，不輕不重在她耳邊輕喘呻吟。

喬樂曦知道他是故意的，臉紅心跳又急又氣，極不自然地把頭偏到一邊，咬著唇反抗，她已經盡力硬著口氣了，可是效果似乎並不明顯：「下面，你快鬆手……」

江聖卓啃咬著她脖子上的肌膚：「我熱得都快爆炸了，妳幫我降降溫……」

喬樂曦往後仰著身子躲避，手卻被按在他身上怎麼都掙脫不出來，只能軟軟地撒嬌：「我難受，想去洗澡。」

江聖卓抬起頭，眨眨眼睛一臉純潔地問：「洗完澡呢？」

「洗完澡……」喬樂曦咬牙切齒吐出兩個字，「睡覺！」

「睡覺是個名詞還是動詞？」

「名詞！」

江聖卓玩著她的髮尾，纏在手上：「那……洗完澡和睡覺之間能做別的嗎？」

「不能！」喬樂曦今天早上醒來的時候腰痠背痛，上班的時候腿都是軟的，她只想好好睡覺。

江聖卓聽到她的回答挑了挑眉，看著她良久才點頭鬆了手，竟然好脾氣地答應了：「那就去洗澡吧。」

喬樂曦抽回手落荒而逃，邊走邊看自己的手，某種滾燙的觸感似乎還在。她覺得這隻手已經不是自己的了，可進了浴室剛轉身想關門，江聖卓便赤裸裸地進來了。

喬樂曦趕緊關門，卻被他在外面伸手擋住，留出一條縫。

「你幹什麼呀？」喬樂曦瞪著他。

江聖卓也是一臉莫名其妙：「妳不是說洗完澡就睡覺嗎？那有些事情就只能洗澡的時候進行了。」說完對著她笑了一下，「原來妳喜歡在浴室啊，那我以後遷就妳好了……」

喬樂曦大叫一聲打斷他：「我不是那個意思！」

江聖卓伸出食指抵在唇邊：「噓，小聲一點，留著力氣等一下慢慢叫。」

喬樂曦知道他們兩個這樣僵持著對她沒有半點好處，他稍微一用力就能闖進來，她只能鬆手，氣得喘著粗氣：「江蝴蝶！你狠！我讓你！」

說完便鬆了手往旁邊一讓，一副寧死不屈的樣子。

江聖卓大搖大擺地晃進來，又在她面前走來走去。

喬樂曦無奈，只能仰著頭盯著天花板上的燈，雖然脖子很累卻一刻也不敢鬆懈。

江聖卓嬉皮笑臉地湊到她面前，認真地問：「妳看什麼呢？」

喬樂曦此刻正惱著，口氣惡劣：「你能不能先把衣服穿上？」

江聖卓立刻擺出誇張的奇怪表情：「妳們家穿著衣服洗澡啊？」

喬樂曦覺得江聖卓前面二十幾年在自己身上受的氣，現在全都還回來了，可是在這種事情上她偏偏沒辦法強硬，只能生自己的氣，誰叫她沒有他不要臉呢。

「那你先洗吧，我等一下再洗。」說著手在空中揮了揮，「你讓一讓，我出去。」

江聖卓不僅沒讓，反而靠了過來，她條件反射般地往後退，退了幾步就被逼到牆角。江聖卓忽然抬手打開蓮蓬頭，冒著熱氣的水瞬間把她的衣服打濕。

濕透的衣服緊緊貼在她的肌膚上，勾勒出玲瓏的身姿，江聖卓看得眼裡起了火，勾著她的下巴吻下去，靈巧的舌頭勾畫著她的唇，長驅直入在她口中迴旋翻轉，最後纏著她的舌含在自己嘴裡重重地吮吸，手覆在那處高聳上使勁揉捏。

喬樂曦雙手抵在他的胸膛上掙扎：「唔，唔……」

江聖卓按著她緊緊貼著自己，她感到有些難耐，不自覺地扭了扭摩擦著他。

江聖卓看她的臉上都是意亂情迷，低低地笑出來：「真是隻誘人的小野貓……」說完拉著她的手繞在自己的脖子上，「摟緊哥哥，哥哥讓妳不難受。」

耳邊的水聲漸漸消失，她只聽得到他的話，聽話地摟住他，下一秒就被他騰空抱起，兩條腿本能地緊緊夾住他的腰，身後是冰涼的牆壁，身前緊貼著他滾燙的胸膛，喬樂曦覺得自己都快被他折磨死了。

江聖卓扶著她的腰，一下一下地重重撞擊著，她的臉在他眼裡漸漸妖嬈起來。

他今天看到她的第一眼便察覺出異常，她的眉宇間透著一股嫵媚的風情，或許是經歷了男女之事，讓她之前隱藏起來的妖嬈如數綻放，粉嫩的唇微微張開，好聽的聲音就從裡面絡繹不絕地冒出來。

她的雙腿大開，這個姿勢方便他的進出，他要得又深又急，僅存的理智早就隨著他的動作撞飛出她的身體。她被他帶著一步一步攀向高峰，閉著眼睛摟上他的脖子，伸出細滑的舌頭輕舔著他的喉結。

江聖卓卻因為她這個無意識的動作咬牙切齒，忽然加快了速度，掐著她細白柔軟的腰，惡狠狠地說：「不許再誘惑我，不然我就真的不管不顧了！」

浴室裡彌漫著蒸騰的熱氣，輕柔的水聲中夾雜著喘息和呻吟。

一切平靜之後，兩個人坐在浴缸裡，江聖卓從身後抱著她，喬樂曦渾身無力地倒在他懷裡，任由他幫她清洗身體。

江聖卓輕輕揉搓著她的長髮：「週末跟我回家吧？」

喬樂曦此刻異常乖巧溫順，輕輕點頭。

江聖卓幫她沖了頭髮之後，喬樂曦轉了個身躺進他懷裡，覺得自己像是擁有了全世界，嘴角帶著滿足的笑，漸漸睡過去。

第九章　危機四伏

第二天喬樂曦一睜眼就覺得不對勁，江聖卓雙手雙腳都纏在她身上睡得正香，呼吸均勻，頭髮有些淩亂，看上去像個大孩子。

光線被厚重的窗簾遮住，看不出外頭的時間，她眨眨眼睛，摸到床頭的手機看了一眼，立刻坐了起來。

江聖卓被她的動作吵醒，睡眼蒙曨地睜開眼睛：「怎麼了？」

喬樂曦東張西望地找衣服，語氣有點急：「都十點多了，我上班遲到了！」

江聖卓撐著頭半躺在床上，無聲地盯著她看了半天，才幽幽地開口：「今天是星期六。」

喬樂曦停下所有動作想了半天才疑惑地問：「你確定今天是星期六？」

江聖卓笑著把她撲倒：「妳忘了？昨晚妳還答應我，跟我回家呢，不是週末，我那麼急著問妳幹嘛？如果妳忘了的話，我可以幫妳回憶一下。」

他緊緊貼著她，喬樂曦感覺到他的堅挺和火熱，一臉防備地拉開一些距離，笑著求饒：「還好還好，那我們就再睡一下。」

江聖卓又靠過來緊緊貼著她，在她頸間輕輕地啄，無聲地抗議。

喬樂曦隔著被子拍拍他身體的某處，笑得不可抑制：「弟弟乖，快睡！」

說完也不理江聖卓，很快又睡著了。

江聖卓被她弄得睡意全消，抱著她躺了一下便起床，從浴室裡出來剛幫她蓋好被子就聽到了門鈴聲。

打開門看到江聖謙的祕書和垂著腦袋的江念一，他有點意外：「怎麼是你？」

陳祕書一臉歉意，剛想說話，江念一就甩開他的手撲到江聖卓的大腿上，緊緊抱住不放手，嗚嗚大哭：「江小四……」

他穿得像隻小熊，揹著一個卡通書包，腦袋上還落著幾片雪花，再加上委委屈屈的樣子，看上去有點好笑。

江聖卓蹲下摸著他的腦袋，玩世不恭地逗著他：「喲，這是誰啊，欺負我們家長子長孫，真是不要命了！」

江念一哭得更傷心了，摟著他的脖子趴在他肩上頭都不抬。

江聖卓抱著他站起來，邊拍著江念一的後背邊對陳祕書說：「行了，我知道了，你回去跟大哥說，把這小子交給我就行了。」

陳祕書立刻鬆了口氣，千恩萬謝地走了。

江聖卓抱著江念一關上門，哄了半天。

——※——

喬樂曦再次醒來的時候，江聖卓已經不在了，她沒找到衣服，只好穿著浴袍起床，拉開窗簾便驚喜地發現了這個銀裝素裹的世界。

經過一夜，到處都是白色的積雪，更可喜的是，雪還在下，似乎沒有停過，她笑著打算去找江聖卓。

一推開臥室的門，就看到江聖卓坐在客廳窗戶前的沙發椅背上，拿著吹風機吹著她的內衣，兩片渾圓柔軟被他捏在手裡。

他穿著家居服垂著頭，外面強烈的白光反射在他臉上，他臉上認真專注，彷彿正在做著世界上最重要的事情。

喬樂曦剛想走過去，就看到江念一拿著衣架從陽臺上跑過來問：「四叔，是這個嗎？」

江聖卓抬頭看了一眼：「嗯，拿過來吧。」

「哦。」江念一脆生生地答應，然後就爬到沙發上趴在椅背上看他。

「四叔，我也想坐在上面。」

「你坐上面摔下來了怎麼辦？你就坐下面吧！」

「四叔，我想坐上面。」江念一眼神堅定地重複了一句。

江聖卓看了他一眼，無奈地放下手裡的東西，把他抱上來囑咐著：「坐好了啊。」

江念一笑呵呵地晃著胖胖的小短腿，扭著小身子看著窗外的雪花，過了一陣子又開始吱吱喳喳地說話。

「四叔，你在幹什麼？」

「沒看見嗎？衣服沒有乾，四叔吹一吹。」

「我知道，我是在問你吹的是什麼？」

「衣服。」

江念一伸手摸摸：「我怎麼沒見過，是給我穿的嗎？」

「你沒見過這個？」江聖卓看著他。

江念一搖頭：「沒有。」

江聖卓覺得吹得差不多了，笑著逗他：「你想穿啊？」

江念一對此很是好奇，點著頭張開手準備讓江聖卓幫他穿。

江聖卓捏了一下他的臉：「你不能穿，這個是給女孩子穿的。」

說著指指江念一的上面和下面，一臉認真地解釋：「女孩子的這裡和這裡跟男孩子是不一樣的，她們的這裡會慢慢變大……」

喬樂曦實在聽不下去了，大叫一聲打斷他：「江聖卓！」

一大一小兩顆腦袋同時回頭，江念一率先叫出來：「喬姑姑！」

江聖卓關上吹風機，笑著問：「醒了？」

喬樂曦一副兇神惡煞的模樣：「帶著你手裡的東西跟我進來！」

說完轉身回了臥室。

江念一和江聖卓同時掏掏耳朵，江聖卓一臉莫名其妙：「她這是怎麼了？」

江念一費力地拍拍江聖卓的肩膀，用同情的語氣回答：「唉，女人就這樣！我媽媽也這樣，我已經忍她很久了。」

江聖卓被他逗笑，拿著手裡的東西進了臥室遞給喬樂曦：「喏，乾了，穿上吧！」

喬樂曦狠狠地瞪著他：「你怎麼、你怎麼能當著小孩子的面……吹我的內衣呢？還跟他說那些話！」

江聖卓一臉無辜：「我這是提前教育，萬一他以後什麼都不懂，是會被女孩子笑話的。」

喬樂曦一臉諷刺地冷哼：「你倒是懂得多，不會被笑話！」

江聖卓笑嘻嘻地隔著浴袍動手動腳，捏捏她的胸，聲音中帶著不正經：「剛才我洗妳的內衣的時候就有點受不了了……」

喬樂曦立刻捂住他的嘴：「你真是什麼都敢說啊！」

江聖卓彎著眉眼吻著她的手心。

兩人正鬧著，就聽到江念一的叫聲。

「四叔！快來救我！」

江聖卓和喬樂曦收起笑容對視了一眼立刻跑出來，看到江念一只是被夾在沙發和牆壁的細縫裡才鬆了口氣。

他探著腦袋揮揮手，苦著臉：「四叔，我出不來了。」

江聖卓雙臂抱在胸前，幸災樂禍地笑：「誰讓你不老實，掉下去了吧？我倒是好奇，這個縫隙這麼小，你這麼肥，是怎麼掉進去的？」

江念一知道江聖卓這裡行不通了，又可憐兮兮地看著喬樂曦：「喬姑姑，快救救我，我要沉下去了。」

喬樂曦被他逗得大笑起來，碰碰江聖卓：「你快把他抱出來。」

江聖卓走過去，雙手抱住他慢慢出力，把他抱出來後放在沙發上：「你這小子，倒是挺會看人的啊。還有啊，小子，你該減肥了，怎麼又比以前重了？」

江念一趴在沙發上鄭重地道謝：「謝謝四叔。」

喬樂曦摸著他的腿，神情關切：「沒傷到哪裡吧？」

江念一笑瞇瞇地搖頭：「沒有，也謝謝妳，喬姑姑。」

喬樂曦摸摸他的腦袋，笑著回答：「不用謝，沒事就好。」

江念一爬到喬樂曦腿上讓她抱著：「喬姑姑，妳看外面下雪了，我們出去堆雪人吧，四叔說等妳醒了我們一起去，我等了好久了。」

喬樂曦怕他玩瘋了淋了雪會感冒，有些不確定地問江聖卓：「能帶他去嗎？」

江聖卓看了一眼時間：「先出去吃飯，吃完飯再說。」

江念一是小孩子，在屋裡憋了一上午，一聽到可以出去了，立刻歡呼著去穿衣服。

喬樂曦去臥室換衣服，換到一半接到關悅的電話。

『我親愛的喬大小姐，都快中午了，妳還不來上班啊，劉組長都過來問了三遍了！』

喬樂曦立刻停下手裡的動作，皺著眉冷靜下來，問了句：「今天星期幾？」

關悅很奇怪地回答：『星期五啊，怎麼了？』

喬樂曦咬牙切齒：「沒事，妳幫我請個假啊，我今天不過去了！」

江聖卓換好衣服正在玄關處幫江念一穿鞋子，便聽到喬樂曦在換衣間裡尖叫，然後氣沖沖地向他跑過來，掐著他的脖子：「你不是告訴我今天是星期六嗎？今天是星期六嗎？今天明明是星期五！」

「哦，那個啊，」江聖卓沒有半點悔過，理直氣壯地回答，「我騙妳的。」

「你！你這個騙子！」喬樂曦恨不得把他掐死，「週五你也不上班嗎？」

江聖卓一臉討好：「我為了陪妳啊，妳看我對妳多好啊。」

喬樂曦看到他得了便宜又賣乖的樣子就來氣，江念一在一旁笑瞇瞇地看著兩個人鬥嘴：「姑姑，妳準備好了嗎？我們走吧！」

——※——

社區裡到處都是玩雪的孩子，江念一興奮得小臉紅彤彤的，一手牽著江聖卓一手牽著喬樂曦，深一腳淺一腳地走在雪地上，咯吱咯吱的聲音和咯咯的笑聲伴隨了他們一路。

一路上喬樂曦都不跟江聖卓說話，完全無視他的存在，吃完飯打雪仗的時候簡直把江聖卓當成敵人，一點都不手軟。

「欸，你們夠了啊！」江聖卓從頭到腳都被喬樂曦和江念一攻擊著，都快成雪人了。

喬樂曦又狠狠地朝他扔了個雪球才解氣，然後招呼旁邊的江念一：「走，我們去堆雪人。」

三個人忙了半天終於堆出一個和江念一差不多高的雪人。

「四叔，你把圍巾摘下來幫雪人戴上吧！」江念一看到光禿禿的雪人，仰著頭對江聖卓說。

喬樂曦在一旁偷笑，真是親叔姪啊，做事風格都是一樣的，半點虧都吃不得。

江聖卓敲敲江念一的腦袋，憤憤不平：「我是不是你親叔叔啊，你對我還真不是一般的好，嗯？」

江念一摸摸雪人，小小的臉皺成一團：「可是他冷啊。」

江聖卓蹲下來睨他一眼，作勢要解他的圍巾：「他告訴你他冷了？既然你見不得他冷，那就把你的圍巾給他戴吧！」

江念一一臉為難地緊緊捂住脖子：「可是我也冷啊。」

江聖卓兩隻手捏著他的臉往外扯，惡狠狠地說：「你四叔我也很冷！」

「那怎麼辦？」江念一顯然捨不得雪人光禿禿的。

喬樂曦在一旁出餿主意：「要不讓江小四幫你搬到屋裡去？屋裡暖和。」

江念一一下子瞪大了眼睛，一臉興奮地點頭：「對！四叔，我們把它搬到你家裡去吧！」

江聖卓湊過來跟喬樂曦求饒：「我的大小姐，饒了我吧！到時候弄得到處是水不就算了，融化了這長孫哭起來我怎麼辦？」

喬樂曦笑得前仰後合。

江聖卓一手拉著她，一手抱起江念一往回走：「小子，你別聽喬姑姑胡說，她逗你玩的。雪人不怕冷，他怕熱，一熱啊它就變成水了，就沒辦法和你玩了，我們先回家，等一下再來看他。」

江念一趴在他的肩頭看著雪人乖乖地點頭。

喬樂曦看著這叔姪倆，微微笑起來。

江聖卓雖然看上去整天欺負這個姪子，不過她見過江聖卓哄江念一的樣子，又細心又有耐心，現在沒有結婚、沒有當過父親的男人，能這麼耐心地哄著孩子的確實不多見了，他以後一定會是個好父親。

喬樂曦禁不住想得更遠，以後會有個和他眉眼相似、一樣儀表堂堂的小男孩奶聲奶氣地叫他爸爸，那個時候的他應該學會沉澱臉上的妖孽之氣了吧，應該是一臉成熟沉穩了吧，他眼裡帶著溫暖的笑，耐心地逗著小男孩玩……

江聖卓轉頭看著喬樂曦，她俏生生地站在冰天雪地裡，嘴角越翹越高，眼睛清透靈動，整張臉亮得奪目。他也跟著笑起來，不自覺地放軟了聲音：「在想什麼，笑得這麼開心？」

喬樂曦斂了斂笑容，眨著大眼睛反問：「我笑得很開心嗎？」

江聖卓轉過頭牽著她往回走，吊兒郎當地嘀咕：「何止是開心啊，簡直是猥瑣至極。」

喬樂曦撲上去給了他兩巴掌。

——※——

週末，江聖卓開車帶喬樂曦回家，他一邊開著車一邊每隔幾分鐘就瞟旁邊的喬樂曦一眼。當他再一次看過來的時候，喬樂曦把他的臉掰正，頤指氣使地賞給他兩個字：「問吧！」

江聖卓得了懿旨，忙不迭地問出了心裡的不解：「我說，巧樂茲，妳也夠奇葩的，人家去見未來公公、婆婆，都緊張到不行，妳怎麼這麼鎮定呢？」

「說明我鎮得住場面，有大家風範啊！」喬樂曦坐得端莊大氣，對他微微一笑，一點也不客氣地誇著自己。

江聖卓笑著點頭哈腰地附和：「那是那是！」

下了車江聖卓一握上她的手就笑了。

這丫頭，就是嘴硬，還說不害怕，手心裡都是汗。

走了幾步，喬樂曦果然拉著他停住了。

江聖卓嘴角噙著笑，看著她不說話。

「那個……」喬樂曦咬著唇猶豫半天還是問出來，「你看我……沒什麼不妥的吧？」

江聖卓挑眉：「您不是大家風範不害怕嗎？」

喬樂曦苦著臉推了他一下：「真是討厭死你了！」

江聖卓低笑出聲，輕輕抱了她一下：「沒事，放心！他們都很喜歡妳，妳啊，就跟平時一樣就行了，他們說不定還很高興呢！」

江母看著時間差不多了便站在門口等著。

江念一抱著玩具跑過來：「奶奶，妳在等誰啊？爺爺不是回來了嗎？」

江母笑著說：「等你四叔帶女朋友回來呀！」

江念一也往門外看了看：「四叔不是有很多女朋友嗎？今天要帶哪一個漂亮姐姐回來啊？」

江母噎住了，現在的孩子怎麼什麼都知道。

「這個不一樣，今天四叔帶回來的是和他關係最親密的女孩子。」江母耐心地解釋，這麼多年江聖卓身邊雖然沒缺過女人，但這是他第一次帶女孩子回家，對他而言肯定是不一樣的。

「關係最親密的女孩子？」江念一皺著小臉想了半天豁然開朗，一臉的興奮，「那不就是喬姑姑嗎？喬姑姑要來了嗎？」

江母愣了一下，自言自語：「樂曦？」

前幾年，她確實有過這個想法，兩家人彼此熟悉，喬樂曦又是和江聖卓一起長大的，懂事大方，很合她的心意。不過這麼多年了，喬樂曦和江聖卓還是沒走到一起，她也就真的認為他們沒什麼了。

江念一搖著出神的江母，神祕地笑著：「奶奶、奶奶，是不是喬姑姑啊？四叔和喬姑姑可親密了，我還看到他們住在一起哦。」

「江念一！」江聖卓的聲音突然從頭頂傳來，嚇得江念一一哆嗦。

江母只顧著和江念一說話，連江聖卓和喬樂曦走近了都沒發現。她只當江念一是小孩子胡說也沒在意，心不在焉地打了招呼就往他們身後看過去，沒看到人才轉頭問江聖卓：「人呢？你不是說要帶女朋友回來的嗎？」

江聖卓揚了揚牽在一起的兩隻手，用下巴指著喬樂曦：「這不是嗎？驚喜吧？」

江母白他一眼：「就知道你糊弄我呢！你不想讓我們和人家女孩見面，也該找別人來裝一裝，樂曦我還不認識啊？」

江聖卓無奈地笑：「這真的是您的兒媳婦。」

江母盯著兩個人看了半天，半信半疑：「真的？」

喬樂曦被江母盯著，漸漸紅著臉低下頭。

「妳不信啊？」江聖卓忽然把喬樂曦摟在懷裡親了一下，嬉皮笑臉地問，「這樣子相信了嗎？」

喬樂曦一把推開他，還當著長輩的面呢，這人一點都不知道收斂。

江母盯著兩個人看了半天，一下子喜笑顏開地拉著喬樂曦往屋裡走：「還真的是啊，來，樂曦，快進去坐，阿姨做了一桌子好吃的。」

被冷落的江聖卓站在原地不滿地大聲嚷嚷：「喂，江夫人，您親兒子還在這裡呢，您不要了？」

江念一和江聖卓並排站著，學得惟妙惟肖：「喂，江夫人，您最可愛的孫子還在這裡呢，您不要了？」

現在江母的眼裡只有兒媳婦，哪裡還顧得上別人，頭都沒回。

江念一和江聖卓大眼瞪小眼，撓撓腦袋：「四叔，現在怎麼辦？」

「你說怎麼辦？」寒風凜冽，江聖卓緊了緊衣襟。

「我們就在這裡凍著，等奶奶心軟了肯定會出來叫我們！」江念一抱著玩具握握小拳頭，滿臉的堅定決然。

「哦，」江聖卓點點頭，「那行，你在這裡站著吧，四叔先進去了，我會讓奶奶早點出來叫你的。」說完長腿一抬便進了屋，嘴裡還嘀咕著，「還是屋裡暖和啊……」

江念一立刻邁著小短腿在後面追，邊追邊喊：「江小四，你是叛徒！」

叔姪兩人一路打鬧到客廳，江爺爺、江奶奶、江父、江母正圍著喬樂曦說話，根本沒注意到江聖卓。

江聖卓清了清嗓子想要引起注意，可一屋子的人一點反應都沒有，他只能灰溜溜地坐到喬樂曦旁邊。

江母握著喬樂曦的手，嘴一直沒闔攏過：「樂曦啊，這小子要是敢欺負妳，就告訴我，我幫妳打他！」

喬樂曦不好意思地笑笑：「沒有，他對我挺好的。」

江聖卓偷偷地翻了個白眼不樂意了：「喂喂喂，江夫人，我是不是您親兒子啊？」

「你這孩子怎麼這樣說話呢？」江奶奶拍了他一下。

江聖卓立即一臉委屈地對江奶奶訴苦：「不是嗎？奶奶，您說，就這丫頭，機靈得跟什麼似的，她不欺負我就不錯了，我哪裡欺負得了她啊？」

喬樂曦一邊對江奶奶笑，一邊在別人看不見的地方狠狠擰著江聖卓的腰。

江聖卓立刻坐直了，一臉僵硬的忍著。

江爺爺喝了口茶，對這個孫媳婦越看越滿意，笑著說：「你是男孩子，讓著女孩子是應該的。」

連一向吝於誇獎的江父也淡淡地說了句：「你這小子挑老婆的眼光倒是不錯。」

江聖卓嘆了口氣：「難道我長這麼大，對我們家最大的貢獻就是找了個好兒媳婦是吧？」

江母拍拍兒子的肩膀安慰了一下：「吃飯去吧，等一下飯菜都涼了。」

江聖卓被排擠的情況在飯桌上繼續，所有的好菜都被夾到喬樂曦碗裡。他懶洋洋地放下筷子：「這就是所謂的朱門酒肉臭，路有凍死骨吧？」

喬樂曦怕他真的生氣了，幫他夾了個雞腿，笑瞇瞇地說：「喏，你愛吃的，快吃吧！」

江聖卓誇張地嘆了口氣，意有所指地對江念一說：「小子，看到沒，我們家啊，重女輕男，你以後的日子不好過囉！」

江念一的嘴被菜塞得滿滿的，很不屑地鼓著小臉：「誰跟你一樣，我是長子長孫，太爺爺、太奶奶、爺爺、奶奶最疼我了！誰叫你是逆子，活該！」

江聖卓瞪他：「行！你有本事！看下次我還收不收留你！」

江念一把頭偏向一邊：「哼！」

一桌子人被叔姪倆逗得哈哈大笑，喬樂曦笑著笑著，之前的緊張和拘謹漸漸消失。

一直到出了門離開後喬樂曦還在笑，江聖卓看她一眼，戲謔著問：「怎麼樣啊，四少奶奶？」

喬樂曦努力收起笑容，咳了兩聲，還是笑了出來。

江聖卓摟過她的肩：「江太太，您看您也舒暢了，這裡離妳家這麼近，是不是帶我去見見令尊給我個名分啊？」

喬樂曦立刻垮了臉，有些抵觸：「我不去，要去你自己去。」

江聖卓好脾氣地哄：「我自己去算怎麼回事啊，走吧，妳二哥也在。」

喬樂曦停下來盯著他看了半天，臉色有點難看，緊緊皺著眉：「這麼說，是你和我二哥兩個人合夥下了圈套等著我呢？」

江聖卓嘆了口氣，開口解釋：「妳看妳又想多了？我再不去見妳爸，妳爸就要把妳嫁給薄仲陽了！我都沒生氣呢，妳還生氣了！」邊說邊拉著她轉了個彎。

喬樂曦被他帶著變了方向都沒發覺：「和薄仲陽有什麼關係？我很久沒見到他了。」

江聖卓敲敲她的額頭：「和他沒關係？妳和他鬧了那麼大的動靜，妳爸還不動心思？」

喬樂曦白他一眼：「那還不是怪你！」

「妳還敢說！」江聖卓咬牙切齒，「妳再說我在這裡就把妳辦了，妳信不信？」

喬樂曦對他扮了個鬼臉：「流氓！」

江聖卓吊兒郎當地回了句：「男人不流氓，生理不正常！」

喬樂曦用他的調調堵回去：「男人太流氓，肯定活不長！」

「喲！」江聖卓瞇著桃花眼看她，「有這麼咒自己男人的嗎？」

喬樂曦攬著他的手臂笑嘻嘻地哄他：「我是說一般的流氓，您不同，您哪，不是一般的流氓，和您沒關係。」

江聖卓皺著眉頭想了半天：「怎麼越聽越覺得妳是在罵我？」

喬樂曦轉過去想繼續損他兩句，突然看到旁邊的那棟別墅，神色一下子冷下來，幽怨地看著他不說話。

江聖卓湊過去又親又哄，喬樂曦越掙扎他越殷勤，她的臉色總算沒那麼難看了。

進了門就看到喬裕正坐在沙發上看新聞，看到他們進來，拿起遙控器關了電視，站起來，聲音有意放輕：「在樓上書房自己跟自己下棋呢，本來拉著我下，下了一盤就把我轟出來了，還罵我不長進，妳們快上去吧。」

喬樂曦僵著臉跟著江聖卓上樓，進書房前，喬裕囑咐著：「笑笑，臉色那麼難看幹什麼？又不是上刑場！」

喬樂曦嘆了口氣，敲門進去，和江聖卓並肩站在書房中央，懶懶地叫了聲：「喬書記。」

喬柏遠抬頭看她一眼，聲音平緩：「妳叫我什麼？」

喬樂曦撇撇嘴繼續挑釁：「喬首長。」

喬柏遠站起來走到喬樂曦面前，語調依舊平穩得可怕：「妳再說一遍？」

喬樂曦立刻感覺到了無形的壓力，老老實實地叫了聲：「爸……」

喬柏遠重新坐到書桌後面：「難得見妳主動回來，有事嗎？」

喬樂曦看他又擺出一副大家長的樣子，心裡煩：「我帶江聖卓來給您看看。」

喬柏遠莫名其妙地看了看兩個人：「什麼意思？」

喬樂曦飛快地吐出幾個字：「我男朋友。」她現在只想快點說完快點離開。

喬柏遠年輕的時候便憑著英挺的外表和幹練鐵血的手腕扶搖直上，經過幾十年的政壇沉浮，似乎更加波瀾不驚，難以撼動，此刻他面無表情地看了兩人半天，看上去並沒有任何喜悅。

時間一分一秒地流逝，喬樂曦心裡有點慌。

江聖卓輕輕地捏捏她的手安撫著，喬樂曦轉過頭對他勉強一笑。

剛才在江家，江聖卓的家人知道她是江聖卓的女朋友後那麼高興那麼熱情，可她帶他回來，卻只能在這裡冷冷清清地站著，心裡不免有點悲涼。

喬父緩緩開口：「如果妳們是來徵求我的意見的，那我只有一句話——如果只是年輕人談戀愛玩一玩倒是沒什麼，不過如果是打算以後一直在一起，在我看來，妳們並不合適。」

喬樂曦立刻惱火了，冷笑著：「您想多了，我不是來問您意見的，我就是覺得您是長輩，來跟您打聲招呼，您同不同意和我一點關係都沒有。」

江聖卓看著喬樂曦一副就要衝上去的樣子，趕緊拉著她，看著她氣得身子有些發抖，他心裡也不好受。

喬樂曦看了江聖卓一眼就拉著他往外走：「走，我們走！我就說不來吧，真是多餘！」

江聖卓被她硬拉著往門口走，他轉頭看了看喬父，一臉為難，這對父女真是對冤家。

「站住！」喬父的聲音中帶著剛才沒有的威嚴。

喬裕一直在書房門口偷聽，忽然聽到他們吵起來，喬柏遠的聲音裡明顯帶著火藥味，他想也沒想就衝了進來，正好撞上喬樂曦。

他攔住喬樂曦，看到她眼睛都紅了，笑著對喬父說：「爸，樂曦好不容易回來一次，有話好好說嘛，又沒有深仇大恨，何必每次都弄成這樣呢？」

喬父對他擺擺手：「你先帶她出去。聖卓，你留下，我有幾句話跟你說。」

喬樂曦緊緊拉著江聖卓不鬆手：「您有什麼話，不能當著我的面說的？我都這麼大了，難道還做不了自己的主嗎？」

喬柏遠拿起紙鎮拍在桌子上，尖銳的聲音直衝耳膜：「妳口口聲聲說把我當長輩，妳就是這麼跟長輩說話的？妳都這麼大了，還有沒有一點規矩？我看妳就是被寵壞了！」

喬樂曦再也不肯看喬柏遠一眼，低著頭拽著江聖卓，聲音有些顫抖：「走，我們別理他。」

江聖卓和喬裕對視一眼，喬裕不動聲色地擋住了喬柏遠的視線。

江聖卓拉著喬樂曦的手，極快地在她眼睛上輕啄了一下，輕聲說：「乖，妳先出去，我馬上就去找妳，好不好？」

喬樂曦抬頭看著江聖卓，他的面色柔和，眼睛裡帶著某種懇求，看得她心頭一顫，狠下心不再看他，拚命搖頭，抓著他的手越來越用力。

喬裕拍拍喬樂曦的頭，語氣輕鬆地緩解著氣氛：「妳還怕爸把他吃了不成，我們先出去，妳這樣讓聖卓多難做人。」

喬樂曦看看喬柏遠，看看喬裕，又看看江聖卓，咬著唇慢慢鬆手，轉身走了出去。

房間裡立刻就安靜了，喬柏遠看著書房中央站著的人——他恭恭敬敬地站在那裡，微微頷首，不卑不亢，不開口也不催，耐心極好地等著。

「我也是看著你長大的，在我眼裡，你就是我的兒子，和喬燁、喬裕沒什麼區別。雖然小時候調皮搗蛋，但是現在總算是有所作為，不過……」喬柏遠頓了一下，看了看江聖卓繼續說，「我也不和你繞圈子了，我不管你們之間的感情怎麼樣，只有一點，你們不合適——你們都不夠成熟。聖卓，樂曦她就是個孩子，你也不夠穩重，沒有定性，至少目前沒有給她幸福的資格。」

江聖卓垂著眼簾安安靜靜地聽著，一言不發，喬柏遠開門見山的話一個字一個字地敲在他的心上。

「其實，對於樂曦的婚事，我心裡倒是有個合適的人選，你也猜得到是誰。也許薄仲陽的家世、能力都不如你，但他那種沉著穩重的性情才是適合樂曦的。」喬柏遠走近，抬起右手壓在江聖卓的肩頭：「我並不是反對你們在一起，我只是想告訴你，一切都言之過早。你們太年輕、太孩子氣了，現在還你儂我儂，以後呢，等以後你們結了婚過日子能抵得住平平淡淡的幾十年嗎？你能一直這麼包容她寵愛她嗎？你拿什麼來承諾？這些你都沒想過吧？」

江聖卓臉上沒有半點鬆動，心裡卻苦笑著。

喬書記就是喬書記，說起話來就是這麼犀利，專攻人的軟肋。

「再等等吧，等你成為一個真正的男人了，再來和我說這件事，我希望談樂曦終身大事這件事時，是男人和男人之間的對話。」

江聖卓聽到這裡抬頭看向喬柏遠，兩個人對視了許久，喬柏遠背著手轉身走回書桌前。

江聖卓低頭看看自己的肩膀，雖然喬柏遠的手已經離開，但他卻還是感覺得到肩頭上的壓力。後來的很多年裡，他才明白，那種壓力的名字，叫責任。

喬樂曦靠在書房門口的牆上，僵著臉不理喬裕。

喬裕一臉委屈，低聲下氣地哄著妹妹：「我這是招惹誰了，好心辦了壞事，妳還怨我。」

喬樂曦斂了斂神色，認真地問：「二哥，你說，喬書記為什麼反對我和江小四？」

喬裕知道這個妹妹這麼稱呼喬柏遠是真的生氣了：「爸的心思誰猜得中啊，我們猜了十幾年了吧，什麼時候猜中過？別說我，就算是大哥，到了今天都摸不透爸的心思。」

喬樂曦聽了以後更鬱悶，低著頭又沉默了，不時地歪頭看那道緊閉的房門。

江聖卓打開門出來的時候，臉上並沒什麼異常，看到門口的兩個人還是不正經的笑：「喲，這是夾道列隊等我呢？」

喬樂曦小跑幾步過去拉著他的手：「說了什麼？」

江聖卓眨眨眼睛：「沒說什麼啊，閒聊。」

喬樂曦繃著臉瞪他。

江聖卓依舊嬉皮笑臉地捏捏她的臉：「二哥，看到沒，你這個妹妹啊，凶起來跟母老虎似的。」

喬樂曦察覺出他笑容背後的勉強，佯裝生氣，惡狠狠地拍掉他的手：「你才是母老虎呢！快走吧，我都睏了！」

喬裕笑著跟他們道別，一句話都沒問。

果然出了喬家的門，江聖卓就反常地安靜了下來。

喬樂曦有點心虛，握著他的手指纏繞著自己的：「欸，你別生氣啊，我不知道會是這樣。」

江聖卓一直在想喬柏遠的話，也沒顧上別的，誰知她就開始胡思亂想。

他知道她心裡在想什麼，手懶懶地搭上她的腰，不老實地動手動腳：「妳以為我不高興啊？」

「難道不是嗎？」喬樂曦反問。

江聖卓拉著她上了車：「妳呀，千萬別多想，我爺爺、我奶奶、我爸、我媽一直都喜歡妳，對妳好那是正常的，妳爸呢，估計從小就看不上我，現在沒把我轟出來，我已經心滿意足了。」

喬樂曦還是好奇：「他到底跟你說了什麼？」

江聖卓慢慢地啟動車子：「真的沒說什麼，就算是真的說了什麼，那也是我該想的，妳別多想。」

喬樂曦知道，這下子是真的問不出什麼了，賭氣扭頭看著窗外。

一直到睡覺前喬樂曦的情緒都不好，江聖卓靠在床頭一臉不正經地逗她：「欸，樂公主，您看您父皇沒看上我，要不然您跟爺私奔吧？」

喬樂曦推開他黏在自己身上的手，紅著臉兇神惡煞地呸他：「私奔你個頭！」

「嘴這麼硬啊，」江聖卓笑容裡帶著曖昧，「等一下看妳還嘴不嘴硬！」說著拖著她上床把人壓在身下。

喬樂曦只覺得天旋地轉，然後便躺在了床上，她捂住他的嘴躲避著：「說，我是你在床上的第幾個女人？」

江聖卓撐起上半身，嘴角帶笑：「怎麼，吃醋了？」

喬樂曦「呸」了一聲，一臉不屑：「說說唄，如果兩隻手數得過來的話，我不會嫌棄你的。」

江聖卓咬牙切齒：「不用兩隻手，一根手指就行！」

喬樂曦不敢相信：「只有一根手指？你確定？」

江聖卓邪惡地笑：「原來一根手指不夠啊，那我就多用幾根。」

喬樂曦縮了一下，江聖卓的手指便開始在她身上點火。

屋內溫暖如春，江聖卓的吻不斷落在喬樂曦的眉毛上、眼睛上、鼻尖上，喬樂曦躺在他懷裡，勾著嘴角一臉滿足。

江聖卓握著她的手，輕聲叫她：「樂曦？」

「嗯？」

「跟我在一起幸福嗎？」

「嗯。」

「真的？」

「嗯。」

江聖卓看她馬上就要睡著了還掙扎著回答自己，笑了笑：「快睡吧。」

——※——

第二天喬樂曦約了關悅一起吃晚飯，說禁止攜帶家屬和寵物，她打電話跟江聖卓說的時候，江聖卓沉默了幾秒，然後特別真誠地問：『請問四少奶奶，我是屬於家屬還是寵物？』

喬樂曦抱著電話笑得東倒西歪：「你絕對是家屬！寵物指的是關悅家的小寶貝。」

於是江聖卓晚上獲准自由活動。

施宸進門的時候就看到江聖卓懶懶地靠在椅子裡，一臉悶悶不樂地出神。

他坐到葉梓楠旁邊，拿起筷子就開始吃：「今天誰點的菜，不錯啊。」

說完之後，沒有半點動靜，江聖卓依舊盯著滿桌子的菜扮演沉思者，葉梓楠則是一臉意味深長地淺笑。

施宸湊到葉梓楠旁邊：「他怎麼了，這麼安靜？欲求不滿還是心情不好？」

江聖卓緩緩偏頭看了他一眼，翻了個白眼沒理他。

葉梓楠看著那個身影對施宸說：「今天下班去找他，據他那個美麗的女祕書說，他一整天都是這個狀態，放空中。」

施宸放下筷子也不吃了，顯然對江聖卓的異樣的興趣大過於美食：「少見啊，不過，他這個樣子我還真的是不習慣。」

「我也不習慣，所以，我特別叫蕭子淵去問了，他還沒來。」葉梓楠看了一眼時間，「應該快到了吧。」

葉梓楠話音剛落，蕭子淵就推門進來了，看到兩個人用壓抑不住的興奮眼神看著他，他嚇了一跳，帶點鄙夷：「你們也太八卦了吧？」

「那麼多廢話，問到了嗎？」

蕭子淵脫了外套掛到衣架上，坐下後才開口：「問出來了，還是事發現場唯一的一位旁觀者。喬裕說，昨晚江小四跟小青梅回家，然後，未來岳父竟然沒有看上我們風流倜儻的江小爺。」

「哦……」葉梓楠和施宸異口同聲地做出反應。

「還有啊，」蕭子淵補了一句，「下次別讓我去問這種事情了，你們不知道今天喬裕跟看怪物似的看我半天，臨走的時候那張臉都快樂開花了。」

他們三個邊吃邊說話，江聖卓一直裝空氣，突然不知道哪句話刺激了他的神經，他看向葉梓楠：「當初你第一次去宿琦家的時候，她爸她媽對你是什麼態度，滿意嗎？」

葉梓楠淡淡一笑，那一臉的眉飛色舞低調地炫耀著他當時的受歡迎程度。

施宸給他遞了杯酒：「這還用問啊，你說葉梓楠一裝起來，那還不是風度翩翩一表人才，誰家不趕著把女兒嫁給他？」

「那我呢？」江聖卓傻傻地問。

「你啊，你這張臉太漂亮了，一看就招桃花，雖然小姑娘喜歡，但在長輩那裡沒有葉梓楠那張臉討喜。」施宸不遺餘力地打擊他。

蕭子淵看他聽了這句話立刻洩了氣，拍拍他的肩膀：「怎麼，喬老爺子真的沒看上你？」

江聖卓悶悶地喝酒：「嗯。」

「原因呢？」蕭子淵思索了幾秒，「私生活不檢點？」

「不是，」江聖卓欲言又止，甕聲甕氣地說了句，「他說我不是男人。」

三個人立即就笑噴了。

「喬老爺子可真毒。」

江聖卓沒被他們逗笑，反而又沉默了。

他承認，喬柏遠說的那些問題他確實沒有想過。之前他一直想著和喬樂曦在一起，後來真的在一起了，就想著要對她好，一起走完這輩子。

可是這輩子這麼長，他要怎麼和她走下去？怎麼對她好？

這不是一句話就可以說清楚的。

荒唐了那麼多年，他真的要好好想一想了。

承諾一旦給出去，就有了責任。

三個人對視了一眼，都覺得江聖卓今天確實不太一樣。

雖然他有時候也會心情不好，但說出來開開玩笑就好了，可現在那張往日裡總是玩世不恭的臉上卻顯得異常深沉。

蕭子淵坐到他旁邊攬著他的肩膀，寬慰著：「還很鬱悶？沒關係的，自古以來啊，這岳父看女婿就是不順眼。」

江聖卓搖搖頭：「不是因為這個，是因為我反而覺得他的話是對的。如果我將來有個女兒，也不會把她交給一個糊裡糊塗的男人。」

三個人又對視了一眼，看來這件事他們是幫不上忙了。

「你們三個這麼看著我幹嘛，我又不是菜。」江聖卓揮舞著筷子招呼三個人吃菜。

他想清楚了，心情慢慢好起來，話也多起來，漸漸恢復了本性。

葉梓楠吃到差不多的時候開口：「對了，那個合約不是要去美國簽嗎？到時候你替我去吧！」

江聖卓皺眉：「我記得我們當時說好的，是你去。」

葉梓楠心安理得地解釋：「我明天有點事，去不了。」

江聖卓一開口就是吊兒郎當的調調：「有事？是你有事，還是你老婆有事啊？」

葉梓楠抿了口茶水，臉上帶著在江聖卓眼裡看來很欠扁的微笑：「我老婆的事就是我的事。」

江聖卓一副寧死不屈的模樣：「葉梓楠！你太過分了！上次你一聲不吭地去度蜜月，什麼都扔給我，現在又這樣，今天不說個我能接受的理由出來，我就解約！」

葉梓楠慢條斯理地出招：「你敢解約我就敢把你當年寫給喬樂曦的情書內容說出來。」

江聖卓不服氣：「你記性也太好了吧？都過去多少年了，你還記得？」

「我當然要好好記住啊，不然出現今天這種局面，我不就沒辦法了？」葉梓楠說完又問旁邊的兩個人，「你們想不想知道信裡說了什麼？」

蕭子淵笑而不語，施宸興致盎然地猛點頭。

江聖卓眼見大勢已去，咬牙切齒地答應：「好！我去！你都拿這招威脅我十幾年了，也該換個新的了吧？」

「招不在多，有用就行，對付你，這一招足矣。」

江聖卓恨恨地瞪著葉梓楠：「你有沒有人性啊？我昨天剛剛在喬家受了重創，你還讓我當苦力！」

葉梓楠幫他倒了杯水遞過去：「你呢，現在急需化悲痛為力量，這股力量千萬別浪費，還是做點貢獻吧！」

江聖卓氣呼呼地站起來：「老婆奴！」說完就往外走。

施宸在身後叫：「欸，你幹什麼去啊？」

「回家收拾行李！」

葉梓楠又補了一句：「付了帳再走啊！」

江聖卓氣得腳步都亂了，三個人哈哈大笑。

——※——

喬樂曦回到家的時候，在客廳看了半天都沒見到江聖卓的人影，找到臥室才看到他正在收拾衣服。

她走過去從身後抱住江聖卓：「你要出差？」

江聖卓把最後一件衣服放進行李箱裡，轉身抱著她坐到床上：「要去美國簽個合約。」

喬樂曦靠在他胸前，揪著他胸口的鈕釦：「那麼遠啊，不去行不行啊？」

江聖卓笑著逗她：「捨不得我啊？」

喬樂曦一偏頭：「誰捨不得你了！」

嘴上雖那麼說，她卻還是緊緊地抓著他。

以前江聖卓偶爾也會出差，有時候他整天在她眼前晃，晃得她心煩就問：「喂，你什麼時候出差啊？」

然後他就真的去出差，隔了幾天又精神抖擻地出現，扔給她一些小東西，她曾一度懷疑他不是出差而是去度假。

現在她卻一點都不想和他分開。

江聖卓拍拍她的背：「葉梓楠那畜生，本來是他去的，突然又跟我說家裡有事去不了。那個合約很重要，別人去我也不放心。我儘量在週末之前趕回來。」

喬樂曦從他懷裡坐起來：「要去那麼多天啊？」

她剛從外面回來，小臉被風吹得紅撲撲的，看得他心癢，一時沒忍住低頭親了一下，含著她冰涼的唇吮吸噬咬，直到她喘不過氣捶了他一下，他才鬆開。

江聖卓和她十指相扣，認真地囑咐著：「我走了妳也別閒著，交給妳一個任務。」

「什麼任務？」喬樂曦難得看他正經的樣子。

「妳手裡那個案子是不是快收尾了？正好趁著這幾天把辭職手續辦好。」

「嗯，過幾天就驗收了，如果沒問題我就能交差了。對了，怎麼突然在意起這件事？」

江聖卓沉吟了一陣子：「我最近又想了想，還是不放心，妳還是別在那裡多待了。」

喬樂曦點點頭：「哦，那我盡快吧！」

「我明天下午的飛機，到時候就直接從辦公室走了，妳在家裡乖乖等我回來。」

喬樂曦埋進他懷裡點了點頭。

——※——

隔日一早，喬樂曦在辦公室裡坐了一下子眼皮就開始跳，跳得她心裡發慌，特地打了個電話給江聖卓。

江聖卓正在準備資料，兩隻手忙得沒有空閒，用肩膀夾著手機：「這麼快就想我了啊？」

他在那邊低沉地笑，笑意裡帶著不正經，喬樂曦聽到他的聲音安心了不少：『沒啊，看看你在幹什麼。』

「江總，時間差不多了，該去機場了。」杜喬小聲提醒著。

江聖卓打了個手勢，接著不慌不忙地說：「沒幹什麼啊，妳接著說。」

『我沒什麼事，你快走吧，下了飛機再聯繫吧！』喬樂曦有點不捨得。

「嗯，我說的事別忘了啊。」江聖卓沒覺察出什麼異常，只當她是黏他。

喬樂曦應了一聲，依依不捨地掛了電話。

吃過午飯後沒多久她就接到基地站的電話：『喬工，您快過來一趟吧，出事了！』喬樂曦掛了電話之後，眼皮也不跳了，她苦笑，之前還一直擔心會是江聖卓，原來是她自己的事情。

喬樂曦拿了車鑰匙就跑出了辦公室，叫了同組的幾個人開車往基地站趕。她知道事情會很棘手，但是沒想到會那麼嚴重。

天氣陰沉沉的，寒風在耳邊怒吼，喬樂曦看著車窗外，在心裡嘆口氣，又降溫了。不知道為什麼她此刻腦子裡竟然在想江聖卓早上出門的時候穿的什麼，會不會冷。

或許是天氣的原因，或許是大家都感覺到事情會很複雜，一路都沒人說話。

遠遠地就看到了警車、救護車和採訪車，她一下車就被幾個記者團團圍住，閃光燈和攝影機對著她，記者舉著麥克風七嘴八舌地問她問題。

助手替她奮力擋著，她好不容易掙脫出來，被幾個同事帶著往辦公室走。

凜冽的寒風像利刃一樣割在臉上，吹散了她的頭髮。喬樂曦透過散亂的長髮看到發射塔倒塌在地上，壓倒了一片樹木，地上還散落著工具和安全帽，下頭有著血跡，她的心底越來越冷。

進了辦公室，裡面有幾個同事和眼熟的工人，看到她來了似乎鬆了口氣，讓她意外的是，白津津竟然也在。

「怎麼回事？」喬樂曦簡單地打了招呼便直奔主題。

「本來一切都很正常，可突然發射塔就開始傾斜倒塌，在塔上作業的兩個工人被甩了出去，當場死亡，塔下的三個工人一死兩傷，傷者已經送去醫院了，昏迷不醒。」

喬樂曦聽得心都涼了，一股寒氣從腳底升起蔓延到全身：「原因呢？調查了嗎？」

一個同事吞吞吐吐地回答：「喬工，發射塔底座的螺絲……尺寸小了。」

喬樂曦看著滿屋子的人，眉頭皺得死緊：「怎麼會犯這種錯誤呢？後期檢查的時候也沒發現嗎？」

「喬工，設計圖就是那麼設計的。」

喬樂曦不敢相信地看著他：「不可能！把圖拿來我看看！」

圖紙很快遞了過來，喬樂曦只看了一眼就扔到桌子上：「這份設計圖不是當初定稿的那份。」

「可上面有您的簽名啊。」白津津站在角落裡很輕很淡地說了一句。

喬樂曦又看了一眼右下角的簽名，乍看確實和她的筆跡很像，卻不是她簽的。

她一臉坦蕩地盯著白津津，一個字一個字地說出來：「我再說一遍，不是我簽的，這份圖也被改動過。」

屋內的氣氛一下子冷到極點，他們沒見過這個樣子的喬樂曦，她漂亮的眼睛裡帶著寒意和讓人無法堅定地反駁。

「現在出了事，傻子才承認。」白津津冷哼著。

幾個工人聽了這話都動了氣：「妳這個女孩不要亂說話，喬工不是那種人！」

「就是！」

喬樂曦不屑和白津津計較，皺著眉繼續問：「就算是圖出了問題，那當初施工的時候怎麼不提出來呢？你們都是老師傅了，怎麼會犯這種錯誤？」

幾個工人拉拉扯扯，看看白津津又看看喬樂曦，一臉為難。

喬樂曦深深地呼出一口氣，唯一的一點耐心也沒了：「說！」

一位比較年長的師傅半天才開口：「我們提了，可是白工說，讓我們按圖施工就行，別管那麼多，她還說……說這公司是姓白還是姓喬，讓我們想清楚。」

喬樂曦很無奈地笑出來，笑聲裡帶著對白津津的無知的嘲諷和可憐。

她走了幾步，站在白津津面前，緩緩開口，聲音裡不帶一絲波瀾：「這話是妳說的？」

白津津略帶尷尬地點點頭，剛才的囂張氣焰消失了一半。

喬樂曦握著圖紙的手用力再用力，最後還是沒忍住，她把設計圖扔到白津津的身上，拔高了聲音，怒氣衝天：「是誰給了妳這麼大的權力？工人對設計圖提出異議是要上報討論的，這話妳進來的第一天，我就告訴過妳吧？我是不是告訴過妳，工程這個東西是要經驗累積的？這裡的每個人都是妳的老師！工程是個嚴謹的工作，妳的一個數字一句話都可能帶來不可挽回的後果！是，這公司是姓白，可是發射塔它不姓白！老天爺也不姓白！」

說完她轉身推開窗戶，寒風一下子湧進來，噎得她說不出話來。

緩了幾秒鐘，她才指著視窗正對著的倒塌的發射塔慢慢開口：「那都是人命啊，妳沒看到嗎？」

或許白津津也沒想到會弄出人命，明顯底氣不足地說了句：「我不過是按圖做事，圖錯了怪得了我嗎？妳別想什麼都往我身上推。」

喬樂曦深吸一口氣，緩了緩聲音，有些虛脫：「我不會再跟妳說任何話了，都是我的錯，我當初千不該萬不該同意讓妳進組。」

說完轉身出了辦公室站在屋外，雖然氣得渾身發抖，但她還是強迫自己冷靜下來。

過了半天她才拿出震動了半天的手機，看了一眼未接電話回了過去。

那頭關悅都快急瘋了，接起來就劈哩啪啦地往外倒：『妳怎麼不接電話啊，我剛剛聽說，急死我了！』

喬樂曦苦笑，故作輕鬆：「這壞事傳起來就是快，我才剛知道，妳就知道了。」

『圖到底是怎麼回事？』

她的聲音夾雜著狂風的怒號緩緩傳出來，帶著蒼涼：「圖啊，不是什麼高明的手段，卻很好用，遲早會查出來那個簽名是假的，但我的名聲估計也臭了，一查就會查到我是喬家的人，就算我是清白的，也會有人說是喬家靠著權勢掩蓋了事實，到時候肯定萬里江山一片罵，畢竟出了人命！這就是他們的高明之處，不靠事情本身，靠的是輿論……做我們這行的，名聲多重要啊，不止我，怕是喬家也會被推上風口浪尖，真是一箭雙雕。還有啊，妳知道白家那個沒腦子的小公主幹了什麼事嗎？當時工人提出來尺寸有問題，她竟然誰都沒說就壓下去了，這次真的是被她害死了……」

關悅聽了喬樂曦的分析之後，手腳冰涼：『是誰幹的？』

喬樂曦忽然笑了：「妳覺得呢？妳覺得這兩件事是巧合嗎？」

『妳爸和妳哥他們知道了嗎？』

「知道了現在肯定也不能出面啊。」喬樂曦知道其中的利害關係，現在替她說話怕是會越描越黑。

『那……告訴江聖卓了嗎？』

「沒有，」喬樂曦拉緊衣領，「他出差了，這時大概開始登機了吧。行了，不說了，我再去了解一下情況。」

掛了電話之後，關悅想了想還是撥了江聖卓的電話。

江聖卓已經登了機坐到了位子上，剛準備關機，有個電話打了進來。

他本不想接的，卻鬼使神差地按了接聽鍵：「喂，哪位？」

『江聖卓，是我，關悅，你在哪裡？樂曦出事了……』

「先生，飛機馬上就要起飛了，請您關機。」空姐彎著腰微笑著提醒。

江聖卓看也沒看她，只聽了前半句便臉色驟變，站起來往外走。

幾名助手也跟著站起來：「江總……」

江聖卓遲疑了一下：「你們先走，到時候我讓華榮的葉總和你們聯繫。」

他什麼都顧不上了，從機場出來開著車就往回趕，抽空打了個電話給葉梓楠。

葉梓楠很是驚奇地接起來：『欸，你這時候不是應該已經在飛機上了嗎，怎麼還沒走？』

江聖卓一腳把油門踩到底，臉色冷峻：「我去不了了，樂曦出事了。」

葉梓楠聽出他聲音裡的冷肅和掩飾得極好的慌亂，很快應下來：『行，美國那邊我去吧，你忙你的，有事打電話。』

江聖卓掛了葉梓楠的電話，又打給喬樂曦，卻一直沒人接。

他煩躁地把手機扔到一邊，心急如焚。

喬樂曦吹了一陣子冷風，總算冷靜了下來。她一轉頭，不經意地看到那抹暗紅的血跡，好不容易壓下去的怒火又湧了上來，按了幾個數字撥出去。

一接通她就對著那邊吼：「劉磊，白津津幹的事，我不相信你一點都不知道！我告訴你，我不管她是誰的姪女，你讓她立刻、馬上從我面前消失！以後再也別出現！」

那邊的聲音不緊不慢：『喬樂曦，現在出了事，妳打算往新人身上推，這不厚道吧？再說了，妳是項目負責人，她也是妳帶的新人，她有錯妳也難以免責吧？要不然，妳去跟白總說？』

喬樂曦緊握著手指，嘲弄著開口：「哼，如果你一定要這麼說，那我也有幾句話說。當初你為了巴結白總把她要到我們組，那你自己帶啊，一定要扔給我帶！現在出了事了，把自己撇得一乾二淨往我身上潑髒水！我告訴你！你也不用白總長白總短地拿白起雄壓我！姑奶奶我不吃你那一套！這些年你幹的那些破事，以為我不知道？如果你想聽，我可以一件一件地說出來，比如，自從你當了組長，手裡的房產不下五處了吧？」

劉磊聽得冷汗涔涔，找不出話來反駁。

「現在，還需要我繼續說下去嗎？」喬樂曦氣昏了頭，要不然這些事她一向是不屑管的。

劉磊的聲音軟了點：『我還是那句話，白總已經和薄總聯繫上了，正在往妳那邊趕，妳有什麼話直接跟他說吧。』

「畜生！」喬樂曦輕飄飄地吐出兩個字，掛了電話。

事到如今她也不怕撕破臉了。

她又轉頭看了一眼那片血跡，觸目驚心，刺得她眼睛疼。

喬樂曦回了辦公室，幾個同事圍上來：「喬工，現在怎麼辦？」

喬樂曦早已鎮定下來：「事情已經發生了，等白總和合作方代表來了再說，大家都先休息一下吧，還不知道什麼時候能走呢。」

說完喬樂曦安撫地對大家笑笑，坐在靠近門口的沙發上，安安靜靜地等著。

她看了一眼時間，這個時候江聖卓已經在高空了吧，他在幹什麼呢？看文件？睡覺？還是調戲空姐？

想到最後一個可能，她忽然笑出來，這個可能性還是比較大的。

不知道什麼時候，喬樂曦靠在沙發上睡著了，她迷迷糊糊地感覺到有人來到她身邊，摸了摸她的手和臉，那雙手乾燥而溫暖，然後往她身上蓋了件衣服。那件衣服上還帶著體溫，很快溫暖的感覺和熟悉的氣息就包裹了她，讓她覺得安心。

她知道自己不能再睡了，可掙扎了幾次，怎麼都睜不開眼睛，那隻手在自己胸口輕輕拍了兩下，她終究還是睡了過去。

再次醒來的時候，天已經快黑了，屋裡只開了一盞昏暗的檯燈，一個人也沒有，喬樂曦剛坐起來便碰觸到一片柔軟。

蓋在她身上的大衣料子輕薄溫暖，純手工製作，這種奢華的東西想想也知道是誰的。她摸到袖口處，那裡果然繡著三個字母。

喬樂曦把臉貼在大衣上，微微地笑，他終究還是來了。

她拿著大衣站起來，剛打開辦公室的門就聽到明顯壓低了聲音的爭吵聲。

她不動聲色地慢慢把門關回去，只留了一條縫。

白起雄、薄仲陽和江聖卓站在屋外正說著什麼。

喬樂曦只看了一眼心就疼了。

風比中午的時候更大了，江聖卓穿了件襯衫，只在外面罩了件黑色的毛衣外套，站在寒風裡身姿依舊挺拔，那張總是笑嘻嘻的臉上此刻帶著冰霜。

白起雄的臉上掛著令人噁心的笑容：「現在出了這麼大的事，總要有人出來給個說法，津津是我親姪女，我肯定不會把她推出去的，虎毒還不食子呢，這個你總能理解吧？」

江聖卓淡淡地笑著，氣壓卻急速降低：「所以，打算把喬樂曦推出去頂罪？」

白起雄很快解釋：「話也不能這麼說，專案是她負責的，圖是她簽的字，本來就是她的責任，不算是頂罪。」

「是陷害還是過失，總會調查清楚，白總說這話言之過早了吧？」江聖卓雙手插在口袋裡，瞇著眼睛瞥了一眼不遠處的身影，「白津津想乾乾淨淨地甩手離開，有那麼好的事嗎？」

一直沉默的薄仲陽此時緩緩開口：「聖卓，這件事和你沒關係，你別管。」

江聖卓轉頭看他，忽然有些激動，低沉清冽的聲音在狂風中有些變調：「和我沒關係？她是我的女人，怎麼和我沒關係？薄仲陽，我沒你那麼虛偽和那麼多的顧忌，我這個人又渾又倔，什麼事業啊前途啊，我都可以不要，但誰敢動她一下，我什麼都做得出來！」

薄仲陽思索了半晌：「你也別生氣，我不是那個意思，現在出了事，一切都指向樂曦，我是商人，當然希望息事寧人，不如先讓樂曦擔下來，她身後有喬家和樂家，還有你，一定不會有事的……」

薄仲陽還沒說完就被江聖卓打斷：「你放屁！你他媽的說的是人話嗎？你們一個個都是有身分有地位的男人，出了事卻把一個女人推出來擔責任！你們還是人嗎！」

喬樂曦靠在門上，緊緊攥著手裡的大衣。她有多少年沒見過江聖卓發飆了？他在人前一直是一副玩世不恭什麼都不在乎的模樣，現在這個樣子才是他最真實的一面。

江聖卓點了菸，吸了幾口冷靜下來，夾著菸的手指指向站在不遠處的白津津：「我現在很懷疑這件事和她有關，話我就放這了，如果真的是她幹的，白總最好找塊乾淨的布幫她擦乾淨了，千萬別讓我查出來，不然，就等著挑塊好墓地吧。」

白起雄的心裡越來越沒底，江聖卓這個人邪門得很，一向劍走偏鋒出人意料，他緩了口氣：「聖卓，這件事我們還可以再商量……」

江聖卓勾著唇陰沉沉地笑著：「商量什麼？商量哪個良辰吉日幫你姪女下葬還是哪塊地風水好？」

他又招招手讓白津津過來，面無表情地盯著她，語氣清淡：「樂曦這丫頭說話不經大腦，以前若是得罪了誰，我在這裡替她道個歉，但誰要是因為這個在背後算計她，捅她刀子，那我可不答應。」

他本打算走了又退回來看著薄仲陽：「薄仲陽，我知道這是你的作風，一向是在暗處反覆掂量利益後才決定站在哪邊，你作為商人，選擇明哲保身，我可以理解，可是作為男人，你這樣，我真是看不起你！」

喬樂曦愣愣看著聽著，她忽然想起很久之前在雜誌上看到的一句話：

——誰要是折了她的翅膀，我定要廢了他整個天堂。

當時她還在想，一個男人到底多愛一個女人才會說出這種話，現在她知道了。

江聖卓剛轉過身就看到了站在門口的喬樂曦，他快步來到她身邊，只有短短的幾步，他就收拾好了神色。

一雙眸子清亮澄澈，整張臉上掛著明亮的笑容，絲毫不見剛才的劍拔弩張，神情輕鬆得就好像是每天早上叫她起床時的模樣：「是不是我們吵醒妳了？」

喬樂曦紅著眼睛搖頭，把手裡的衣服給他穿上，握上他的手，聲音微微顫抖：「你冷不冷？」

江聖卓反手握住她的手，包在手心裡，擁著她往屋裡走，邊走邊在她耳邊壞笑：「不冷，我的火旺著呢，妳又不是不知道。」

喬樂曦這次沒氣也沒惱，忽然側身抱住他，雙手緊緊地擁著他的腰。

江聖卓一隻手拍著她的後背安撫著，另一隻手揉著她的長髮，又開始不正經地逗她：「怎麼，才半天沒見就這麼想我了？」

喬樂曦靜靜地伏在他胸前，老老實實地點頭：「嗯，想你了……」

從出事到現在，她知道他和自己家裡的人都不能出面，外面那些記者都是瘋狗，逮到誰咬誰，所以她可以冷靜地詢問事故原因，可以氣場十足地質問白津津。如果沒有江聖卓的出現，她也做好了獨自面對白起雄和薄仲陽的準備，這一切她都可以做到，可是當她看到江聖卓的時候，看到他為了她所做的一切時，卻忽然脆弱了，他的一言一行都讓她的眼淚抑制不住地往上湧。

那一刻她知道她心底還是希望他出現的，任憑她再強大，也希望有個人可以讓自己丟下所有的面具和防備，把她擁進懷裡為她遮風擋雨的。

而江聖卓恰好就是那個人。

江聖卓聽出她的鼻音，想把她從懷裡扶起來看看她，誰知她緊緊地抱著他的腰不鬆手。

「傻丫頭，怎麼不打電話給我？」江聖卓抬手摸著她的臉無奈地嘆氣。

喬樂曦好半天才抬起頭來看著他，湊過去緩緩地吻他。

她閉上眼睛感受著他涼而柔軟的唇，伸出舌畏畏縮縮地去勾纏他的。他只愣了幾秒鐘，下一秒便變被動為主動，含著她的舌輕輕地摩擦吸吮，溫存地含著她的唇，難得地不帶情色的溫柔。

──※──

屋外，白起雄看了白津津半天，咬牙切齒地問出來：「是不是妳做的？」

白津津臉上帶著恐懼，點點頭。

白起雄一巴掌打在她的臉上，氣得渾身發抖：「混帳東西！」

他只覺得怒氣一瞬間衝上心頭，那一巴掌使了全力，白津津倒在了地上，臉立刻就腫了。

白起雄氣到吐血，平時的溫文爾雅再也保持不住，指著姪女的鼻子：「妳到底想幹什麼？上次的教訓還不夠嗎？妳怎麼跟個不定時炸彈一樣，說炸就炸呢？妳要害死整個白家才滿意嗎！」

白津津也慌了，坐在地上不敢起來，不斷地掉眼淚：「我不知道會這樣，孟萊說只要出了事故喬樂曦就毀了……我不知道會出人命……」

白起雄聽到孟萊兩個字的時候猛地皺眉，想再仔細問卻顧忌著旁邊的薄仲陽。

薄仲陽一直在旁邊冷眼旁觀，此刻才開口：「白總先處理家務事，我們之間的事情再約時間談吧。」

白起雄笑著送了薄仲陽兩步，才回來問白津津細節，問了之後一直沉默。

白津津怯怯懦懦地問：「二伯，我們該怎麼辦？」

白起雄的臉上忽然湧上一抹陰騭狠絕，轉身離開。

第十章 我心溫柔

江聖卓打了幾個電話回來就看到喬樂曦站在窗口吹風，他走過來想把窗戶關上，卻被她阻止：「別關。」

江聖卓收回手轉頭看她，順著她的視線看過去。

那裡是一片猩紅的血跡。

「我……」喬樂曦一開口才發現自己的聲音啞得不成樣子，「我想到她了，我……她……」

她忽然不再說了，轉頭對他一笑，有些憔悴。

江聖卓很默契地沒追問，臉上的心疼卻越來越明顯。

他拿出菸盒抽出一根遞給她：「抽吧。」

喬樂曦看了一眼沒接，抬眸看他：「你不是不讓我抽菸的嗎？」

她還記得在那個十五、六歲對什麼都好奇的年紀，她抓到江聖卓他們一夥人在學校樓頂抽菸，便跟在江聖卓後面硬要學，江聖卓義正詞嚴地拒絕她，還教訓她女孩子學抽菸幹什麼。

她也不記得最後到底用了什麼辦法讓他妥協了，但她清楚地記得當時辛辣苦澀的感覺一下子襲來，嗆得她邊咳嗽邊流淚，他則在旁邊哈哈大笑。

「心情不好的時候可以抽一枝。」江聖卓又往她手裡遞了遞。

喬樂曦這次看了他一眼很快接過來，嫻熟地點著遞給他，又抽出一枝幫自己點上。

江聖卓吸了一口，在白色的煙霧籠罩裡笑：「還給我裝，看妳這動作，這些年沒少抽吧？」

喬樂曦老老實實地承認：「吸過幾次，在國外那幾年，有時候夜裡想你想到不行就抽菸。」

「呃……」

「哈哈……」江聖卓語塞的樣子把她逗笑了，她也不知道自己今天是怎麼了，那麼多平時不會說的話就那麼順暢地從口裡流出來。

她忽然歪著頭對他調皮地笑，然後把煙圈噴在他臉上，瞇著眼睛故作深沉地念了句：「把你的名字寫在菸上，吸進肺裡，讓你留在離我心臟最近的地方……」說完自己又開始大笑。

江聖卓卻看愣了，剛才的喬樂曦嫵媚妖豔，修長的手指間夾著菸，白色的煙霧從她嘴裡一絲一縷地飄出來，眼神空洞迷離，是他不曾見過的妖嬈和……頹然。

短短的幾秒鐘後，他便開始皺眉，把喬樂曦手裡的菸搶過來掐滅，她這種不正常的放縱讓他沒來由地心慌。

她的長髮被風吹亂，隨風飛舞，掃在他的臉上，癢癢的，她站在那裡安安靜靜地歪頭看他，那雙靈氣逼人的眼睛裡帶著一種他看不懂的笑。

直到後來他才明白，那是一種絕望。

江聖卓的腦中突然湧上一個想法，她馬上要會消失不見了，他一把牽住她的手，握得牢牢的，故作輕鬆地問：「餓了嗎？帶妳去吃飯。」

喬樂曦搖頭，笑著撒嬌：「我不想吃飯，我想去醫院看看，你帶我去好嗎？」

江聖卓看了她半天，點點頭。

剛上車就接到喬裕的電話，江聖卓苦著臉給她看手機。

喬樂曦皺著鼻頭晃腦袋：「別說我跟你在一起。」

江聖卓白她一眼：「他能不知道我跟妳在一起嗎？我說了他也不會相信啊！」

喬樂曦把頭偏向一邊裝鴕鳥：「我不管，反正我不接，你自己搞定。」

「真是上輩子欠妳的！」江聖卓嘆了口氣接起來，恭恭敬敬地叫人，「二哥。」

『叫她接電話！』喬裕語氣不善，儘管極力壓抑，卻還是聽得出端倪。

江聖卓看了喬樂曦一眼，試探著問：「我能說她沒和我在一起嗎？」

『胡扯！』喬裕動了怒，好像還把什麼推到了地上，『這個時候你都沒和她在一起，我看這輩子你們也不用在一起了！』

江聖卓以柔克剛：「別呀，喬部長，別生氣，多影響形象！我不是不讓她接電話，而是她累了一天了，剛睡著沒多久，我把她叫起來她肯定要發脾氣！」

喬裕沉默了半天：『我知道是她不願意接，我也不為難你，這件事我已經派人去查了，你也別什麼都由著她來，有什麼事及時和我聯絡。』

江聖卓馬上答應下來：「好好好。」

喬裕在掛電話前又交代了一句：『還有，好好照顧她。你轉告她，無論什麼時候二哥都不會不管她的。』

江聖卓掛了電話把手機扔給喬樂曦。

她拿在手裡一臉好奇地問：「我二哥說了什麼？」

江聖卓邊側身倒車邊哼哼地回答：「這麼想知道剛才怎麼不接？」

喬樂曦垂著腦袋不說話，江聖卓瞪了她一眼：「說什麼？說把妳許配給我了，讓我帶妳私奔！」

喬樂曦回瞪他：「胡說！快點告訴我！」

江聖卓把喬裕的話說出來：「妳二哥說，讓我好好照顧妳，無論什麼時候他都不會不管妳。」

喬樂曦眉開眼笑：「還是二哥疼我。」

「那妳還不接電話！」

「我怕接了以後，他會為難嘛。」喬樂曦皺著眉小聲嘀咕。

「那如果我沒趕回來，而是打電話給妳，妳接不接啊？」江聖卓狀似無意地問了一句。

喬樂曦壞笑著看他半天，才拉長聲音調侃他：「你的電話呢，我肯定是要接的……」

江聖卓立即心花怒放，可臉上的笑容還沒來得及綻放就被她下一句話堵得翻白眼。

「你是禍害嘛，正所謂禍害遺千年，他們都拿你沒轍。」

江聖卓張張嘴想說什麼，最後還是咽回去，無聲地嘆了口氣。

他們雖然表面上嘻嘻哈哈地鬥嘴，可心裡都很沉重，都不想讓對方擔心。

醫院門口也圍了不少的記者，江聖卓把車開到醫院後面，打了個電話給溫少卿，溫少卿出來帶他們從後門進去。

江聖卓牽著喬樂曦跟著他：「今天基地站事故送來的那兩個人怎麼樣了？」

溫少卿看了看江聖卓和喬樂曦，也沒多問什麼：「其中一個送來的時候已經腦死了，另外一個還在手術室裡搶救。」

喬樂曦吸了口氣想問什麼，卻沒問出來。江聖卓看了她一眼，替她問出來：「能救回來嗎？」

「這個不好說，」溫少卿也是一臉疲憊，「我今天有兩臺手術，病人送來的時候我沒見到，也不了解情況，不過你放心，主刀的是個大仙，神著呢！我等一下去打聽打聽。」

江聖卓看著手術室快到了：「那邊有記者嗎？」

「剛被保全轟走了一批，這時候應該只有家屬在，你們待一下沒關係的。」

手術室門前果然只有幾個家屬模樣的人，喬樂曦自從看到「手術中」三個字後就開始沉默。

溫少卿對於兩個人的到來似乎一點好奇心都沒有：「你們在這裡等吧，手術時間可能會很長，我今天值班，有什麼事隨時找我。」

江聖卓和他說了幾句話，溫少卿就離開了。

江聖卓和喬樂曦坐在手術室前的座椅上，沉默了一陣子，她忽然開口：「江聖卓，我渴了。」

江聖卓馬上站起來：「我去買水，想喝什麼？」

喬樂曦拉著他坐下：「不用，我去吧，我有點頭暈，順便出去透透氣，你幫我在這裡看著。」

江聖卓點點頭。

喬樂曦剛站起來眼前閃過一片漆黑，她眨了眨眼睛往前走。

才走了兩步身子便開始晃，江聖卓看到她不對勁，趕緊小跑了幾步扶住她：「怎麼了？」

這才發現她的臉紅得不正常，一摸，果然發燒了。

「走，我帶妳去找醫生看看。」

喬樂曦軟軟地倒在他懷裡，眼前都是金星，甚至還有些耳鳴：「不，我要等在這裡。」

「聽話，」江聖卓哄著她，「吊一瓶點滴就好了，就在旁邊，等一下就回來。」

喬樂曦明明難受到極點，卻還是倔強地搖頭。

江聖卓無奈，只能讓溫少卿過來看看。

最後的結果是在手術室前打點滴。

喬樂曦靠在江聖卓懷裡緊皺著眉頭，看上去很難受。

江聖卓心疼她，嘴上卻還在狠狠地教訓她：「下午在窗戶前吹風著涼了吧？都讓妳別吹了，偏不聽！天氣這麼冷也不知道多穿點！這下知道難受了吧？」

喬樂曦慢慢睜開眼睛，虛弱地看著他軟軟地認錯：「我錯了嘛。」

江聖卓捨不得再說她，脫下大衣裹著她，緊緊抱在懷裡，溫柔地親親她的眼睛：「乖，睡一下吧，等一下就不難受了。」

喬樂曦昏昏沉沉地靠在他懷裡，腦子裡亂哄哄的，想起很多小時候的事情，又想起下午的事情，這些事情不斷交錯出現，她覺得自己的頭馬上就要炸開了。

突然之間她好像又回到了那個夜裡，四周一片漆黑，沒有一絲光亮，她什麼都看不見，只有她一個人，孤獨和寒冷席捲而來。

她瑟瑟發抖，嘴裡無意識地呢喃出聲：「卓哥哥，我冷，你抱抱我吧。」

江聖卓愣了一下又緊了緊雙臂，不時地用鼻尖和唇碰觸著她，低聲哄著：「沒事，不要怕，卓哥哥抱著妳，等一下就不冷了。」

江聖卓不知道她有沒有聽到，只看到她閉著眼睛傻傻地笑著，把冰涼的雙手從身邊人衣服的下擺伸進去，貼上溫暖緊致的肌膚，舒服地嘆了一聲又往他懷裡縮了縮，口齒不清地說了句：「真舒服……」

江聖卓小心地避開針管，拍著她的後背，任由著她取暖：「樂曦，沒事的，有哥哥在。」

在江聖卓的印象裡，喬樂曦只有那麼一次委委屈屈地叫他卓哥哥，也是告訴他，她很冷。

記得她媽媽出事那天，喬柏遠把她送到江家，急匆匆地說了幾句話就離開了。喬樂曦看著喬柏遠走，不哭也不鬧，只是很安靜地看著父親的背影，由著江爺爺和江奶奶牽著她的手進屋。

剛開始他什麼都不知道，只覺得喬樂曦和平時不一樣，她緊緊地抱著手裡的熊娃娃，怎麼都不放手，彷彿那就是她在世上唯一的救命稻草。

她乖乖地坐在沙發上，低著頭也不說話，和平時吱吱喳喳的樣子很不一樣。

爺爺奶奶和她說話，她也不回答。

他在一旁悄悄地問江奶奶：「奶奶，巧樂茲怎麼了？病了嗎？」

江奶奶蹲下來摸著他的臉：「聖卓，樂曦的媽媽走了，妹妹很傷心，你別去吵她。」

江聖卓的小臉上滿是疑惑：「樂阿姨去哪裡了？什麼時候回來？巧樂茲捨不得為什麼不去找她？」

江奶奶隱晦地解釋：「那個地方去了就不能再回來，妹妹也不能去。」

那個年紀已經知道了那個字，小小的他突然哇哇大哭，心頭湧上一種別樣的情緒，後來他長大了才知道，那種情緒叫悲傷。

「奶奶，樂阿姨死了……是嗎？嗚嗚嗚……」

江奶奶哄了好半天才把他哄好，江聖卓站在遠處悄悄地看喬樂曦。喬樂曦保持著那個姿勢在沙發上坐了幾小時都沒有動，安靜得如同她手裡的熊玩偶。

過了很久，他才敢走上前去，小心翼翼地伸手碰碰喬樂曦，小聲叫了句：「巧樂茲……」

喬樂曦好像沒聽見一樣，頭都沒抬，他卻看到她的眼淚一滴一滴地流下來。

那個年紀的男孩子最討厭女孩子哭了，可看到她的眼淚他竟然一絲厭煩都沒有，伸出胖胖的小手笨笨地幫她擦著眼淚，急急忙忙地安慰：「巧樂茲，哦不，樂曦，妳別哭了，哥哥以後再也不欺負妳了，哥哥帶妳出去玩好嗎？」

喬樂曦還是不回答，他就蹲在她面前陪著她，不斷地跟她說話，後來蹲得腿都麻了，乾脆坐到了地上。

當天晚上她抱著熊娃娃只穿了件睡衣敲開他的房門，站在他面前，臉上的淚痕還沒擦乾淨，癟著嘴淚眼蒙矓地看著他：「卓哥哥，我冷。」

那個時候他只有六、七歲，根本還是個不懂事的孩子，卻忽然生出一種身為男人的責任感，拉著她進了自己房裡，兩個人躺到床上，他幫她蓋上被子，在被子下牽著她的手，小大人般地哄她：「我幫妳暖暖，等一下就不冷了。」

過了很久，喬樂曦才顫顫巍巍地捏著他的手開口：「卓哥哥，我看到好多血……真的好多血……」

她用了很大的力氣，捏得他的手都疼了，她也沒鬆手。

他自己明明也怕得要命，卻拍著她安慰著：「不怕不怕，我們睡覺，睡著了就不害怕了。」

不知道後來是誰先睡著了，就這麼過了一夜。

再之後兩個人誰也沒提過這件事，沒過多久，喬樂曦又恢復了以前的樣子，臉上的笑容明媚飛揚，繼續和他打打鬧鬧，偶爾眼底會出現一抹悲傷，也是一閃而過。

那天之後，他發現喬樂曦害怕看到別人的血，她自己的血從來不害怕，只害怕看到別人出血。

那是喬樂曦唯一一次叫他卓哥哥，之前和之後不管他怎麼威逼利誘她都不肯叫一聲。

想到這裡江聖卓的心又開始疼，還附帶著一股無力感，他什麼都做不了，只能緊緊地抱著她在她耳邊重複著：「樂曦，有我在，別怕……」

——※——

喬樂曦醒來的時候發現自己已經不在醫院了，屋裡一片昏暗，只留了壁燈。昏黃的燈光柔和地灑滿每個角落，並不刺眼，她卻覺得眼睛又脹又疼。

她做了很長的一個夢，心力交瘁，勉強翻了個身，眼睛緊緊盯著窗簾上的花紋，漸漸放空，沒了焦點。

沒過多久便傳來很輕的喀嚓聲，很快有人推門進來，床邊塌下一小塊，然後一隻乾燥溫暖的手撫上她的額頭，溫熱的呼吸噴灑在她的脖子上，似乎輕輕地鬆了口氣。

就在那隻手將要撤離，溫暖就要消失的時候，她很快伸手拉住，蓋在自己的眼睛上緩緩開口：「你還記得她長什麼樣子嗎？剛才我夢到她了，她就站在我面前，可是我怎麼都看不清她的臉，她好像在跟我說什麼，卻一句話都聽不清楚。剛才醒過來之後我一直在想，卻怎麼都記不起她的長相……我怎麼會想不起她的樣子呢？」

江聖卓順勢躺在她旁邊，從身後緊緊地把她摟進懷裡，心裡鈍鈍地疼。

他知道她現在不需要安慰，有些話她憋在心裡太久了。她不提，他也不忍心問。現在她終於肯對他說了。

他記得喬樂曦的媽媽，那個女人美麗優雅，會做好吃的點心，會溫溫柔柔地摸著他的頭誇他聰明，不像其他長輩總是板著臉教訓他。

可誰又能想到這個樂家最得寵的小女兒在生下喬樂曦後就得了產後憂鬱症，起初所有人都沒有當一回事，後來竟然演變成憂鬱症，時輕時重。

或許是當時年紀小，或許是大人有意隱瞞，他和喬樂曦在那個時候都不知道她生病了，唯一記住的只有她的美好。

過了很久，喬樂曦才再次開口，沒有喜怒哀傷，平靜得像是在講別人的故事：「我還記得那天她跟我說，讓我自己出去玩，等一下做好吃的給我……可是等我回去找她的時候……」

喬樂曦記得那天早上哥哥們都去上學了，她和媽媽坐在陽臺上曬著太陽，媽媽的手特別巧，幫她梳了兩條漂亮的辮子，逗得她咯咯笑，後來她去了客廳玩，沒過多久就隱隱約約聽到媽媽在房裡似乎在和誰打電話，後來起了爭執，還把什麼打碎了。

她偷偷趴在房門上聽，媽媽的聲音變得尖銳刺耳。

「你馬上回來！」

那邊不知道說了什麼，媽媽說了最後一句：「你不回來我就死給你看！」然後便安靜了下來。

喬樂曦在長大後才明白，其實那個時候，母親的憂鬱症已經很嚴重了，整日疑神疑鬼情緒不穩，加上喬柏遠當時正扶搖直上，顯赫的家世、俊朗的外表、舉手投足間散發成熟魅力，讓他身邊不乏投懷送抱的女人，縱使他沒什麼想法沒什麼動作，但流言蜚語已經起來了。

她小心翼翼地推開門，一臉驚恐地看著媽媽：「媽媽，妳怎麼了？」

媽媽匆忙擦掉臉上的眼淚，蹲在她面前：「樂曦乖，妳去打個電話給爸爸，讓爸爸回家好不好？」

喬樂曦點點頭：「好，我這就去，媽媽妳不要哭了。」

邊說邊往客廳跑。

她站在小板凳上才碰得到電話，接電話的是喬柏遠的祕書。

「叔叔，我是樂曦，你讓我爸爸接個電話好不好？」

喬柏遠很快接起來：『樂曦，什麼事？』

「爸爸，媽媽好像不舒服，你回來看看吧。」

『爸爸還有很多事要忙。』這種事情這些年上演了無數遍，他早已厭煩，『妳好好陪陪媽媽，好了，不說了，就這樣吧。』

喬柏遠那種不耐煩的口氣，她到現在依然印象深刻。

當喬樂曦再打過去的時候得到的回答只有一個，喬書記去開會了。

她沮喪地回到臥室告訴媽媽。

媽媽聽了之後眼底的絕望一閃而過，很快蹲下來抱了抱她，摸摸她的臉：「樂曦乖，自己去外面玩，媽媽累了，想睡一下。」

喬樂曦乖巧地點頭，抱著熊娃娃準備離開。

剛走了幾步，媽媽就在身後叫她：「樂曦……」

喬樂曦轉身看著她：「媽媽。」

媽媽忽然笑了一下：「沒事，媽媽只是想問妳餓了嗎？等一下媽媽做好吃的給妳。」

喬樂曦聽到有好吃的眼睛都亮了，笑著點頭：「好！」

可她玩到肚子咕嚕叫，媽媽都沒有出臥室的門，保母端了飯菜上來，她興高采烈地跑去叫媽媽吃飯。

推開臥室的門，床上沒有人，衣帽間也沒有，她找到浴室，看了一眼便呆住了。

母親臉色蒼白地躺在浴缸裡，浴缸裡都是血，她從來沒見過那麼多血。

喬柏遠終於回來了，可一切都已經來不及了。她流了那麼多血，發現得又太晚，怎麼可能救得回來？

「這麼多年，我一直在想，如果那個時候喬柏遠回來了，她是不是就不會死？」喬樂曦皺著眉，看起來很苦惱，「我想了一遍又一遍，設想了無數次，他為什麼不接我的電話呢？我一直不敢問，不敢問他那天是真的在開會還是敷衍我？如果只是敷衍，他後悔了嗎？」

江聖卓緊緊地握著她的手，用力到再也使不上一分力，卻一個字都說不出來。

「江聖卓，雖然這麼多年我什麼都沒說過，她的忌日，我也沒和爸爸和哥哥一起去過，可是我真的很想她，我每年都會偷偷地去看她……看著她的墓碑變色，看著她的照片泛黃，看著她墓前的小樹一年年長大，她卻再也回不來了。」

江聖卓不知道該怎麼回答，他知道她每年都會悄悄地去看她媽媽，她每次去他都偷偷地跟著，看著她站在墓碑前哭得不能自已，看著她收拾好心情笑著離開，年復一年。

他卻不能上前，只能遠遠地看著。

這是她的心病，她在人前用笑容掩蓋著這塊傷疤，越是親近的人越不能提及觸碰，否則得到的只能是她的遠離。

「她是愛我的吧？不然為什麼每次面對我的時候都會對我笑？我查過很多關於憂鬱症的書，書上說得了這種病會情緒低落、無精打采，可我一直記得她在我面前從來沒有表現出半分異常，她會講故事給我聽，會逗我開心，會買漂亮的裙子給我……」

江聖卓感覺到手心被她的淚水打濕，冰涼的濕意從手心慢慢延伸到心底，他沉吟了一陣子才開口：「這個世界上沒有哪個父母是不愛自己的孩子的，樂曦，我記得她，她美麗溫柔，笑起來很美，我還記得那個午後，就在大院的那片柳樹下，我們不肯睡午覺圍著她，讓她講故事……所有人都看得出來，妳是她心頭上的寶貝，她怎麼可能不愛你？」

喬樂曦之前一直很平靜，此刻聲音忽然有些激動：「既然她是愛我的，那她為什麼會那麼做？她為什麼那麼輕易地放棄了自己的生命？那麼輕易地拋下我不管？今天我在基地站看到那些血的時候就在想，他們的妻子兒女是不是在家裡高高興興地等著他們平安回家呢？如果再也等不到了，他們該多傷心啊？那是人命啊，他們怎麼能……他們有什麼資格拿別人的生命開玩笑？」

江聖卓輕輕拍著她的胸口安撫著：「妳放心，那個人的手術很成功，他會好起來的。人在做天在看，做了壞事的人會得到他應有的懲罰。」

她忽然轉身緊緊地抱住他。

江聖卓的下巴放在她的頭頂，一下一下地拍著她的後背：「別多想了，妳還病著呢，一切都會好起來的……」

江聖卓不知道自己怎麼會睡著，等他被電話驚醒的時候，喬樂曦已經不在他懷裡了。

他看了一眼電話號碼很快接起來：「怎麼樣了？」

然後便一直皺著眉靜靜地聽著，過了許久才開口：「好，我知道了。」

掛了電話他就陷入了沉思，突然意識到喬樂曦不見了，著急地下床去找。

打開臥室門看到她正坐在餐桌上對著電腦上網，這才鬆了口氣，走過去倒了杯水遞給她：「還有沒有發燒？」

他一低頭恰好喬樂曦關了網頁，笑嘻嘻地仰著腦袋看著他，一副邀功的樣子：「已經好了！我沒有那麼脆弱！你不是說了嗎？我是女金剛！」

江聖卓也沒多問，她確實已經不見剛才的脆弱，眼睛有些紅腫，卻不影響臉上的笑容，清澈純淨，幾乎沒有一絲雜質。

他不放心，又摸了摸她的額頭，溫度已經恢復了正常，他關切地看著她：「還有沒有哪裡不舒服？」

喬樂曦搖頭，有些不好意思：「沒有了，就是……我餓了。」

江聖卓笑了笑，笑容中不知不覺間添了寵溺：「想吃什麼，我讓他們送。」

喬樂曦咬著唇仔細想了想：「我要吃……」

還沒說完，江聖卓的手機就響了：「妳先想，我接個電話啊。」

江聖卓接起來只聽了兩句便抬眸飛快地掃了一眼喬樂曦，然後直接去了陽臺，過了很久才回來，神色如常：「想到吃什麼了嗎？」

他打電話從不避著她，就算是當初油嘴滑舌和別的女人調情也要在她面前噁心她。

喬樂曦什麼也沒問，笑著抽出一張紙，上面密密麻麻地寫滿了菜名：「我都寫好了，讓他們快點送，我都快餓死了！」

江聖卓無奈地笑著接過來，老老實實地開始打電話。

「江總慢慢打，我去洗個蘋果給你吃，慰勞慰勞你！」

趁著喬樂曦去洗水果的時候，江聖卓飛快地點了幾下滑鼠，看了幾眼瀏覽記錄，有關這次事故的新聞佔據了所有網站的頭條，每篇報導她都打開來看過。

江聖卓匆匆掃了幾眼後，把電腦恢復成原樣。

他和她面上都是一臉風輕雲淡的笑容，對之前的事情刻意避開不提，心裡卻各懷鬼胎，其實目的只有一個，都不願讓對方擔心。

可是不提並不代表沒發生過，發生過的事情又怎麼會不留下痕跡呢？

江聖卓打完了電話，喬樂曦還沒回來，他起身往廚房走，看到她神情專注地在水龍頭下洗著蘋果。

晶瑩剔透的水珠調皮地跳躍在她白皙的手臂上，乾淨清爽。

他走過去從後面抱住她，雙手從腰間擦過，握上她掛著水珠的雙手，下巴抵在她的肩膀上，側臉輕輕蹭著她的臉頰。

喬樂曦偏偏頭，笑嘻嘻地貼著他的臉。

「樂曦，我愛妳。」江聖卓緩緩開口，寂靜的夜晚，他的聲音低沉悅耳，夾雜在涓涓的流水聲裡聽起來格外動人，有一種讓人安心的奇特力量。

喬樂曦聽了心裡一動，偏過頭親了他一口才笑著問：「你怎麼了？」

江聖卓握著她的手輕輕洗著那個蘋果，垂著眸看似很認真地在洗水果：「沒什麼，只是突然想起來，我好像從來沒有認真地跟妳說過這句話。」

「是不是突然發現本公主賢良淑德、秀外慧中，好得不能再好了？」喬樂曦轉過身把濕濕的手貼上他的臉，一臉自戀地誇著自己。

江聖卓任由她胡鬧，一手扶著她的腰一手替她理著額上的碎髮，心不在焉地附和著：「是啊是啊，簡直就是天上有地下無的仙女！」

江聖卓看著她的笑臉心裡忽然有些難受。

他想讓她高興，想讓她在他身邊一直笑，沒有痛苦和哀傷，可現在看到她的笑臉，他卻更難過，儘管她已經努力了，可是眼裡的傷心卻依然存在。

相比之下，他更希望喬樂曦能放聲大哭，希望她心裡、眼睛裡的難過和悲傷會隨著淚水流走，臉上的笑容重新變得乾淨透亮，不帶一絲陰霾。

她就是太懂事了，懂事得讓他心疼。

眾人皆以為喬家的大小姐，集萬千寵愛於一身想要什麼都有，可是那些在她心裡都不算什麼。眾人皆以為喬家大小姐活潑開朗，可她在大悲大難面前卻能保持沉靜泰然，沉靜泰然得讓他心如刀割。

兩個人正鬧著，門鈴就響了。

喬樂曦立刻兩眼放光：「外送來了！」

江聖卓很嫌棄地看著她：「只知道吃！」

滿滿一桌子好吃的，喬樂曦吃得不亦樂乎，江聖卓趁她吃得差不多了，放下筷子建議，依舊是玩世不恭的語氣：「妞兒啊，小爺帶妳出去玩吧？」

喬樂曦很奇怪地看著他：「這麼晚了，去哪裡？」

「不是，我是說去出去旅遊。」

「旅遊？為什麼？」喬樂曦也不吃了，對於他這個建議感到很奇怪。

江聖卓一臉淡定，語氣輕鬆地一帶而過：「哪有什麼為什麼啊，我看妳最近運氣有點背，帶妳出去散散心去去晦氣啊。」

喬樂曦皺著眉想了半天才問：「去哪裡啊？」

江聖卓坐過來攬著她的肩，一臉得意地吹噓著：「帶妳去西北見識見識哥哥投資的馬場！」

喬樂曦歪著頭看他半天：「你什麼時候有馬場的？我怎麼不知道？」

江聖卓捏著她的下巴：「就是因為妳不知道，所以才要帶妳去看看啊。」

喬樂曦又想了想：「可那裡不是要等七、八月的時候才好玩嗎？那個時候綠草如茵到處都是馬群，還有賽馬和篝火晚會。」

江聖卓興致盎然地憧憬著：「這妳就不懂了吧？七、八月去幹嘛？人比馬都多，看人啊？小心踩死妳！這個時候去正好，人少，滿眼都是金黃，那才是一望無際的大草原，只有我們兩個，妳會覺得整個草原都是妳的。運氣好的話，正好碰上下雪，我就帶妳去看綿延的雪山，那就更美了。」

「都是你的？那你算不算占地為王啊？」喬樂曦調侃著他。

江聖卓抓著她的手調戲她：「我是要占地為王啊，等來年兵強馬壯了就把妳搶過去做壓寨夫人。」

兩個人嘻嘻哈哈地笑成一團。

「可是……這裡怎麼辦？」笑完了喬樂曦卻有些不放心。

誰知江聖卓大手一揮，一臉不在乎：「妳也知道，調查組一介入就需要很長時間，而且那些媒體跟蒼蠅一樣煩，我們先出去玩，等我們回來大概也出結果了，待在這裡也是乾等，不如出去放鬆一下。」

喬樂曦想了想便答應了：「好吧，我們什麼時候走？」

江聖卓頗有些迫不及待：「我都安排好了，明天一早就走。」

「好吧！」喬樂曦點了點頭，但心裡卻隱隱感到不安，他安排得太匆忙了，而且理由太過牽強。

——※——

第二天一大早，兩個人便坐上了飛機，因為起得早，江聖卓怕她不高興，幫她調著座椅：「先睡吧，等一下就到了。」

喬樂曦昨晚很晚才睡著，靠在他懷裡很快睡了過去。

醒來的時候飛機快降落了，她一直沒什麼精神，一臉迷糊。江聖卓問她的問題也很簡單，她只需要點頭或者搖頭就行了。

江聖卓已經安排好了人來接，下了飛機又開了幾小時的車才到了馬場。睡了一路，喬樂曦的精力恢復了許多，跟著江聖卓下了車便被眼前的景色驚呆。

放眼望去，天空一片湛藍，地上是一望無際的金黃草原，那份遼闊和雄渾讓人驚嘆，那份冬季特有的蒼茫本色更是震撼心靈，儘管天氣很冷，可草原上依舊有策馬揚鞭的牧馬人和大批健壯的馬群。

江聖卓站在風口意氣風發地問：「怎麼樣，什麼感覺？」

喬樂曦畏縮在圍巾裡，使勁往他身後躲：「唯一的感覺就是……太冷了！你就是個神經病，這裡這麼冷你還帶我來，要凍死人了！」

天氣確實很冷，在喬樂曦的印象裡，已經很多年沒有穿過這麼厚了，風吹得她臉疼：「早知道，我寧願被踩死也不想被凍死。」

江聖卓看著遠處，臉上帶著淡淡的笑，聲音很輕地回答：「冷一點才好，冷了就沒人願意來了，只有我們兩個，多好……」

很快有人迎上來，看衣著打扮像是當地人，用生硬的漢語叫了聲：「江總，您來了。」

江聖卓回身很豪爽地和來人擁抱，笑著指著喬樂曦跟他介紹：「這是我老婆。」

那人有些靦腆地搓著手，對喬樂曦笑笑：「太太。」

喬樂曦沒在意他的稱呼，只是一瞬間就被他的淳樸感動，他雖然什麼都沒做，可眼裡的那份純淨卻是極難得的。她彎著唇對他笑了一下，然後和江聖卓對視了一眼，滿臉都是歡喜。

喬樂曦四處張望著，這裡應該是個度假村，不過因為季節不對，遊客很少，江聖卓牽著她往屋裡走，用下巴示意著左前方帶路的人，在她耳邊小聲說著：「他是當地人，名字很複雜，跟我說了很多次，我都記不住，所以妳千萬別問我他叫什麼名字。這裡我一年也來不了幾次，基本都是交給他負責，這裡的人淳樸到讓妳想哭。」

喬樂曦聽了他的話，伸著脖子仔細打量了一下，點著頭：「嗯，一看就是老實人。」邊說邊又情不自禁地看了幾眼。

江聖卓忽然遮擋著她的眼睛，語氣裡都是不滿：「行了，別再看了，妳男人在這裡，看我就行了。」

來到這裡之後，喬樂曦的心情變得很好，她拿開他的手，趁著沒人注意，踮起腳尖很快在他臉上親了一下。

那種清涼柔軟的觸覺在他臉上一觸即離，惹得他心裡癢癢的，如果不是有人在，他肯定會把她拉進懷裡好好蹂躪一番。

隔日一大早喬樂曦就醒來了，拉著江聖卓起床帶她出去騎馬。

江聖卓特地挑了匹溫順的母馬，交代了幾句，帶著她和馬相處了一陣子，才扶著人上馬，他則在前面牽著馬帶她在草原上轉。

喬樂曦坐在馬背上，興奮地歡呼：「呀，這匹馬好高啊，上面空氣真好！」

「欸，江聖卓，你看你看，那個是不是老鷹？」

「……」

喬樂曦剛來，這裡的一切對她來說都是新鮮的，置身在這無邊無際的大草原上，心情飛揚，連心胸似乎都寬廣了，容不得半點不高興。

江聖卓頭也沒回，嘴角帶著笑，心裡總算有了點安慰。

有個牧民騎著馬從他們身邊馳騁而過，喬樂曦又是一聲驚呼，扯著他大叫：「江聖卓，你看你看！那個人的馬術好厲害啊！我也想像他那樣，你讓馬跑起來！」

江聖卓回頭看她一眼，揶揄著：「還沒學會走就想跑了？萬一摔下來怎麼辦？」

喬樂曦噘著嘴不高興了，忽然想起了什麼，又別有用心地笑起來，抱著馬脖子靠近他：「欸，江聖卓，你是不是嫉妒人家？說實話，你是不是也不會騎馬？」

江聖卓瞪大了眼睛，指著自己的鼻子，一臉不可思議：「我不會騎馬？」

喬樂曦居高臨下地看著他，一副挑釁的樣子。

江聖卓不服氣，立刻翻身上馬，她還沒反應過來，身下的馬便狂奔起來。他在身後緊緊地抱著她，耳邊都是風聲和他得意的笑聲，她覺得整個人好像要飛起來了。

喬樂曦在那一刻忽然明白了，為什麼那麼多人願意來這裡。

兩個人在草原上玩了一天，天快黑了才捨得回來，吃了晚飯喬樂曦去洗澡，她擦著濕漉漉的頭髮剛走出來就聽到江聖卓的說話聲。

她遲疑了一下，停在原地。

江聖卓站在門口背對著她，聲音越來越大，火氣極大地對著電話吼：「她敢用這種下三爛的手段陰她，現在才害怕我撕破臉？既然現在事情已經這樣了，我倒是想看看白家有沒有這個能耐扳倒我江聖卓！我把話放這了……」

江聖卓漸漸走遠，喬樂曦走到沙發上坐下。

過了好久，他才推門進來，臉色陰沉，嘴唇緊緊地抿著，雖還是優雅慵懶的樣子，卻難掩眼中的淩厲。

喬樂曦笑著問：「怎麼了，誰惹你生氣了？」

江聖卓斂了斂厲色，勉強笑了一下：「沒事，接了個電話，底下一群光拿錢不幹活的人，不罵他們幾句他們不安分，不用管他們……」

喬樂曦點點頭沒再追問。

江聖卓接過她手裡的毛巾幫她擦著頭髮，很快收拾好了心情：「先休息一下，等等哥哥帶妳去好玩的地方！」

「天都快黑了，去哪裡玩啊？」

江聖卓一臉神祕：「去了就知道了。」

江聖卓擁著她騎馬騎了很久才到了一塊空地上，四周一片漆黑寂靜，只聽得見馬的喘氣聲。

喬樂曦轉頭問江聖卓：「這是什麼地方？」

江聖卓笑著仰起頭：「抬頭看。」

喬樂曦聽話地抬起頭，夜間的草原更加空曠遼闊，她一抬眼便被漫天的繁星吸引，藏青色的星空清朗乾淨，群星閃耀，像是一顆一顆的碎鑽，散發著奇特的魅力。

兩個人都靜靜地看著星空，身下的馬聽話地站著不動。遠離了都市的嘈雜和喧囂，在這萬籟俱靜的夜裡，兩個人的心平靜了許多。

夜晚草原的氣溫很低，喬樂曦卻一點都不覺得冷。他把大衣解開從身後包裹著她，她靠在他的懷裡，清楚地感覺到他懷抱的寬厚溫暖，她和他共同圍著一條圍巾，臉貼在一起，喬樂曦覺得他們的心也是貼在一起的。

過了很久，她才開口打破沉靜。

「那天你不是都坐上飛機了嗎？為什麼又回來？其實你可以不用回來，我自己也可以處理好一切，你對我該有這個信心，我不是小女孩了。」說完歪頭看他。

江聖卓想了想，看著她的眼睛鄭重而認真地回答：「我對妳當然有信心，妳做事俐落幹練，可以處理好很多事情，可那不一樣。那天妳二哥跟我說的那句話特別對，他說，如果這個時候我都沒和妳在一起，那麼這輩子我也不用和妳在一起了。我很慶幸我趕回來了，不然我怕我這輩子都會在悔恨裡度過，我以後還怎麼能心安理得地說我是妳的男人？」

那對清亮的眸子此刻帶著溫情，動人心弦，喬樂曦覺得那雙眼睛是她見過的最漂亮的眼睛，連天上的星星都沒有那麼璀璨耀眼。

喬樂曦不再說什麼，重新靠在他懷裡看星星，他的呼吸就在耳旁，她從來沒有像現在這一刻，覺得江聖卓是她可以依靠的堅實的肩膀。

江聖卓垂眸靜靜地看著她，天邊一顆流星劃過，她驚喜地扯著他看。

「快看，流星！」

江聖卓看了一眼，視線又重新回到她的臉上，她的眼睛亮亮地看著天空，嘴角的笑容格外明媚清晰。

「高興嗎？」江聖卓的聲音聽上去很放鬆，慵懶隨意。

喬樂曦笑著點頭：「高興。」

「樂曦，妳只要記得這份高興就好了，一定要記住。」

「嗯，我記住了。」

在後來無數個沒有江聖卓在身邊的夜晚，每當喬樂曦抬頭看到星星的時候，就會想起這個夜晚，想起這片閃爍的星空，想起他溫暖的懷抱。

那晚雖然他們沒說什麼話，只是相擁在一起靜靜地看星星，卻給她留下了深刻的印象。

那個夜晚安靜溫情，他們彼此相依。

後來月至中天，江聖卓帶她回去，並不是原路返回，反而越行越遠，喬樂曦奇怪：「我們不回去嗎？」

「不回去了，」江聖卓說著指指前方的一座小房子示意她，「今晚我們住這裡。」

喬樂曦下了馬在月光下靜靜地打量著：「這是你的？」

江聖卓拉著她往屋裡走：「這是我最隱密的窩了，我爸媽都不知道！我想著等以後帶妳來這裡養老，放放羊，牧牧馬。」

喬樂曦笑了：「就是傳說中的『歸隱』？」

江聖卓笑了笑沒說話，推開門打開燈，屋裡的一切呈現在她面前。

室內整潔乾淨，沒有多奢華，帶著草原的淳樸，讓人感覺很舒服。

玩了一整天，兩個人很快就睡著了。

半夜喬樂曦醒來想喝水，卻發現江聖卓並不在身邊。

她拿著空杯子想去倒水，經過書房，從門縫裡透出了橙色的光，她推門一看，江聖卓坐在桌後，正對著電腦螢幕看著什麼，偶爾打幾個字上去。

螢幕白色的光照在那近乎完美的側臉上，他微微低頭，寒星般的眸子熠熠生輝，沒有平時的玩世不恭，而是眉目沉靜，一種沉默的力量讓江聖卓看起來格外有氣勢。

他忽然抬起頭，看到她出現在門口笑了一下，緊接著看著她光著的腳皺起眉：「怎麼又不穿鞋？」

說著從桌後走過來，喬樂曦站在原地沒動，直接問出了心中的疑問：「是不是很麻煩？」

江聖卓雙手搭在她的肩上，笑容僵在臉上。

他知道騙不了她。

喬樂曦臉上帶著勉強的笑：「我知道很麻煩，不然你不會千里迢迢地急著帶我來這裡，這裡交通不發達、訊息不發達，這樣我才能什麼都不知道。可你卻一天比一天煩躁，我能感覺出來，事情更複雜了吧？你提醒過我的，可我就是傻啊，傻乎乎地掉進了別人的陷阱裡，我該聽你的話，我沒想到白津津會這麼狠……我可以什麼都不要，以後也可以不做這一行，可是還有那幾條人命啊，我不能……我不能當作什麼都沒發生過……」

她抬起滿是淚水的臉看著他，江聖卓覺得自己的整顆心都被她的眼淚泡皺了，一縮一張地疼，他把她擁進懷裡，輕輕拍著她的後背，小聲哄著，聲音輕而堅定地說出自己的諾言。

「我知道，沒事的，樂曦，妳放心，不論什麼時候我都不會讓妳有事的。」

此刻的他勇敢沉穩，目光自信篤定而不失柔情，只有面對心愛的人才會展現出這一面。

他拉著她在書房的沙發上坐下，把她的腳捂在懷裡暖著，緩緩開口：「調查組查了幾天，沒查出來設計圖上簽名的真偽，反而查出來工程的用材有問題，而恰巧妳的帳戶上多了很多來歷不明的錢，數目很大……我這麼說，妳明白吧？」

喬樂曦嘴角露出一抹嘲諷的笑：「明白。」

「這個消息一放出來，如妳所想，妳和整個喬家都是輿論的對象。本來這件事就備受關注，一涉及錢，媒體跳得就更高了。」江聖卓看了她一眼繼續說：「白家大概是看著把妳推出去頂罪不大可能了，又打算把孟萊推出做替罪羊，誰知孟萊早就打算好了退路，一轉身就上了陳老爺的床。白起雄趁機和陳家勾搭上了。」

喬樂曦聽到這裡，皺著眉問：「我記得，我們家和陳家那一邊一直不和，聽說前段時間我二哥調任回來就是把陳家旁支的一個小兒子擠下去的。」

江聖卓笑著捏捏她的臉：「我老婆真聰明！是，本就不是一路人，這幾年鬥得越來越狠了，兩邊各自的背景都很複雜，各有支持的勢力，白家這次是什麼都不顧了，投靠了那邊，還用這種陰招，後面有陳家撐著，做得很漂亮，剛開始什麼都查不出來，不過今天晚上我剛接到消息，有人寄了一份資料給調查組，我剛才看了看，對我們很有利。」

喬樂曦看著他：「是薄仲陽？」

江聖卓點點頭：「我也猜是他。我猜測，當初他就已經覺察出白家的心思，所以一早就做了防備。」

「然後呢？」喬樂曦始終覺得江聖卓沒有把所有的事情告訴她。

江聖卓打橫抱起她，笑著親親她的額頭，然後往臥室走：「然後我們現在等著就行了，走，回去睡覺了。」

喬樂曦摟上他的脖子：「我們要回去嗎？」

江聖卓遲疑了一下：「要回去，但是不著急，我想帶妳去趟西藏。」

喬樂曦開始皺眉：「去西藏幹什麼？那麼遠，而且我們不是去過了？」

江聖卓把她放到床上，自己躺在她身邊，把她抱在懷裡：「我當時在西藏許了願的，現在想帶妳去還願。」

兩個人在床上相擁而眠，喬樂曦睡不著，越想越覺得這事情沒那麼簡單。

江聖卓的手覆在她的胸口：「妳的心跳那麼快做什麼？」

喬樂曦怕吵到他，一直保持著同一個姿勢，知道他沒睡著，便換了個姿勢：「我……我有點怕，你說會不會……」

江聖卓溫柔地撫摸著她的頭，語氣堅定地打斷她：「不會。」

喬樂曦握著他的手：「我明天還是打個電話給家裡吧。」

江聖卓把她往懷裡帶了帶：「好，明天的事明天再說，現在閉上眼睛好好睡覺！」

喬樂曦心裡的慌亂被他的話驅散，她的呼吸漸漸平穩規律。

江聖卓輕輕地給她掖著被子，手下動作溫柔，眼底卻漸漸生出寒意。

——※——

第二天兩個人剛回到度假村，就看到了一輛陌生的車子停在門口，很快車裡的人也看到了他們，推開車門走下來。

看到來人的那一瞬間，喬樂曦感覺到握著自己的那隻手僵了一下，繼而握得緊緊的，她突然知道了江聖卓為什麼又要帶她去西藏。

她也用了用力回握著，然後揚起笑臉叫了聲：「二哥……」

喬裕也是一臉憔悴，聲音有些沙啞：「樂曦、聖卓，跟我回去吧。」

江聖卓垂著頭看也沒看喬裕，聲音有些冰冷，連稱呼都沒有：「再等幾天，我會送她回去，不行嗎？」

喬裕皺著眉，為難地看著他，一開口還帶著些許祈求：「聖卓……」

江聖卓滿臉輕蔑：「我還會不知道你們想怎麼樣？你們是打算把她送出去吧？出了事，你們搞不定了就走這步，這次也不例外吧？二哥，你可真讓我失望。」

後半句話江聖卓咬牙切齒地說出來，一個字一個字地砸在喬裕的心上，他也控制不住自己，吼了出來：「你以為我願意嗎？你以為我願意這麼做嗎？她是我妹妹！如果不是為她好，我能這麼做嗎？現在的局面，她留在這裡對她有什麼好處？你口口聲聲說愛她，一定要把她留在身邊，你有替她想過嗎？」

江聖卓也動了氣：「那你呢？你口口聲聲為她好，什麼才是為她好？你怎麼知道這麼做就是為她好？她一走，不就更坐實了那些謠言？」

這大概是江聖卓第一次和喬裕起爭執，還是如此激烈的爭執。

喬樂曦看著兩個人臉紅脖子粗地喘著氣對視，輕鬆地笑：「江聖卓，我的手套好像忘在那邊了，你去幫我拿回來吧，好不好？」

江聖卓面無表情直勾勾地看著她，不點頭也不搖頭。

喬樂曦忽然湊過去親了他一下，笑著說：「我又不會跑了，放心吧，你去幫我拿，我跟我二哥說一下話。」

江聖卓看了喬裕一眼，僵硬著身體轉身走了。

喬樂曦看著他的背影，半天才回頭，又叫了聲：「二哥……」

喬裕剛才的強硬都被這聲二哥擊碎，他張了張嘴竟然一個字都說不出來，這幾年還真沒什麼事能讓他這麼為難過。

喬樂曦主動問：「喬書記讓你來帶我回去的？」

喬裕搖搖頭：「不是，小妹，你別老是這麼想爸爸，這次真不是他，是外公讓我來的。」

喬樂曦對於這個答案倒是吃了一驚：「誰告訴他老人家的？」

喬裕看著那個越行越遠的身影：「我不知道現在的情況他跟妳說了沒，其實現在的局面已經很樂觀了，妳帳戶上來歷不明的錢已經查出來和妳本人一點關係都沒有，設計圖上的簽名也出了對比結果，是偽造的。這一切都會有人出來認罪，只不過不是孟萊也不是白津津。我們這邊和陳家的關係妳也知道，牽一髮而動全身，我知道妳委屈，但這個結果真的已經是最好的了。可江聖卓卻死扛著堅持把孟萊和白津津揪出來，半點也不肯退讓……」

喬樂曦緊了緊圍巾，上面還殘留著江聖卓的氣味，清冽而獨特，她深吸一口氣，慢慢開口，白色的霧氣在嘴邊升起。

「二哥，你別怪他。他都是為了我，他心疼我，怕我委屈。其實這件事說穿了，和他又有什麼關係呢？我姓喬，你姓喬，你管我是因為我們血脈相連，而他和喬家沒有任何關係，他姓江，他幫我是情分，不幫我是本分，就算他今天真的袖手旁觀，我也沒辦法說什麼。」

喬裕被她的話說得更難受，臉上的表情有些扭曲，聲音因為隱忍而有些變調：「我知道妳是在怪二哥。」

「沒有，」喬樂曦對著喬裕笑笑，「真的沒有，二哥，我一點怪你的意思都沒有，我知道現在的局面喬家根本就不能出面，你什麼都不能做，現在但凡你做一點幫我的舉動，就是把我往火坑裡推。我……我只是心疼他。他心疼我所以什麼都不顧，我又怎麼會不心疼他呢？」

喬裕嘆了口氣：「妳知道就好，現在兩邊僵持著，沒有確鑿的證據說那簽名就是孟萊和白津津做的，只能等，我們需要的是時間。白家扛不住那麼大的壓力，去找了外公表示願意和解，自動放棄所有的東西，只求保白津津。外公特地叫我過去，讓我來帶妳回去，一切都等妳回去再說。還有，比較麻煩的是，現在媒體把這件事炒得很熱，都快翻了天，話說得很難聽。我們能做的都做了，可是面對悠悠之口，實在是無能為力。」

相對於他的沉重，喬樂曦倒是一臉的輕鬆，似乎早就知道這個結果：「我知道，無論事實是什麼，都會有一部分人說，其實我就是收了錢，用了劣質的材料才導致事故，後來的這一切都是因為我姓喬，家裡有權有勢才故意做出來的假證據，推了別人出來頂罪，或許還會說得更難聽。所以江聖卓才用心良苦地帶我遠離那裡，他也知道你們會來找我，所以又著急地想帶我離開這裡。二哥，你不用為難，我會乖乖跟你回去，你是我親哥哥，總不會害我。江聖卓那邊，我會跟他說。他的脾氣就是那樣，剛才不是故意吼你的，你別在意。」

喬裕點點頭：「我知道，我不怪他。我知道他心裡也不好受。」

他來得也急，沒來得及添厚衣服，只在薄薄的黑色毛衣外面穿了件大衣，在寒意甚濃的清晨，聲音都有些發抖。

喬樂曦摸了摸他的手，果然冰涼，她調皮地一笑：「我記得小時候二哥的手無論什麼時候都是最暖的，你在我心裡就像個神一樣無所不能，原來你的手也有冰涼的時候……原來你也有無能為力的時候。」

喬裕回握著妹妹的手，聲音憔悴：「二哥不是神，二哥只是個凡人。」

他從來不怕打仗，在最初走上這條路的時候，他就做好了準備。這一路走來，他甚至漸漸喜歡上那種驚險刺激的感覺，對手越是強大，他就越是鬥志昂揚，享受著每次成功或是失敗。

可這一切僅限於他，他不希望自己的妹妹捲入這場爭鬥中，他只希望她能平靜安穩地過一生。

喬樂曦知道他的心思，她不願意看到他為了自己苦著臉，故作輕鬆地開著玩笑：「你不要苦著一張臉了，好難看呢，你看我都不愁，你愁什麼？笑一笑嘛！對了，凡人二哥，你什麼時候幫我找個二嫂啊？」

喬裕把頭偏向一邊：「我現在哪裡有這個心思。」

喬樂曦一臉認真地開口：「二哥，我知道肯定有很多女孩子喜歡你，我曾經以為在這個世界上沒有哪個女孩子能配得上你。」

喬裕苦笑了一聲：「我哪有那麼好，有些人恐怕避之唯恐不及。」

「哦？」喬樂曦聽出了端倪，賊兮兮地看著他。

喬裕這才察覺自己說漏了嘴，僵硬地轉換著話題：「外面太冷了，走，去裡面暖和暖和。」

喬樂曦把他往屋裡推了推：「你去吧，我要在這裡等江聖卓。」

喬裕看了她一眼，沒說什麼，獨自進了屋。

江聖卓再回來的時候，只看到喬樂曦站在剛才的地方等他，看到他，她很開心地跑過去：「手套呢？」

江聖卓微微揚著頭看天，一副嫌棄的模樣：「手套妳個頭啊，手套不是在妳脖子上掛著嗎？找藉口都不找個好的！」

喬樂曦看了看，手套確實在脖子上掛著，當時江聖卓怕她把手套丟了，特別買了這種。

她自己嘿嘿地傻笑：「那你這半天去哪裡了？」

「調戲姑娘。」江聖卓一副我和妳不是很熟的樣子，愛理不理的，明顯帶著氣。

喬樂曦一點都不在意，依舊黏著他，指著不遠處的一個當地女孩：「是她嗎？」

那個姑娘人高馬大，一躍而起翻上馬背，英姿颯爽。

江聖卓色瞇瞇地看著：「是啊，我發現這裡的妞可比那些沒心沒肺的人強多了，山珍海味吃多了，這種很合小爺我目前的胃口。」

喬樂曦一把甩開他的手臂，挑釁：「那你過去親她一口讓我看看。」

「好啊。」江聖卓立刻轉身朝著那個女孩走過去。

喬樂曦忽然小跑了幾步從後面抱住他，雙手交纏放在他腰上。

江聖卓任由他抱著，臉色黑如鍋底，一言不發。

喬樂曦的手越縮越緊：「我知道你生我的氣了，我知道你努力堅持了這麼久都是為了我，誰知我卻站到了別人那邊，我傷了你的心。」

「沒，我沒心。」江聖卓自嘲著。

「我們老這麼躲著也不是辦法，該面對的始終要面對。江聖卓，我是真的想回去了。這些日子我過得很開心，可你我都清楚，這件事始終是我心裡的一個結，始終都要解決的，這樣我以後才能繼續開心。」喬樂曦說到這裡忽然笑嘻嘻的，「你放心，我是女金剛，我什麼都不怕！」

過了許久，江聖卓才長長地吐出了一口氣，終於鬆口：「好，我們回去。」

說完轉身牽著喬樂曦的手往屋裡走。

喬樂曦看他臉色不好，語氣輕快地逗著他：「你上次跟我說帶我私奔，我一直以為你是跟我開玩笑的，誰知道真的是私奔。」

江聖卓歪頭看她一眼，揉揉她的臉，聲音中帶著星星點點的心疼：「行了，別笑了，那麼勉強，一點都不好笑。我不是生妳的氣，妳不用哄我，剛才妳也哄妳二哥很久吧？」

喬樂曦皺著鼻子：「我二哥可比你給面子多了，他笑得可開心了！」

江聖卓搖搖頭小聲嘀咕著：「妳這個傻丫頭。」

進了屋看到喬裕，江聖卓還是淡淡地叫了聲：「二哥。」

喬裕大度地拍拍他的肩膀，一切盡在不言中。

第十一章　相思，是一個「曦」字

回去的路上，三個人沉默了一路。

樂准自從幾年前搬到了軍區的療養院後，喬樂曦就沒來過幾次，這裡住的都是位高權重的人，進出盤查很麻煩。她看著窗外陌生的道路，心裡空空的，直到車子過了最後一個崗哨，她才調整了一下表情，儘量讓自己看起來心情不錯。

下了車就看到門口的老人，她開心地迎上去笑著抱住老人，親昵地叫了聲：「外婆！」

老人拉著喬樂曦左看看右看看，一臉心疼：「哎呀，怎麼瘦成這個樣子了，是不是沒好好吃飯啊？」

喬樂曦搖著外婆的手臂撒嬌：「沒有，外婆，我想吃您做的菜了，您等一下做好吃的給我唄？」

老人笑呵呵地應著：「好好好。」

「外婆。」

「外婆。」

老人看到喬裕和江聖卓一臉沉重一前一後地走近，招呼著他們：「快進去吧，老頭子等你們半天了。等一下無論他說什麼，你們都不許頂嘴！」

樂外婆仔細叮囑著，說完又特地拍了江聖卓一巴掌，雖然故意板著臉，語氣卻並不嚴厲，甚至還帶著溺愛：「特別是你這個臭小子！」

江聖卓一反常態地安靜，聽話地點點頭。

喬樂曦在進門前拉住外婆，彆彆扭扭地問了句：「那個……外婆，我外公在幹什麼呢？」

外婆看著三個人，一臉於心不忍地吐出兩個字：「聽戲。」

這兩個字一出，三個人都抖了一下。

三個人雖說早已成年，在外面各有一片天地，但對這位長輩，心裡是又敬又怕，而且還是害怕居多，更何況如今是惹了事回來。

別說他們三個，就是樂家的幾個兒子在外面那也都是呼風喚雨的人，在老爺子面前卻都是溫順的小貓。

樂老爺子平時並不聽戲，只有在真正動了怒打算出手的時候才會聽戲。

三個人你看看我，我看看你，深吸一口氣，一副視死如歸的模樣進了門。

樂准果然正坐在沙發上聚精會神地聽戲，看到三個人進來，他手上的拍子沒亂，隨意地問了句：「回來了？」

那隨意和藹的樣子讓三個人心裡又是一顫，都不敢接話。

樂准睇著眼睛往這邊隨意一掃：「幹什麼？都不說話，是聾了還是啞了？」

三個人趕緊點頭，異口同聲地回答：「回來了。」

樂老爺子一生戎馬，什麼場面、什麼陣仗沒見過？就算他什麼都不做，單單坐在那裡就夠鎮得住人了。

「怎麼，見了長輩連招呼都不打？我看你們是越活越回去了！」

三個人又恭恭敬敬地叫了聲：「外公。」

外婆看著三個人戰戰兢兢的樣子，只覺得好笑，趁著遞茶的空檔遞了個眼色給老伴，很快便出去了。

樂老爺子只當沒看見，由著他們站著，又興致盎然地聽完了這段才拿手杖指了指：「你們坐，丫頭妳站著。」

喬樂曦看著手杖直直地指著自己，就知道這一頓是躲不過去了。

喬裕和江聖卓對視一眼，乖乖地到旁邊坐下。

樂准靜靜地看了喬樂曦很久，嘆了口氣這才開口：「我年紀雖大，但心裡頭明白得很，有些話我早就想說了，可一直沒說。為什麼不說？一呢，是想著妳年紀小，二呢，是顧忌著妳外婆，怕舊事重提讓她傷心，所以就一直拖著……眼看著我也是要入黃土的人了，妳呢，也長大了，正好趁著這個機會說出來，說出來妳舒服了，我也舒服了。」

樂老爺子一點彎也沒轉，眉眼一抬看著喬樂曦：「妳母親走得早，那個時候妳還少不更事，我和妳外婆盡心盡力地照顧妳、引導妳，就怕這件事給妳留下陰影，轉眼妳也長大了，和其他同齡人一樣健康快樂，我樂准自問對得起妳和妳母親。可是，我今天想說的是，妳母親的事情，我和妳外婆自始至終都沒有怪過柏遠。」

喬樂曦眼角一跳，她沒想到樂准說的是這件事，臉上不由自主地表現出對這個話題的抗拒。

樂准藉著手杖慢慢站起身，早年在戰場上弄了一身傷回來，年輕時還沒有什麼感覺，現在年紀大了，越來越覺得力不從心。

喬樂曦本想上前扶他，但知道老爺子的脾氣，站著沒敢動，等著他走近。

樂准走了幾步，站在離她不遠不近的地方：「可是妳呢，自從妳母親走了，妳自己說說，妳對妳父親是什麼態度？從小到大，填表格只要涉及父母那一欄妳就空著！因為這事我和妳外婆被請到學校多少次？妳母親不在了，妳空著就空著了，可妳父親還在呢！妳寧可空著都不願意把喬柏遠三個字寫上去！妳一年到頭冷著臉，我倒是想問問，誰又對不起妳了？妳這麼恨自己姓喬，那妳身上還流著他一半的血呢，妳這麼有骨氣怎麼不把血放出來還給他？」

喬樂曦低著頭，靜靜地聽著，這些年這也是他們第一次把這件事擺到檯面上來說。

在她的印象裡，樂准對自己從來都是和顏悅色的，哥哥們都怕他，可她不怕，這也是樂准第一次這麼疾言厲色地責罵自己，想來是忍了很久了。

樂准略帶滄桑的聲音再次響起：「妳母親的事情，柏遠縱然有錯，可錯不全在他。剛開始那幾年，多少人踏破了門檻去幫他說媒，他見都不見，那年他才多大？他自己守著你們三個孩子這麼多年，又是為了什麼？還不是怕你們受委屈？當年我和妳外婆為了這件事和他談過，要把妳和兩個哥哥接過來，我來撫養，可他怎麼都不肯。」

樂准閉了閉眼，直到現在他都記得那個午後，相比現在年輕稚嫩很多的喬柏遠紅著眼睛叫他們爸媽，說這三個孩子是他的命，除了他自己，誰來撫養他們他都不放心。

「這二十幾年，每逢大節小節，他再忙都會來看看我跟妳外婆，別說妳母親已經走了這麼多年了，試問現在又有幾個人能對老人做到這些？這些年來，我暗示了妳多少次，妳怎麼就是不明白呢？」

她不是不明白，她是過不了心裡的那道坎。

喬樂曦自己也說不出對喬柏遠到底是什麼情緒，恨？談不上吧，畢竟血濃於水呢。怨？應該是有的。那愛呢？

喬樂曦不知不覺地想起小時候的事情，在她的記憶裡，喬柏遠一直很忙，忙到她竟然想不出她曾經和喬柏遠坐在一張桌子上吃過飯。

她記得喬柏遠牽著她走在回家的路上，邊走邊把冰棒遞給她，還交代了一句：「不要讓妳媽媽知道。」

那個年紀的她對冰棒有一種特殊的熱情，可媽媽怕她吃壞肚子總是限制著。那個年代，就算是他們這種家庭大多也是重男輕女的，可是三個孩子裡，喬柏遠卻是對這個女兒更偏愛一些。

再後來，喬柏遠蹲在她身前，一臉悲傷地對她說：「樂曦，媽媽走了……」

後來她不再親近喬柏遠，所有人都以為她對喬柏遠有怨恨，恨他不回來媽媽才會自殺。可她從來沒跟任何人說過，她也害怕喬柏遠會恨她——如果沒有她，媽媽就不會有產後憂鬱症，也就不會死。

她怕從喬柏遠眼裡看到那種眼神。媽媽已經走了，她怕從爸爸的眼裡看到厭惡，這種又恨又怕的感覺讓她只能若無其事地選擇遠離，她親近所有的親人，乖巧懂事，除了他。

他說東，她偏偏往西去，這麼多年，反叛忤逆他似乎早已成為一種習慣。

習慣到不知不覺傷了兩個人的心。

樂老爺子越說越氣：「過去的事就算了，今天早上，他當著所有人的面拍了桌子，妳知道他說什麼？沉穩儒雅的喬大書記拍著桌子動了氣，說：『我自己生的女兒，我知道她是什麼人。就算這個書記不做了，我也要說這句話』。那麼沉得住氣的一個人能說出這種話，妳呢？妳什麼時候這麼護過妳父親？」

喬樂曦面無表情地聽著，眼眶漸漸紅了，放在身側的雙手越握越緊。

江聖卓在一旁看得心疼，忍了又忍還是沒忍住，剛想站起來就被喬裕按住，對他搖搖頭。

江聖卓握著拳頭重新坐下。

「妳自己好好想想吧！這麼大了這點事情都想不清楚！」最後樂老爺子下了命令，「這裡的事情我會處理，妳出國的手續都辦得差不多了，盡快出去。」

這話一出，喬裕怎麼都按不住江聖卓了。

「為什麼讓她走？」江聖卓毫不回避地看著樂准。

樂准氣定神閒地坐著：「為什麼讓她走？既然你問了，我也有句話想問你，你為什麼帶著她跑到那麼遠的地方？你是為了什麼，我就是為了什麼。丫頭，妳自己說，妳願不願意走？」

喬樂曦看了江聖卓一眼，想了半天開口：「外公，能不能不走？」

「說心裡話！妳心裡當真不願意走？妳以為讓妳出國是為了什麼？我樂准這輩子別的本事沒有，護著自己外孫女的本事還是有的！我是為了顧全大局嗎？我是為了妳！我就是再有本事，我管得了別人心裡怎麼想嗎？別人表面上對妳客客氣氣，心裡卻都在罵妳，妳走到哪裡，別人都會在身後議論妳！妳受得了嗎？妳以後還怎麼工作？哪還有人願意用妳？難道妳甘心在家裡待一輩子？江小四，就算這一切她都挨得住，你忍心讓她這樣嗎？」

喬樂曦輕輕吐出一口氣，雖輕，但江聖卓還是察覺到了，他站到喬樂曦身邊：「那我和她一起去。」

樂准瞇著眼睛看著他：「你和她一起去？那你現在的事業不管了？你今年多大了？一切再從頭開始？」說完又轉頭問喬樂曦，「丫頭，妳真忍心讓他拋棄這一切跟妳走？」

江聖卓不等她回答就說：「我說過，這些東西我都可以不要！」

樂准微微一笑：「不要？你啊，從小就跟匹野馬一樣難馴服，一直橫衝直撞，後來一手創立了華庭，總算穩重下來，你嘴上說可以不要，可你敢說你心裡一點留戀都沒有？這些年的心血就這樣付諸東流？丫頭，他捨得，妳捨得嗎？再說了，你馬上就到而立之年了，手上什麼籌碼都沒有，我怎麼放心把外孫女交給你？你拿什麼給她幸福？」

良久，喬樂曦才從他手裡掙扎出來，緩緩開口，冷靜自持：「我走，江聖卓，你留下。」

江聖卓，雖然你嘴上說對什麼都不在乎，可是我知道，你其實是在乎的。

眼看他起高樓，眼看他宴賓客，眼看他樓塌了。我知道那是一種什麼感覺，我怎麼忍心讓你經歷承受？

江聖卓睜大眼睛不可置信地看著她，他聽到心裡有個地方轟然倒塌。

喬樂曦躲閃著，不敢跟他對視。

樂准接著開口，帶著安撫的意味：「這件事是麻煩，可終究會過去，時間久了，那些人自然會對新的話題產生興趣。古人說，厚積而薄發，妳出去歷練幾年，有了成績再風風光光地回來，到時候誰還敢再說妳什麼？我不是反對你們在一起，可你們不能盲目，我也不是倚老賣老，我就是見得太多了，在這個世界上，盲目的愛情是最要不得的，會毀了妳，也會毀了他。如果我現在不提醒你們，將來你們會恨我。這小子呢，雖然胡鬧了這些年，但我看得出來他對妳是用了真心的，妳呢，是我的外孫女，我當然希望妳幸福高興，我希望妳能高興一輩子，而不是這一時半刻。」

江聖卓和喬樂曦靜靜地站著，沉默不語。

樂老爺子終究還是心疼這個外孫女，訓了幾句緩了緩語氣：「行了，都別站著了，坐下吧！」

正說著，樂外婆進來對樂老爺子說：「白泰霖來了。」

樂老爺子點點頭：「不用管他，讓他在門口等著就是。妳去做點好吃的給這丫頭，看她都瘦成什麼樣子了！」

樂外婆笑笑，嘀咕著，這個老頭子，明明心疼孩子還要裝。

喬樂曦想去拉江聖卓的手，可剛碰到就被他躲開了，她委屈得紅了眼眶。

樂外婆笑著叫她過去：「丫頭，來，來幫外婆忙。」

喬樂曦不太情願地跟著樂外婆去了廚房。

樂老爺子這才拿手杖敲了敲江聖卓的腿：「你這小子，怎麼跟哪吒似的，攪得天翻地覆還不甘心，等一下回家啊，看你爺爺打不打你！」

江聖卓現在哪還有心思擔心挨不挨打，他心裡都快難受死了。

「怎麼，不服氣啊？平時不是油嘴滑舌話多著呢，今天怎麼這麼安靜啊？」樂老爺子又敲敲喬裕，「還有你，你怎麼也不說話？」

樂老爺子專往疼的地方敲，江聖卓被敲了幾下就受不住了了，苦著臉嘟囔：「外公，我心裡難受呢。」

樂准拍拍江聖卓的肩膀：「你這個傻小子，難受什麼？外公送你四個字，來日方長，你好好想一想。」

喬裕也嘆了口氣，對江聖卓說：「讓她走吧，她有她的驕傲和夢想。你折了她的翅膀留她在身邊，她並不會快樂。樂曦不是那種願意躲在你身後的小女人。你不會看不出來，這件事上她心裡憋著口氣呢，你不讓她自己贏回來，她不會服氣的。」

江聖卓僵著一張臉始終不說話。

喬裕知道這事需要他自己想明白，就不再多勸，轉頭問樂准：「外公，白家您打算怎麼辦？」

樂准根本沒把白家放在眼裡，笑著反問他：「你在政府裡待的時間也不短了，我倒想聽聽你的看法，你說，這事該怎麼辦？」

喬裕一時摸不清楚樂准的看法，沉吟了半天才開口，聲音裡透著些許不情願：「白家老爺子和您是生死之交，他……」

剛開了頭就被樂准打斷，瞪了他一眼：「少打官腔，說心裡話！」

喬裕抿抿唇，惡狠狠地飛快地吐出一句話：「整死他！」

喬裕的話剛落地，一直在旁邊裝死的江聖卓一臉不可思議地看著他，呆呆地問：「你被什麼附身了嗎？」

這種話江聖卓已經很多年沒從喬裕嘴裡聽過了。

他記得年少的時候，他跟喬裕說誰誰誰欺負了喬樂曦或者他時，喬裕總會故作一臉兇狠地來這麼一句。

樂准聽了哈哈大笑：「老二啊，你現在是不是覺得自己活得特別壓抑？時時刻刻提醒著自己要謹言慎行，我是部長，不能失言、不能失態、不能讓人抓住把柄？現在的年輕人呢，被逼著快速成熟，往往在現實面前不斷妥協，漸漸學得圓滑世故，壓抑著自己，像個被操縱的木偶，少年老成。」

「可你要認清什麼在你心中才是最重要的，如果有一天最重要的東西和你的圓滑起了衝突，你該捨棄誰？這樣你才能在這條路上走得更長更遠。其實你的性格並不適合走這條路，這並不意味著你走不好，可你走得再好，心裡不高興那又有什麼用？雖然說人活於世，不能總隨著自己高興來，但是如果一點高興的事情都沒有，等你到了我這個年紀就會後悔自己白活了一輩子。」

「外公看得出來，你一直不高興，我不知道你在掙扎什麼，但我知道這件事對你而言肯定很重要，而且和你現在做的事有衝突，你猶豫徘徊下不了決定。今天叫你一起來，主要是想跟你說這件事，作為長輩，我肯定是希望你一切以前途為重，可是作為你的外公，我還是希望你能隨心一些。」

喬裕臉上一片茫然，埋在心底的心思自以為掩藏得很好，誰知竟被老人一眼察覺。

「行了，這個惡人啊，還是我來當吧！」樂准不再多說，叫了保全進來，「叫他們進來吧！」

白泰霖帶著白起雄、白津津很快進來，喬裕和江聖卓看到這三個人都悶悶地冷哼了一聲，把頭偏向一邊。

樂准臉上沒什麼表情，心裡還是忍不住笑著搖頭，他故意板著臉意有所指：「我平時是怎麼教你們的，叫人啊！別人沒家教，你們也沒有嗎？」

喬裕早就恢復了人前的模樣，半真不假地笑著：「白爺爺，白叔。」

江聖卓看也不看，跟著喬裕的聲音嘀嘀咕咕地附和著，算是應付著叫了。

白泰霖也不在意：「首長，聽說樂曦回來了，我特地帶著這兩個孩子來跟她賠不是。」

樂准並不接他的話，招呼他坐下：「老白啊，你說，我們拚死拚活了大半輩子，到底是為了什麼？」

白泰霖不知道樂准為什麼會這麼閒情逸致地和他探討這個問題，卻還是認真地回答了：「為了子女唄！」

樂准聽到了想聽的答案，微微笑著感嘆：「是啊，為了子女，自己怎麼樣都無所謂，可是不能讓自己的孩子受委屈。老白啊，你我兄弟多年，沒想到老了竟然會出這種事。我呢，對小輩的事情一向不願意多管，可你也知道，我只有一個女兒，還是個命苦的，年紀輕輕就走了，留下了一個小外孫女。這個外孫女呢，又乖巧懂事合我心意，自己在外面辛苦打拚，從不打著我的旗號，可有些人就是只看旗號不看人，你說，她在外面受了委屈我能不管不問嗎？」

白泰霖坐不住了，起身恭恭敬敬地認錯：「首長，都是我管教無方，這幫孩子眼拙，您別生氣，我以後一定好好教育！只是希望您能給孩子一個機會。」

樂准看了白津津一眼：「以後的事情以後再說吧，你是知道我的脾氣的，眼裡容不得沙子的，是誰做的誰負責，陳家保不了你，你才來找我，不覺得晚了嗎？陳家要護著的那個呢，我肯定不會放過，你家的這個呢，也別想逃得掉。」

白泰霖臉色一變，聲音有些顫抖：「首長，我曾經救過您的命啊！您看在救命之恩的分上，放她一馬不行嗎？」

樂准就知道白泰霖會這麼說：「是，那是我樂准欠你的，我一直記得，可這些年我也提攜了你不少，你打著我的旗號在外面做的事情，我也是睜一隻眼閉一隻眼，如果你還是覺得我欠你的呢，你可以來找我。可是，你我之間是你我之間，就算是我欠了你的，那也是我樂准欠下的，我不會讓子孫去還。您心疼自己的孫女，可是這孩子也是我的外孫女啊……」

「泰霖啊，如果今天做了錯事的是樂曦，我也絕對不會偏袒她！該怎麼樣就怎麼樣！做了錯事就該受到懲罰，你總是護著她，她就會越錯越離譜，終究是害了她。」

「她還小，我怎麼忍心……」

樂准瞇著眼睛看他：「還小？那是人命！是可以拿來胡鬧的嗎？我看你是越老越糊塗了！什麼都不用說了，是你自己送她去，還是讓人去家裡帶人，你自己選一個吧！話我都說完了，你自己看著辦吧！」說完頭也不回地走了出去。

白起雄看著喬裕，艱難地開口：「喬部長……」

喬裕站起來：「白叔，我真的是一點都不想看見姓白的，更不想和姓白的說一句話。」說完也走了出去。

江聖卓安安靜靜地坐在沙發上，似乎在自言自語，也像是在說給他們聽：「我記得我說過，你們有什麼事情對著我來，不要去動她，可你們還是打了她的主意，你讓我怎麼放了你們？現在她的心裡有多難受，我一定會從你們身上十倍、百倍地討回來。來日方長，外公說得對，我會慢慢討……我現在真是後悔，當初怎麼不一巴掌拍死呢，那就不會有今天的這一切了。」

白家三個人很快離開，江聖卓沒再說過一句話。吃飯的時候他接了一通電話，掛了電話就站了起來：「我爺爺讓我回去一趟，外婆、外公，我先走了。」

喬樂曦也跟著站起來：「我也去！」

江聖卓看都沒看她一眼。

樂准笑笑：「去吧！」

江聖卓穿了外套往外走，也不等她，發動了車子就準備走。

喬樂曦小跑著拉開車門坐了進去。

一路上江聖卓都狠狠地踩著油門一言不發，喬樂曦跟他說話他也不理，只是面無表情地開著車。

到了江家，江聖卓下了車大步往家裡走，喬樂曦急匆匆地跑了幾步追上他，抓著他的手，聲音裡帶著祈求：「你不要生氣了好不好？我也不想這樣的。」

江聖卓看著前方，冷著臉拂開她的手，繼續往前走。

喬樂曦的眼淚一下子落了下來，她低頭使勁擦了幾下，終於止住了眼淚很快跟了上去。

剛進門便聽到江容修的吼聲：「你這個渾小子，我跟你說過多少次，做事不要太狂妄，凡事留一線，不要得罪小人！你一句都聽不進去，你能說今天這個局面和你一點關係都沒有？」

一家人都在場，三堂會審的場面也不過如此。

江聖卓老老實實地站著，不再嬉皮笑臉地反駁和求饒，沒有一絲生氣。

江容修看了更生氣，一揚手，手裡的棍子狠狠地砸向江聖卓。

喬樂曦想也沒想就向他跑過去。

江聖卓眼看著她撲了過來，想攔她都來不及，那一下結結實實地打在了喬樂曦身上。

喬樂曦倒在他身上，疼得直吸氣：「江聖卓，好疼啊……我以前看你挨了幾下還嬉皮笑臉的，以為不疼的，可是真的好疼……」

江聖卓心疼得不行，還是忍著不和她說話，只是把她摟在懷裡皺著眉看著江容修：「爸！你看到她了怎麼不住手呢？」

江容修沒想到會這樣，那個時候他想住手也來不及了，他扔了棍子走過來：「快扶她起來，樂曦沒事吧？」

一家人都圍了過來，喬樂曦勉強扶著江聖卓站起來：「沒事、沒事，就是有點疼。」

江容修也顧不上還在教訓江聖卓，催促他：「快扶樂曦去你房裡休息一下，幫她擦點藥。」

江聖卓雖然緊緊地扶著她，臉色卻還是不好看，江母捏了捏他的臂彎對他使著眼色。

江聖卓皺著眉心一橫，橫抱起她上了樓。

喬樂曦在他懷裡摟著他的脖子，悄聲說：「江聖卓，其實一點都不疼，我騙他們的，這樣你爸爸就不會再打你了。」

她明明疼得臉都白了卻還勉強笑著說謊。

江聖卓咬著牙不理她。

上了樓把她放到床上，看她皺著一張小臉，他還是沒忍住，彆彆扭扭地涼涼開口：「還疼不疼啊？」

喬樂曦一臉委屈地猛點頭，像是隻被遺棄的小狗，可憐兮兮地回答：「疼，火辣辣地疼。」

江聖卓彎腰在抽屜裡翻了半天，找出一管藥膏，面無表情地開口：「趴下，我幫妳抹點藥。」

喬樂曦老老實實地趴在床上，讓他抹藥。

藥膏涼涼的，他的手也涼涼的，喬樂曦閉著眼睛：「你別生氣了，我也不想和你分開，可是……」

「閉嘴！」江聖卓突然開口打斷，接著把手裡的藥膏扔到床頭，「好了，妳休息吧！」

說完就大步走出了房間，喬樂曦想去追，可背上還是火辣辣地疼，她試了幾次都沒起來，一臉沮喪地趴在床上，過了一陣子迷迷糊糊地睡著了。

江聖卓站在房門口等了半天，直到裡面沒了動靜他才推門進去，幫床上的人蓋上被子後出來。剛下樓就被江母轟了回去：「你出來這麼快幹什麼？你爸還在氣頭上呢，想挨打啊？回去！」

江聖卓低著頭，聲音裡難掩憔悴：「媽，我累了，我想好好睡一覺。」

江母越來越覺得不對勁，關切地問：「出什麼事了嗎？」

江聖卓搖頭，一臉疲憊：「沒有，媽，我就是累了，我先回我那裡了。」

江母對著他的背影問：「樂曦怎麼辦啊？」

江聖卓頭也沒回：「我讓她哥哥來接她。」

江聖卓上了車，坐在車裡愣了半天，這才摸出手機打電話給喬裕。

「跟你說一件事，你可以罵我、打我，剛才我爸要打我，被樂曦擋了一下，打到她身上了。我爸是真生氣了，那一下力道挺大的，她傷在背上，我幫她上了藥，現在睡著了，你等一下到我家來把她接回去吧。」

喬裕也沒多說什麼，雖然說江聖卓的聲音四平八穩的，可心裡肯定是翻江倒海的難過和自責。

『你呢？』

江聖卓揉揉眉心：「我現在只想睡覺。」

——※——

喬樂曦醒來的時候，背上已經不怎麼疼了，她剛坐起來就看到喬裕推門進來：「醒了？」

喬樂曦看看時間，已經晚上了，她又往喬裕身後看過去，沒看到人便問：「他呢？」

喬裕本想開玩笑逗逗她，可笑容展開一半又收了回去，他現在也沒心情：「不知道。打了個電話給我就沒人影了。」

喬樂曦心知肚明，從床上站起來：「那我們回家吧。」

兩兄妹跟江家道了別，便慢慢往喬家的方向走。

喬裕看著喬樂曦越走越慢：「還疼嗎？」

喬樂曦搖頭，一出聲聲音沙啞：「不疼了。」

喬裕低著頭看她：「怎麼又哭了？」

喬樂曦一步一步地往前挪：「二哥，我心裡難受……」

喬裕心裡慢慢升騰起一股無力感，本想安慰她幾句，卻一句話都說不出來，張了半天嘴才笨拙地開口：「沒事的，樂曦，過不了多久，妳就能回來的，到時候妳還是可以和聖卓在一起。再說，現在交通、通訊都很發達，妳們可以打電話，他也可以飛過去看妳……」

喬樂曦悶悶地開口：「那不一樣。」

喬裕住了嘴，他也知道，那不一樣。

兩個人在一起就是要在一起，不在一起怎麼能叫在一起呢？

走到喬家門口，正好遇到喬燁回來。

喬樂曦看了喬燁一眼，叫了聲：「哥。」

喬燁忽然睜大眼睛看她，又看看喬裕，半天沒出聲。

喬樂曦也沒在意，甩下他們進了屋。

喬燁拉住喬裕：「樂曦怎麼了？」

喬裕心裡也有事，根本沒覺察出異常：「哪裡怎麼了？別拉我，煩著呢！」

說完也進了家門，留下喬燁一個人站在原地嘀咕：「怎麼忽然叫我哥了，很多年沒這麼叫過了，一直不是生疏地叫我大哥嗎，真是奇怪……」

喬樂曦進了家門後直接上樓推開書房的門，喬柏遠果然在，正聚精會神地寫字，聽到響動抬頭看到她，臉上也沒其他表情，很平靜地問：「回來了？」

就像小時候她出去玩，天黑了回家吃飯，喬柏遠總是會這麼問一句。

喬樂曦走了幾步，主動靠近：「爸，我錯了。」

喬柏遠以為她在說那件事情，挺奇怪她會主動認錯：「這事錯不在妳，妳也不用自責。以後別一聲不響地跑出去了，出了這種事又找不到妳的人，剛開始我……妳大哥和二哥都快急死了，幸虧後來江聖卓主動跟喬裕聯繫了。」

喬樂曦緊緊地貼著書桌站著，低頭盯著紙上的幾個字，慢慢開口：「不是，爸，這麼多年我不該這麼對您。」

喬柏遠的手一滑，本來很漂亮的一張字就這麼廢了，他抬頭看著喬樂曦：「妳說什麼？」

喬樂曦眼前的字漸漸模糊：「爸爸，對不起……」

她本想好好地解釋，可是千言萬語卻只說出了這一句。

人只有在出了事之後，才能體會到親情的可貴。

眼淚滴落到桌上的宣紙上，洇出一片水漬，喬柏遠一下子就意識到了她在說什麼，一想便知道是樂准跟她說了。

他看著喬樂曦一臉沮喪，摸摸她的頭：「那件事妳也不用太放在心上。人的一生避免不了有創傷，但所有的舊傷都會長出新肉，所有的創傷都有撫平的那一天，人要學會承受痛苦，在痛苦中成長起來，誰都不會例外。在一切變好之前，總是要經歷一段不開心的日子，這段日子也許很長，也許只是一覺醒來。妳也該學著長大，保護好自己，而不是站在我和妳哥哥們，還有聖卓的背後，妳可以同樣強大地站到他身邊。」

樂准和喬柏遠的話讓喬樂曦對男女之間的關係有了新的認知，這讓她在以後幾十年的愛情道路上受益匪淺。

——※——

一轉眼過去了半個月，喬樂曦都沒再見到江聖卓，她知道他是真的生氣了。

不斷有消息傳來，白家家道中落的形勢越來越明顯，聽說白泰霖親自送了白津津去自首。

喬樂曦申請了國內一所大學的交換名額，正積極準備著面試，眼看著離出國的日子越來越近，她的心裡也越來越慌。

一天晚上，喬樂曦敲開喬裕的房門，站在門口開門見山地說：「二哥，我想見他。」

喬裕拉著她進來，有些奇怪地問：「你們一直沒聯繫嗎？」

他最近也沒有見過江聖卓，一直以為兩個人已經和好了。

喬樂曦搖搖頭：「我打電話給他他不接，去華庭找他也見不到人，他好像從這個世界上消失了一樣。」

喬裕拿出手機打了個電話給江聖卓，響了很久都沒人接，他這才發覺事情有些嚴重。

「這樣啊，今天晚了，明天哥哥就幫妳聯繫他。」

喬樂曦點點頭垂頭喪氣地回了房間。

——※——

就在她等著江聖卓聯絡她的日子裡，她接到了薄仲陽的電話，約她吃飯。

她知道不是吃飯那麼簡單，薄仲陽肯定有話要說。

喬樂曦到了餐廳的時候，薄仲陽已經等在那裡了，依舊是風度翩翩，紳士十足。

她笑著稱呼他：「薄總。」

薄仲陽淡然地笑：「我知道妳在怪我。」

經過這一切，喬樂曦早就學會了坦然：「沒有，我知道後來那件事是你幫了我。」

薄仲陽忽然爽朗地笑了，和平時有些不一樣，緊接著開口：「我真的喜歡妳。」

喬樂曦聽到喜歡這兩個字的時候又不由自主地想起江聖卓，她看著窗外燦爛的陽光，微笑著問：「是那種喜歡到不行的喜歡嗎？」她又偏過頭來看著薄仲陽，「不是吧，薄仲陽？」

薄仲陽靜靜地看著她。

喬樂曦笑著分析著：「是不是我和你恰好年齡合適，恰好樣貌還算過得去，恰好姓喬，恰好和你門當戶對，你才會喜歡我？」

薄仲陽點點頭：「我沒覺得有什麼不對。」

「那不是喜歡，那只是合適。你或許根本不知道喜歡是什麼感覺，可是我知道，我已經有了那個讓我喜歡到不行的人了。」喬樂曦重新看向窗外，臉上的笑容溫柔明亮，她用言語慢慢描繪著心裡的那個人，「他長得很討女孩子喜歡，五官很精緻，眼睛很亮，笑起來的樣子很好看，身上的味道很好聞，穿衣服很有型，懷裡的溫度是剛剛好的溫暖……」

薄仲陽開口打斷她：「妳說的這個人是江聖卓嗎？」

喬樂曦回過神，大方地點頭承認：「是。」

薄仲陽笑了笑：「妳們相遇太早，妳有沒有想過，或許妳們之間並不是愛情？」

喬樂曦也笑了：「就算我們之間不是愛情，如果讓我選，我也不會選擇你。」

「哦？」薄仲陽忽然來了興致，「為什麼？」

喬樂曦認認真真地看著他：「薄仲陽，你太優秀了，任何時候都是那麼冷靜鎮定，連臉上的笑容都保持著一樣的弧度。我一直看不出你有什麼弱點，看不出你喜歡什麼、討厭什麼……我知道，這個社會沒有人沒有面具，可是你不一樣，你始終戴著它，似乎是忘了怎麼把它摘下來，你的這張面具好像已經變成你身體的一部分了，你讓我感覺到害怕。就算是現在，你都能保持著笑容，我看不到你笑容背後的喜怒哀樂。一個讓我感覺不到喜怒哀樂的男人，我怎麼和他在一起走完這輩子？」

薄仲陽低下頭輕輕一笑，過了很久才再次開口，平靜的聲音中盪起了波瀾：「我和江聖卓不一樣，他一出生就有萬千寵愛，而我的一切都必須靠我自己去爭取。喜怒哀樂會成為我的絆腳石，我要在那個家裡立足，就必須拋棄一些東西。我不是不知道喜歡是什麼感覺，而是太久了，我已經不知道該如何娶一個喜歡的人……真的是太久了……」

他陷入了沉思，坐在那裡一動不動，喬樂曦很安靜地選擇離開。

她不知道薄仲陽今天走出這扇門之後是繼續以前的生活，還是會對人生有新的認識，可是她知道，她的人生就要發生變化了。

——※——

面試那天，天氣陰沉沉的，喬樂曦還是沒有江聖卓的消息。

輪到她的時候，她推門進去，幾位教授並沒有馬上開始，而是向她解釋：「這個項目是一家公司贊助的，他們那邊也有派人來面試，妳稍等一下，應該馬上就到了。」

喬樂曦謙恭地笑著點頭，靜靜地等著。

很快門就被人從外面推開，她本能地轉頭去看，然後便看到江聖卓走了進來。

他清瘦了許多，眼底的疲憊和倦怠怎麼都掩蓋不住，帶著幾分勉強。

他沒看她一眼，笑著和幾位教授握手之後便坐到了面試桌後，拿起桌上她遞交的資料默默地看著。

教授很快開始提問，喬樂曦打起精神應付著，眼睛卻始終不自覺地往那個方向看。

最後，主面試官笑著問江聖卓：「江總還有什麼問題嗎？」

江聖卓終於抬頭看向喬樂曦，僅僅幾秒鐘便又垂下眼簾，很平淡地吐出一句：「想去嗎？」

這個問題一出，幾位面試官你看看我，我看看你，一片譁然。

這不是廢話嗎，不想去來這裡幹嘛？

過了許久，喬樂曦才點點頭：「想去。」

「那我們怎麼辦？」江聖卓看著她，忽然輕聲笑出來，眼眶隱隱泛紅，聲音聽起來卻很輕鬆，「妳從來沒想過對吧？」

喬樂曦在竊竊私語中緊緊咬住下唇。

「想去就去吧，照顧好自己。」江聖卓很快恢復了神色，眼底不帶一絲感情。

說完這句後他站起來，扣上西裝鈕釦，頭也不回地打開門走了出去。

喬樂曦坐在椅子上，聽著開門關門的聲音，始終不敢回頭看一眼。

喬樂曦被喚了好幾聲才回過神，她失魂落魄地走了出去，回到家。

喬裕看她的樣子一臉擔憂地問：「怎麼了？面試官刁難妳了？」

喬樂曦半躺在沙發上，右手搭在眼睛上，低聲說：「我見到江聖卓了。」

「他說什麼？」

「他說，我想去就去吧。」喬樂曦知道她傷了他的心。

喬裕拍拍她：「別多想了，快去看看還有沒有少什麼東西，明天一早就要走了。」

喬樂曦點點頭，站起來慢慢往樓上走。

直到拉上行李箱的拉鍊，喬樂曦才忽然意識到自己要離開了，去一個沒有江聖卓的地方。

她正沉思著，喬裕敲門進來：「東西都收拾好了嗎？」

喬樂曦環視著房間：「收拾好了……」

說到一半她忽然看到了什麼，走過去把那塊畫繪圖板拿過來問喬裕：「這個能不能帶？」

喬裕拿過來看了看，一臉奇怪：「帶它幹什麼？這麼重。」

喬樂曦一臉堅定：「我要帶。」

喬裕又看了幾眼，小心翼翼地問出來：「聖卓送的？」

一句話又把喬樂曦問鬱悶了，她悶悶地回答：「算了，還是不帶了。」

與此同時，江聖卓正慵懶地躺在自家的沙發上拿著遙控器無意識地亂按。

江念一本來卡通看得好好的，卻被他換成了晚間新聞，抗議道：「換回來！我要看卡通！」

江聖卓又開始亂按，一副心不在焉的樣子。

江念一忽然湊到他面前：「江小四，喬姑姑呢？我好像很久沒看到她了。」

江聖卓很幽怨地看著江念一不說話，江念一無辜地眨著眼睛問：「四叔，你怎麼了？你不高興啊？」

江聖卓垂著眼睛不理他，江念一便攬著他的手臂使勁搖著：「四叔，你說話啊！你怎麼不說話啊？」

江聖卓被他搖得頭疼：「別晃，四叔心裡難受。」

江念一好奇地問：「為什麼？」

江聖卓嘆了口氣：「四叔的心很疼。」

江念一想了想，建議道：「那去看醫生吧，醫生叔叔會開藥給你，吃了藥就不疼了。」

江聖卓喃喃低語：「沒有藥能治，只能讓它疼著。」

「沒有藥能治？啊嗚，四叔你會不會死……嗚嗚嗚……」江念一忽然哭了，大聲喊著，「四叔要死了……」

江母聽到江念一的哭聲很快過來，看到江念一哭得稀哩嘩啦的，抬手就給了江聖卓一巴掌：「你這個臭小子！你嚇他幹什麼？」

江聖卓閉著眼睛裝死。

江念一抱著江聖卓，鼻涕眼淚抹了他一身，哭得一抽一抽的：「四叔，我以後再也不欺負你了，你不要死好不好……嗚嗚嗚……」

江母拉過江念一給他擦著眼淚：「念一乖啊，別聽你四叔胡說，他跟你鬧著玩呢，四叔不會死。」

好不容易哄好了江念一，江母問：「樂曦什麼時候走啊？」

江聖卓睜開眼睛看了江母一眼，又閉上。

江母又給了他一巴掌：「問你話呢！」

江聖卓這才有氣無力地回答：「明天一早。」

江母嘀咕著：「這麼快啊，明天就走了，不知道什麼時候回來，唉……」

江聖卓忽然睜開眼睛站起來，拿了車鑰匙就往外走。

江母在他身後問：「欸，你幹什麼？」

江聖卓擺擺手：「我出去轉轉。」

他開著車繞著大院走了一圈，最後停在喬家門前，看著那扇窗。

江聖卓倚靠著車門，昏暗的燈光落寞地斜照在身上，菸夾在指尖卻遲遲不肯放進嘴裡。

直到香菸燃盡，灼了手指。

手疼，心卻遠遠比這還疼。

——※——

喬樂曦躺在床上，拿著手機寫簡訊，打來打去最後都被她刪了，最後只打了幾個字傳了過去——『我明天就走了啊。』

江聖卓聽到手機的響聲，拿出來一看，很快回覆了兩個字。

喬樂曦根本就沒指望江聖卓會理她，把手機扔在一旁就準備睡覺了，卻忽然感覺到手機的震動，有訊息進來，打開一看，只有兩個字——『出來。』

她馬上下床從窗戶看出去，果然看到江聖卓的車子停在門口，他正倚在車門處往這邊看過來，她立刻飛身跑出去。

等走近了她卻忽然怯懦了，她站在離他幾步的地方，靜靜地看著他。

江聖卓也沒動，和她對視了很久，才向她伸出手：「過來我抱抱。」

喬樂曦一下子撲進他的懷裡。

江聖卓把她抱在懷裡，深深地嘆了口氣，小心地撫著她的後背：「傷好了嗎？」

喬樂曦埋在他懷裡靜靜地點頭。

過了一陣子江聖卓又開口：「妳也不是第一次出去了，該注意的妳都知道，照顧好自己。」

說完摸摸她的手，有點涼，他出來得急也沒帶外套，雖然不捨還是說：「外面太冷了，快回去吧！」

喬樂曦抱著他的腰不鬆手，猛搖頭。

江聖卓也不想放手：「那去車裡坐一下吧，我把暖氣開起來。」

江聖卓抱著喬樂曦坐進後座，兩個人緊緊地偎依在一起，明明有很多話要說，卻一句都不想說，只想靜靜地擁抱著彼此，享受著這最後的時光。

她沒跟他要任何誓言，他也沒給她任何承諾。

後來喬樂曦在他懷裡睡著，江聖卓抱著她送回喬家。

進門便看到喬裕，他看看江聖卓，又看看他抱著的人，苦笑著搖搖頭，指指樓上便回了自己房間。

江聖卓把喬樂曦放到床上，蓋好被子，坐在床邊看了她一陣子，準備走的時候看到箱子旁邊的畫圖板，他拿在手裡看了幾眼又放回原地，轉身離開。

——※——

機場大廳裡，喬樂曦本來正好好地說話道別，即將要過安檢的時候，卻忽然抱著喬裕哭得一塌糊塗，怎麼都不肯鬆手，一不肯看旁邊站著的江聖卓。

喬柏遠、喬燁一臉不忍心。

喬裕輕輕拍著喬樂曦：「好了別哭了，樂曦，我們不去了，不去了……」

喬樂曦聽到這裡卻忽然推開了他，頭也不回地往安檢門走，一直過了安檢都沒回頭看一眼。

江聖卓一直很安靜地看著，然後很安靜地走出機場。

喬裕知道他心裡不好受，拍著他的肩膀：「你別怪她，她心裡也不好受，她捨不得你……」

江聖卓忽然紅著眼吼出來：「喬裕，我哪裡是在怪她？我是在怪我自己！我連我心愛的人都保護不了，我……」

候機廳裡進進出出很多人，不時往這邊看過來。

喬裕什麼時候見過江聖卓這樣，他有多少年沒聽到過江聖卓叫他的名字了？

從江聖卓一丁點大的時候就跟在他屁股後面，跟著喬樂曦叫他二哥，叫得又脆又甜，可是對他自己的二哥卻從來都是叫名字，氣得江聖航每次見到他都抱怨。

喬裕捏著他的肩膀，真的是無話可說，這個時候他能說什麼呢？

那天之後，江聖卓消失了很長一段時間，沒有人知道他去了哪裡。

——※——

他還是去了趟西藏。

他站在漫天的經幡前，看著它們在寒風上翻飛，虔誠地祈禱。

經幡飄動一次，就當我為妳誦了一次經。

希望妳一切順利，快樂安康。

等他回來再出現在眾人面前的時候，又恢復了那副玩世不恭的樣子，只是不再提起喬樂曦。

在一次酒會上，葉梓楠和施宸對視一眼，拿眼神示意著不遠處的身影問江聖卓：「那個，怎麼辦？」

江聖卓斜斜地靠在柱子上，輕啜杯中的酒，一臉鄙夷：「她也真是朵奇葩，竟然爬到陳老爺的床上去了。」

施宸揶揄他：「那你也不得不承認，人家有本事。」

江聖卓冷哼：「這也叫有本事？哼，如果陳老爺的性取向出了問題，我也願意脫光了爬到他床上去！」

「噗！」葉梓楠和施宸一起噴酒。

江聖卓往那個方向看了一眼，一副氣定神閒的樣子：「陳老爺也沒幾年了，我等。我等著看到時候，她怎麼和陳家那幾頭狼鬥，看她能不能討到便宜。」

自從喬樂曦離開之後，江聖卓的日子過得格外沉靜，就像進入了人生的蟄伏期，就這麼安安靜靜地過了幾年。

——※——

一天清晨，江母拿鑰匙開門，走進臥室猛地拉開窗簾。

江聖卓躺在床上只用被子遮住了下半身，睡得正香卻被強烈的陽光刺醒。

他抬手遮在眼前，看清窗前的人，嘟嘟囔囔地表示抗議：「媽！您幹嘛啊？」

他昨晚應酬到後半夜才回來，嚴重睡眠不足。

「你這個臭小子，工作不忙就出去找個女朋友！你以前不是有很多女朋友嗎？現在人呢？」

江聖卓半靠在枕頭上，滿臉壞笑：「哦，可能以前我縱欲過度，現在，嗯……不太行了。」

江母一巴掌狠狠地打在他胸前，一副胸有成竹地笑：「不行？那你那裡一柱擎天是怎麼回事，啊？」

江聖卓立刻紅了臉，抓起被子從頭到腳遮住自己。

江母薑還是老的辣：「還不好意思了，你身上哪塊肉，你娘我沒見過？」

江聖卓把頭埋進枕頭裡：「哎呀，我睏死了，再睡一下。」

江母坐到床邊開始嘮叨：「你也老大不小了，你看梓楠比你大不了多少，現在兒子都會叫人了……」

江聖卓知道江母一旦開始便不會輕易結束，舉起雙手投降：「媽、媽、媽，我錯了，您別忘了，您有孫子啊，江念一可是您的親孫子啊！您要是喜歡葉家那個小子，我改天跟葉梓楠借來給您玩幾天，您可千萬別嘮叨了，我真的是怕了。」

「你這個臭小子說什麼呢？我想抱的是你給我生的孫子……」

正說著，江聖卓的手機就響了，他舉起來給江母看：「看，剛說葉梓楠家的兒子，他就打電話來了。」

葉梓楠溫潤的聲音響起來：『江少，有時間嗎？』

江聖卓吊兒郎當地回答：「幹嘛，有事找我？你求我啊求我啊！」

葉梓楠微微一笑：『我剛才好像看到喬樂曦了。』

江聖卓愣了一下，很快地回：「在哪？」

葉梓楠還是不慍不火的樣子：『想知道啊？你求我啊求我啊！』

江聖卓咬牙切齒地說：「好！我求你！快說，在哪？」

葉梓楠遠遠地看著拖著行李從通道走出來的人，直到她消失在人潮裡才心情大好地對著電話吐出兩個字：『機場。』

江聖卓沉默了。

『怎麼，她沒告訴你，她回來了？』葉梓楠繼續煽風點火。

江聖卓依舊沒說話。

『那看來，她可能不是一個人回來的。』邊說還幽幽地嘆了口氣，不過怎麼聽怎麼像是幸災樂禍。

江聖卓終於忍不住彆扭地問：「你沒看到她是不是一個人嗎？」

『哦，機場人太多，我沒看清楚。』

江聖卓啪的一聲掛了電話。

葉梓楠挑著眉把手機從耳邊拿開，輕輕笑出來。

江聖卓飛奔到喬家的時候，喬家三父子竟然都坐在客廳裡，正漫不經心地聊天，看到江聖卓闖進來一起抬頭看向他，俱是一臉淡定從容。

「她回來了？」江聖卓邊問邊往樓梯口走。

喬裕先一步走到樓梯前擋住，看著他不慌不忙地點頭微笑：「剛回來，時差還沒調過來，正在睡覺呢。」

江聖卓聽了就要往樓上走：「我去看看她。」

喬裕微微一笑：「不行。」

江聖卓此刻沒什麼耐心，沒多說話就要硬闖，喬裕也不退讓，很快兩個人就你一拳我一腳地打起來，在相對狹窄的樓梯口鬧得動靜不大也不小。

喬燁坐在沙發上興致盎然地看著，淡淡地笑。

喬柏遠一眼也沒看，只是把茶杯放到桌子上，不輕不重地說了句：「老二，幫我倒杯茶。」

喬燁附和了一聲：「嗯，幫我也倒杯。」

喬裕一個恍神，就被江聖卓敏捷地躥了上去，身影很快消失在轉角。

喬裕面無表情地走回去拿過茶杯，接了兩杯茶回來，坐回沙發上。

喬燁在一旁笑著拍拍他的肩膀。

喬柏遠喝了口茶，這才抬頭看著他：「那丫頭的心思你還看不出來嗎？你攔，你攔得住嗎？」

喬裕皺著眉，鬱悶地開口：「攔不住。」

喬燁笑：「攔不住你還攔。」

喬裕在父親和哥哥面前，竟然帶了幾分稚氣：「這幾年我總覺得，讓那小子這麼容易就做了我妹夫，挺那什麼的……哥，你覺得呢？」

喬燁低聲笑出來，沒說話，喬裕又轉頭問喬柏遠：「爸，您當時不是不同意他們？」

喬柏遠品著茶一副老神在在的樣子：「我從來都沒說過我不同意，我只是說那個時候他們不合適而已。再說，這小子這幾年踏實長進了不少，可以考慮。」

喬裕垂著眼睛想了半天，不再說話。

江聖卓輕輕推門進去，喬樂曦躺在床上抱著薄被睡得正香。

他慢慢地走過去坐在床邊，靜靜地看著。

她瘦了。

他想伸手摸摸那張日思夜想的臉，可是手伸到一半又收了回來。

這幾年，他從沒和她聯繫過，他氣她當時就這麼拋下他走了；而她呢，心裡憋著氣，自認為當時離開得灰頭土臉，沒有做出成績之前，誰都不聯繫。

其實他是接過她一通電話的。

那個時候那邊應該是深夜吧，她打過來卻一個字都沒說，只有低低的啜泣聲，那聲音就像一把鈍刀，一刀一刀地淩遲著他的心，他沙啞著聲音叫了聲：「樂曦……」

他只叫了她一聲，電話那頭便立刻開始放聲大哭，是那種肆無忌憚的哭泣、那種悲傷絕望的哭泣，在人前壓抑了許久，也只有對著他才能這麼肆無忌憚。

他靜靜地聽著，垂著眉眼一句話都說不出來。

他的腦子裡一遍一遍地重複著她的話。

——「吸過幾次。」

——「在國外那幾年，有時候夜裡想你想得不行就抽菸。」

——「把你的名字寫在菸上，吸進肺裡，讓你留在離我心臟最近的地方……」

她的臉不停地閃過，歪頭俏皮笑的、皺著眉一臉嫌棄的、彎著眉眼放聲大笑的、氣急敗壞地叫他江蝴蝶的……一張張在他眼前交疊重複。

香菸都不再抵得住相思了。

他張張嘴，緩緩開口：「樂曦，回來吧。」

哭聲戛然而止，那邊啪的一聲掛了電話。

當時他在競標一個項目，站在臺上，因為要放投影簡報，屋裡的視線有些昏暗，底下坐著一片的國內外專家和政府官員，他竟然鬼使神差地接了個電話，然後就握著電話開始出神。

他努力了很久都說不出一個字，最後只能道歉，請求休息一下，下面一片譁然。

他道完歉便衝了出去，站在走廊上一遍一遍地打過去卻再也沒有人接起，最後只能頹然放下舉著手機的手臂，站在那裡不知所措，腦子裡一片空白。

喬裕跟著走出來問他怎麼了。

江聖卓滿面悲愴地抬頭看喬裕：「二哥，我害怕，我怕我再深的感情都抵不過她身邊一個溫暖的肩膀。」

沒頭沒尾的一句話，喬裕卻一下子明白了怎麼回事，雙手放在他的肩膀上，有力地按壓著：「小子，打起精神來，你要對她有信心。」

好在後來他收拾好了情緒表現不錯，成功地得到了那個案子。

可是慶功宴上卻不見他的身影。

江聖卓正出神，她忽然翻了個身，迷迷糊糊無意識地說了句：「江聖卓，冷氣太強了，關了吧。」

他有些動容，睜大眼睛看著頭頂的空調，又看了她很久，才確定她沒醒，於是他苦笑著搖搖頭，拿起遙控器把冷氣關上了，然後便起身下樓。

剛下樓就遇上喬燁：「要走了？不等她醒來嗎？」

江聖卓搖搖頭：「不等了，我先走了，不耽誤你們一家團聚。」

喬燁聽著這句酸溜溜的話，忽然笑了。

江聖卓從喬家出來走了很遠才回過神，車還放在喬家門口沒開出來，他看了看離江家只有幾步了，便索性不管了，直接回了家。

江母還沒回來，江爺爺、江奶奶應該是在睡午覺，他上了樓發現書房有低低的說話聲便推門進去。

江念一正站在椅子上一筆一畫地練著毛筆字，邊寫還邊皺著眉嘟囔著什麼，聽到響動抬起頭看到他便叫著：「江小四，你來看這個很複雜的字怎麼念？」

江聖卓湊過去，江念一正在臨摹王羲之的《蘭亭集序》：「羲。」

江念一歪著腦袋想了半天：「是喬樂曦的曦嗎？」

江聖卓做了個深呼吸，搖搖頭：「不是。」

江念一一副好奇寶寶的模樣：「那喬姑姑的名字是哪個字？」

江聖卓走到他身後，握著他的手，在紙上空白處工工整整地寫了個「曦」字，力透紙背，極盡風骨，然後便鬆開江念一認真地端詳著。

江念一睜著圓圓的眼睛，張著嘴驚嘆：「哇！四叔，你的字好漂亮啊！我還以為你什麼都不會呢！」

江聖卓睨他一眼：「你四叔在你眼裡就這麼沒用嗎？」

江念一雙手捂住嘴巴，一臉討好地笑起來：「沒有沒有。」

江老爺子推門進來，看到江聖卓在，也湊過來看了一眼，看完之後微微皺眉：「練了這麼多年，字的骨架倒是寫得不錯，不過啊，滿紙的浮躁流氣一點都沒改！」

江聖卓安安靜靜地聽著，臉上還帶著幾分笑。

江念一很奇怪地看著他，然後扔下手裡的毛筆，跑過去揪住江老爺子的衣服：「太爺爺，四叔傻了，你罵他他還笑。」

江老爺子瞄了江聖卓一眼，沒理他，笑著對江念一說：「不要管他，你剛才寫的這張被他寫了個字，毀了，重寫吧！」邊說邊親切地看著江念一，「沒寫完不準出去玩。」

江念一尖叫一聲跑回去，看了看那張就快要結束的毛筆字，死死地盯著那個「曦」字，最後狠狠地瞪著江聖卓：「江小四，我恨你！」說完便氣鼓鼓地拿出一張紙重新開始寫。

江聖卓似乎沉浸在自己的世界裡，沒理江念一，他挑了一枝毛筆，在剛才那張紙上又添了兩個字。

添了之後又覺得不滿意，便又重新開始寫。

他很久沒寫毛筆字了，手有些生，連續寫了幾遍才滿意地笑出來。

江念一皺著小臉驚悚地看著他，悄聲對江老爺子說：「太爺爺，四叔今天好可怕啊！」

江老爺子慈祥地摸摸他的頭，下了聖旨：「先不寫了，出去玩吧，晚上補上。」

江念一歡呼了一聲，跳下椅子一溜煙地跑了。

江老爺子開始發問：「那丫頭回來了？」

江聖卓淡淡地點頭：「嗯，回來了。」

江老爺子想了想：「前段時間聽說市裡為了個工程特地從國外請了幾個工程師，據說還有個女的，會不會是那丫頭？」

江聖卓忽然口氣轉涼，冷哼了一聲：「看樣子是了，市裡出面花高薪聘請的，多風光啊，不然某些人怎麼捨得回來。」

「那你有什麼打算？」

江聖卓陰陽怪氣地自嘲：「我能有什麼打算，人家出了國就不和我聯繫，回來了也不說一聲，一頭鑽回自己家，根本就把我這個人忘了，我還打算什麼？」

江老爺子給了他一巴掌：「你這小子！我可還等著抱重孫子呢！」

江聖卓懶洋洋地靠著書桌，指著門口的方向：「剛才那個歡呼雀躍著蹦出去的小子不就是您的重孫子嗎？」

江老爺子瞪他一眼：「你不是盼了好幾年嗎？現在好不容易回來了，你在彆扭什麼？」

江聖卓忽然想起了什麼，挑著眉一臉壞笑地問：「上次您介紹給我的那姑娘叫什麼？找時間叫來讓我瞧瞧吧？」

第十二章　向日葵花海

喬樂曦醒來的時候看到床邊的褶皺和橫放著的冷氣遙控器愣住了。

她下樓問喬裕：「二哥，有人來看過我了？」

喬裕一臉無辜地看著她：「沒有啊，怎麼了？」

喬樂曦壓住心裡隱隱的失落，笑了一下：「哦，沒事，我隨便問問。」

吃過晚飯，喬樂曦在房間裡收拾東西。

她把衣服從行李箱裡一件件拿出來掛到衣櫃裡，收拾到最後看到箱底的幾本雜誌，封面無一例外都是同一個男人。

她靠在床邊，伸手輕輕撫著封面上的那張臉。

這幾年他認真拚搏事業，頻頻出現在國外一些很難上的雜誌上，而且這些雜誌無一例外都對他的評價都極高。

她記得一開始在書店看到的時候，她的心跳猛地加速，繼而是一下一下的疼痛，從心底蔓延到全身，那種令人窒息的疼痛讓她一步都邁不動。

還有一次，她坐在學校餐廳和同學一起吃飯，一抬頭就看到頭頂的電視機裡在播他的專訪，沒有半點年少時的倨傲狂妄，當真是溫文爾雅，隨意慵懶的神情之下是另外一種光彩。薄唇一張一合間，流利的英文便吐了出來，一顰一笑間，氣勢迫人，氣質卓然。

她就一直抬著頭看到專訪結束，內容根本就沒看進去多少，眼裡、腦子裡、心裡都只有鏡頭前的那張臉。

她總覺得少了點什麼，想了很久才想起來。

他的妖孽氣息呢？

幾年的歷練讓他的眉眼越來越深邃凌利，棱角分明的俊顏上，曾經的妖冶被掩蓋得不見分毫，她該高興還是傷心？

會不會等她回去的時候，早就已經物是人非了？

喬樂曦的出神被敲門聲打斷，緊接著喬裕推門進來。

「二哥。」

喬裕垂著眼睛看著她手裡的雜誌，她不好意思地笑了笑，舉著最上面的一本給喬裕看：「這本是我回來之前才買的，你看江聖卓是不是越長越好看了？」

喬裕接過來仔細地看了幾秒鐘，才開口：「他今天來看過妳。」

喬樂曦拿起另外一本認真端詳著，輕輕開口：「我知道，我怎麼可能不知道？」說完又勉強地笑著，「我還知道，他還在生我的氣。」

喬裕摸摸妹妹的腦袋：「沒關係，這幾年二哥幫你看著他呢！他老實得很。」

喬樂曦晃著腦袋：「不說這個了，二哥，你找我什麼事？」

「哦，」喬裕放下手裡的雜誌，「下週三有時間吧，葉梓楠兒子的生日宴。對了，他有兒子了，妳知道吧？」

喬樂曦幽怨地看著喬裕，搖頭。

喬裕被她逗笑：「妳先好好休息，這些事情以後再說。」

喬樂曦嘆了口氣：「休息不了了，剛接到電話，明天要去談案子。」

喬裕點點頭，鼓勵她：「好好幹，那個專案市裡很看重。時間不早了，妳早點睡，我先出去了。」

——※——

第二天喬樂曦按照指示牌到了接待室，推門進去看到很多熟悉的面孔，都是業內的精英，看來這次真的是下了大功夫。

人齊了，市長的一個姓黃的祕書進來做了自我介紹之後，便帶著他們去會議室。

從電梯一出來就看到旁邊在等電梯的一群西裝革履的人，被簇擁在最中間的正是江聖卓。

黃祕書熟絡地跟江聖卓打招呼：「江總，怎麼親自過來，還沒談好啊？」

江聖卓微微笑了一下，視線從喬樂曦身上一掃而過，沒有半點不自然：「你們這位李處長真是鐵面無私，我不親自來怕是不行。」

黃祕書笑著寒暄：「李處長就是太墨守成規了，但人是好人，江總多包涵。」

江聖卓斂了往日張揚跋扈的鋒芒，回答：「客氣了。」

喬樂曦正對著他的側臉，她的眼睛一眨不眨地盯著他，他卻和別人談笑風生。

他的下巴刮得微青，似乎還帶著鬚後水的清香，看得她心裡癢癢的，想去摸一摸。

這麼想著，那種微微扎手的感覺已經襲上了心頭。

黃祕書輕輕示意著：「這是市裡工程處從國外高薪請回來的人才，陳市長還等著呢，改日再和江總說話。」

江聖卓微微側了下身：「黃祕書忙吧，我也走了。」

喬樂曦垂下眼簾跟著人群往前走。

江聖卓面上一直掛著淡淡的笑，直到上了電梯轉過身才盯上那個身影。

她的頭髮換了個顏色，也剪短了些，看上去挺有精神，簡單的襯衫配黑色短褲，露出修長白皙的腿，腳下是一雙黑色短靴，乾淨俐落中還帶著幾分帥氣。

江聖卓的視線最後落在她裸露的雙腿上，瞇著眼睛皺起了眉。

——※——

葉家小公子的生日宴當天來了不少人，葉梓楠和宿琦抱著孩子一臉得意地招呼著客人。

江聖卓邊心不在焉地和施宸說話邊盯著不遠處那個白白嫩嫩的小正太，小傢伙見人就笑，怎麼看怎麼可愛。

葉梓楠很快抱著孩子走過來，炫耀著兒子甜甜地叫他爸爸，看得江聖卓和施宸一臉鄙視。

江聖卓心裡確實羨慕，施宸臉上卻依舊掛著鄙夷：「葉少，這世界上是不是只有您會生兒子啊？您能不能不要這麼炫耀了？」

葉梓楠欠扁的微笑：「但凡我有了你們沒有的，就值得炫耀。某兩個可憐人啊，連老婆都還沒娶上呢。」

江聖卓和施宸同時轉頭不屑地「切」了一聲。

喬樂曦挽著喬裕的手臂剛進大廳，就看到江聖卓慵懶地靠在柱子上，和葉梓楠、施宸說著話，手臂上還掛著一個光彩照人的美人。

喬裕覺察到旁邊的人呼吸不正常，轉頭笑著看她：「帶妳過去打個招呼。」

別人的態度都很正常，皆是友人歸來的欣喜，唯獨江聖卓不鹹不淡地打了招呼之後便不再看她一眼，不疏離也不親近，一副對什麼都不關心對什麼都不在乎的欠打模樣。

喬裕對葉梓楠和施宸遞了個眼色，三個人插科打諢地去了別處，只剩下江聖卓、喬樂曦，以及江聖卓臂彎裡的女人。

喬樂曦和那個女人對視了幾眼，敵意是在所難免的，那個女人還挑釁般地又往江聖卓身上湊了湊。

江聖卓一副事不關己的樣子，風輕雲淡地啜著杯中的酒。

喬樂曦假笑著去掰江聖卓臂彎處的那隻手：「姑娘，請管好妳的大腿和騷動的春心，這個男人是我的。」

女人不甘心地反抗著：「妳誰啊妳？」

喬樂曦轉頭瞪著江聖卓，口氣不善：「這誰啊？」

江聖卓忍住笑，挑眉：「她嘛，程雨薇，還記得嗎？就是那個……和妳同校，被妳評價那什麼的那個……」

他一連串隱晦暗示性的詞語讓她立刻想了起來。

喬樂曦一副吞了蒼蠅的模樣，當年她胡亂毀了別人的名聲，現在當事人就站在自己面前，雖然當事人不一定知道，可她還是立刻感到心虛。

江聖卓在旁邊站得挺直，看著她笑著對程雨薇介紹：「喬樂曦，喬家的大小姐。」

喬樂曦覺得這個時候的江聖卓絕對是個不定時炸彈，她再待下去說不定他下一秒就會開口把那件事告訴程雨薇。

她慌慌張張地東張西望了半天，總算看到了喬裕的身影，遠遠地就叫了聲：「二哥！我有事找你！」然後便落荒而逃。

江聖卓臉上的笑容終於綻放開來，程雨薇在一旁很奇怪地看著他：「你笑什麼？」

江聖卓若無其事地把手臂從她手裡抽回來，淡淡地回答：「沒什麼，我去外面透透氣。」

江聖卓剛在花園裡站好，喬樂曦就出現在他身邊。

喬樂曦有點不自然地用以往的口氣跟他說話：「欸，江蝴蝶，我回來了，你怎麼一點表示都沒有？」

江聖卓偏過頭毫不躲避地看著她，無辜的笑：「我當然是很歡迎的，雖然我們這幾年沒聯繫，可我們畢竟有十幾年的情分呢，我一直把妳當妹妹，前幾天和市裡的長官吃飯，他們還誇妳，我這個做哥哥的真替妳高興……」

他陰陽怪氣的幾個轉折和稱呼讓喬樂曦一下子就生氣了，她緊鎖著眉頭：「你一定要這麼說話嗎？」

江聖卓還是不惱不火的樣子，笑著溫溫柔柔地反問：「那妳想讓我怎麼說話？」

喬樂曦把頭偏向一邊，狠狠地吐出一口氣：「再見，哥哥！」說完轉身就走了。

江聖卓，你好樣的！哥哥是吧？行！你千萬別後悔！這輩子你別指望能上老娘的床！你敢往老娘床上爬，我拿這句話堵死你！

江聖卓在身後笑著回敬：「再見，妹妹！」

喬裕、葉梓楠和施宸站在落地窗前看著這一幕。

喬裕皺著眉：「這兩人這又是在演哪一齣呢？」

葉梓楠想了想：「我們的四爺傲嬌了。」

施宸壞笑著看著在花園中央一直看著喬樂曦背影的人，幸災樂禍地開賭局：「我出五毛錢賭江小四能撐到這週末！」

喬裕興致盎然地加入：「我出一塊錢賭他能撐到明天。」

葉梓楠想起當時接到電話時江聖卓火急火燎的樣子，微微一笑，胸有成竹地下注：「我出一塊五賭他頂多撐到今天晚上。」

喬裕和施宸相視幾秒鐘，一起轉頭看向葉梓楠，葉梓楠看著兩個人又扔下一句話：「或許會在某個特殊的地方，把這幾年累積下來的生理問題一起解決了。」

喬裕和施宸紛紛笑了出來。

葉梓楠家的寶貝很快就倦了，他們也就散了。

平時玩得好的一群人覺得不盡興，又轉戰去了一家酒吧繼續，喬樂曦也被喬裕拉著過去了。

或許是巧合，也或許是故意為之，總之兩個人的位置是緊靠著的，但是一個向左歪頭和人說笑，一個向右歪頭到處打量著，彆彆扭扭的，誰也不理誰。

本來好好的，不知道後來怎麼了，鄰桌忽然打了起來，他們還沒反應過來，一個酒瓶便飛了過來，正好砸在江聖卓和喬樂曦之間，瞬間碎片四濺。

眾人皆是措手不及，江聖卓感覺到一陣刺痛，下一秒便變了神色，立刻轉過頭撲過去，上上下下地看著喬樂曦，一邊看一邊檢查著她身上有沒有受傷。

看到裙子上都是血的時候，他慌了，邊找著傷口邊著急地問：「傷到哪裡了？疼不疼？」

喬樂曦本以為他還在生氣，沒想到這麼快就動容了，攔住他在她身上亂摸的手，緊緊握著，瞪大眼睛看著他：「不是我的血，是你的。」

江聖卓看著自己的手臂，傷口真的在自己身上。

喬樂曦攥著他的手，小心翼翼地看著他的臉色問：「你肯理我了？不生氣了？」

江聖卓看著交疊在一起的兩隻手，她的手軟軟地覆在他的手背上，如此真實的存在。他忽然想開了，等了幾年求的不就是這個嗎？他又何必折磨她也不放過自己呢。

這麼想著，便反轉手把她的手包在手心裡，握得緊緊的。

雖然他什麼都沒說，但是一個動作一個眼神就讓喬樂曦笑了。

兩個人抬起頭才發現所有人都看著他們。

喬裕歪著頭似笑非笑，而施宸則舉著手機打電話給葉梓楠恭喜他中獎了，難掩興奮。

喬樂曦被他們看得有點不好意思，江聖卓抬手把她護在身後佯裝生氣：「看什麼看？」

眾人看著他護短的樣子笑得更開心了。

話剛落音，胖胖的經理就匆匆趕過來了，帶著幾個保全按住了旁邊那桌的幾個人，然後過來賠罪：「江少，不好意思，他們喝多了，不知道是您。幾位公子來了，怎麼也不打個招呼，樓上的包廂有的是啊！呵呵！」

一群人都是世家子弟，平日裡沒理還要攪上三分，更何況現在占著理，皆是雙手抱胸站在一旁看熱鬧。

江聖卓有意無意地抬著帶血的手臂在經理面前晃，不輕不重地問了句：「這麼說，還是我們的錯囉？」

經理開始冒冷汗：「不是不是，我的錯我的錯，您大人有大量，別往心裡去。」邊說邊讓人上前幫江聖卓處理傷口。

江聖卓抬眼掃了一眼，把藥拿給喬樂曦，讓她動手。

喬樂曦把頭偏向一邊，手微微發抖：「不要，我暈血，你又不是不知道。」

江聖卓按著她的手慢慢清理傷口，恨鐵不成鋼地道：「我的血妳怕什麼？」

喬樂曦閉著眼睛，手隨著他的指引笨拙地幫他上藥。

江聖卓看著經理戰戰兢兢的模樣，剛想開口調侃兩句，眼角掃到喬裕，忽然笑了：「行了，沒你什麼事了，走吧！」

喬裕沒錯過他這個動作，輕輕瞇了下眼睛，良久才勾著唇笑出來。

經理一副不敢相信的樣子，不知道江聖卓又要出什麼招，邊擦汗邊小心翼翼地認錯：「江少，您別這樣，是我們的錯，您有什麼要求儘管提……」

喬樂曦也是一臉奇怪地轉過頭看著他，心裡納悶，他什麼時候這麼好脾氣了？

經理還在嘮嘮叨叨地低頭說著，江聖卓翻了個白眼，不耐煩地回答：「我都說了沒你什麼事了，你煩不煩啊，一定要我打你罵你才舒服是不是？想讓我提要求是嗎？把那幾個人都扔出去就行了，滾吧！」

胖經理欲言又止，最後還是不敢再說什麼，點頭應著離開了。

經過這一齣，眾人也沒了興致，很快就散了。

喬樂曦不放心，一定要拉著他去醫院包紮，江聖卓坐在副駕駛座上，喜滋滋的：「真是罕見啊，這麼多年把我當當車夫，坐一次妳開的車真不容易，看來出點血還是值得的。」

喬樂曦啐了他一口：「別亂說話！對了，你剛才怎麼那麼好說話啊？」

江聖卓調了調座椅，懶懶地半躺著，依舊不正經地笑著：「小爺我今天心情好啊！」邊說邊拍著座椅炫耀，「怎麼樣，我新換的車？」

喬樂曦無視他轉移的話題，瞥他一眼：「快說！」

江聖卓看向她的側臉，臉上帶著溫柔的笑，神情卻有些恍惚：「因為今天受傷的是我，如果他們傷的是妳，我一樣不會饒過他們。更何況今天妳二哥也在，他在那個位置上，那麼多人眼饞，萬一有人拿這事做把柄，他也不好辦。我該為妳、為他多考慮。」

喬樂曦聽了輕輕笑出聲，心裡邊竊喜邊嘆，不過短短幾年時間，他真的不一樣了。

過了幾秒鐘，江聖卓的聲音又緩緩響起，在狹窄的車廂內迴盪，輕緩低沉：「樂曦，這幾年我一直在想，如果當時我沒那麼張狂，是不是就不會讓妳得罪白家和孟萊，後來的事情會不會就不會發生，妳也不用出國，不用和我分開，那麼現在我們的孩子應該有葉家那小子那麼大了吧？」

喬樂曦一腳踩在剎車上，車子停在路邊的樹影裡，她低頭盯著方向盤不敢看他。

江聖卓伸手撫上她的臉，忽明忽暗的燈光照進車內，他臉上的表情溫暖柔和：「我一直以為是我出的頭，他們報復也該算到我頭上，可他們不會，他們不傷我的身，但他們誅了我的心。以後只要妳不會受到傷害，我都會忍讓，會收斂性子，不會讓妳有任何後顧之憂。這些年我一直在改，一直讓自己變得更強大，強大到無論發生什麼都可以護妳周全。妳不知道，這幾年，我一方面怕妳在國外沒那麼堅強會哭鼻子，可另一方面又怕妳成長得太強大，強大到不需要我，那麼我所做的這一切又有什麼意義？」最後幾句話他的聲音有些縹緲，似乎不是在跟她說，只是下意識地低喃。

喬樂曦落下淚來，偏過頭去吻他的手心。

幾年時間真的讓她看開了這件事，她以為自己早就刀槍不入了，可江聖卓的幾句話竟讓她忽然開始心疼他，她終於抬頭看向他，聲音有些顫抖：「我沒怪過你，我只怪我自己，這幾年我一直在怪自己，為什麼要和你分開，我怕……我怕等我回來你早就愛上別人了，到時候我又該怎麼辦？我不敢和你們聯繫，我怕你們看不起我，我不敢和你聯繫，我怕你會笑著告訴我你愛上別人了……」

我要怎麼跟你解釋，在我毫不猶豫愛你時，恐懼同樣無邊無際呢。

她的眼淚全部落入他的掌心，燙得他心疼。

他伸手把她攬進懷裡，溫柔細心地幫她擦著眼淚：「不會，不用解釋，我不會愛上別人，我只愛妳一個人……我等了這麼多年，不在乎再等這幾年。」

兩個人拖拖拉拉地收拾好趕去醫院，問了護士竟然是溫少卿值班。

江聖卓牽著喬樂曦還沒走到門口就看到一個年輕女人紅著臉慌慌張張地從溫少卿的辦公室跑出來，和他們擦身而過。

看穿著打扮明明是御姐，可卻是一臉嬌羞。

江聖卓歪頭看了一眼，忽然笑了笑。

他腳下的步伐快了幾步，門也沒敲就帶著喬樂曦衝進去，溫少卿正低頭整理，衣衫有些凌亂，江聖卓一臉壞笑：「剛才那個好像是……對吧？你們又勾搭在一起了？」

溫少卿似乎心情極好，溫溫和和地回答：「關你什麼事？」

江聖卓「切」了一聲：「這麼護著，說都不能說。」然後一臉八卦地看著他，「如果我們早來幾分鐘，是不是正好可以趕上一齣好戲啊？」

「這個嘛，我不是很清楚，」溫少卿整了整袖口，對著江聖卓一笑，「不過，某人的好戲，我已經看了好幾年。」

溫少卿的厲害喬樂曦早就領教過了，看到江聖卓吃癟，傻笑著看熱鬧。

江聖卓吊兒郎當地鄙視他：「這麼毒，真不知道為什麼那麼多女人說你溫潤，真是沒眼光！」

溫少卿沒理會他，看著兩個人身上點點滴滴的血跡開口問：「說吧，又怎麼了？」

江聖卓舉著手臂給他看，溫少卿瞄了一眼，抬起頭認認真真地看著他：「江少，第一次是過敏，第二次是發燒，再加上這一次，你到底知不知道我是專攻什麼的，這種打針、消毒、包紮的事情，我已經很多年沒親手做過了。」

江聖卓笑嘻嘻地攬著他：「溫醫生，不要這樣，剛才看你去葉家匆匆扔下禮物就走了，就是為了來這裡加班？真是醫者父母心啊。」

溫少卿還是那句話，不鹹不淡地回他：「關你什麼事？」

江聖卓忽然轉頭看著喬樂曦：「欸，我有沒有跟妳說過，我們的溫醫生結婚了……」

喬樂曦果然眼睛一亮，江聖卓輕輕吐出剩下的半句：「可惜目前處於分居狀態。」

喬樂曦體內的八卦基因更活躍了，興奮地看著溫少卿。

溫少卿乾咳一聲：「我看一下傷口。」

鑒於江聖卓剛才的表現，處理傷口的時候溫醫生親自操刀，謹遵穩、準、狠的原則進行報復，江聖卓皺著眉在悶哼中度過了整個過程。

清理完傷口，兩個人開車回到江聖卓那裡，還沒下車，他的手就不老實地纏上她。

喬樂曦怕碰到他的傷口左閃右躲的，好在一路上都有人進進出出，所以江聖卓也不敢太放肆。

一進門，他便不管不顧地撲了過來，把她壓在門板上低頭狠狠地咬上她的唇舌。

她太久沒見他了，也很想他，下一秒便順著心意纏了上去，呼吸相聞，唇齒相依，安靜的夜裡只能聽到曖昧的交纏聲。

後來他被她按著坐在沙發上，襯衫的鈕釦被她含著，一口一口地解開，柔軟濕滑的唇舌偶爾擦過他的胸膛，緩慢地折磨。

江聖卓太久沒碰她了，呼吸很快就亂了，胸膛上下起伏，下體已經硬得發疼，臉上卻始終掛著一抹笑，由著她胡鬧。

最後，他衣衫大敞，露出堅實的胸膛，腰帶半解不解，就那麼鬆鬆地卡在腰間，她則站在他兩腿之間，輕輕抬起左腿抵住他的堅硬熾熱不輕不重地摩擦著，媚媚地笑著問：「哥哥？我不在的時候，你都是怎麼解決的？」

江聖卓悶哼了一聲，被她磨得火大，聲音裡帶著嘶啞，笑得頗不正經：「當然是找女人解決，畢竟我的性取向還沒那麼開放。」

喬樂曦「哼」了一聲，跨坐到他腿上，改用下身輕輕磨他，咬牙切齒地笑著開口：「很好。」

江聖卓還在不正經地逗她：「我不在，妳又是怎麼解決的？」

喬樂曦笑得像個勝利的女王：「我當然不會委屈自己，你看過片吧，國外男人的尺寸……不過我一向有容人之量。」

江聖卓的手黏在她的腰間輕揉慢撚，力道慢慢加大卻不鹹不淡地反問：「是嗎？」

他那裡又熱又硬，粗長地撐起一大包，喬樂曦本想折磨他，誰知磨著磨著卻是自己先動了情，她的臉頰微紅，媚態橫生，拉著他的手覆在胸前輕輕地揉，又低頭去含他胸前的突起。

江聖卓的感官漸漸放大，明顯感覺到下面的堅挺抵住的地方一片濕熱，喉結不自覺地上下動了動，重重地吐出一口氣。

喬樂曦抬起頭伸出食指勾著他線條優美的下巴，趴在他耳邊壞心眼地吐熱氣：「這就受不了了？這幾年你身邊的那些女人啊……也不過如此。」

江聖卓沉思了一下子，彷彿真的在回憶，然後贊同喬樂曦的觀點：「確實。論床上功夫，和妳相比差遠了，畢竟妳是我親自調教的嘛！」

喬樂曦強撐了半天，終於願意承認自己的段數不及眼前的這隻蝴蝶，這種事情她兵荒馬亂，他卻是信手拈來。

喬樂曦面紅耳赤恨恨地看著他：「說！到底是怎麼解決的？」

江聖卓挑眉看她，笑得妖孽，忽然低頭咬住她流連在他下巴上的手指，含糊不清地問：「妳覺得我應該怎麼解決？」

喬樂曦臉一紅，湊到他耳邊說了幾個字。

江聖卓笑：「嗯，差不多。」

說完就拉開褲子，握住某處毫不顧忌地在她面前上上下下地動著。

喬樂曦遠離了一些，不自然地掉轉了視線，恨恨地開口：「變態！」

江聖卓卻靠過去繼續耍流氓，拉著她的手握在他最脆弱的地方：「嘖嘖，這就受不了了？這幾年妳身邊的那些男人啊……也不過如此。」

喬樂曦的手心被燙了一下，連帶著整張臉紅得不成樣子，尚不自知胸前的鈕釦早已被江聖卓在不知不覺間解開，春光盡顯，她還想反駁，卻聽到耳邊的呼吸越來越沉重。

江聖卓的呼吸亂了又亂，忍了又忍，最終還是一抬手把她拉倒在沙發上，壓了上去。

喬樂曦哈哈地笑，知道他也在強撐，嘴上卻還不饒他，眨了下眼睛，手指在他胸前點點畫畫，還一臉純潔地問：「喲，我可是你妹妹，你這樣不好吧？」

「是不好！我以前就是對妳太仁慈了，這次要好好治一治！」江聖卓什麼也不顧了，觸碰到她的滑膩柔軟時才知道有多想念，急急地扯下她的底褲，摸到一片濡濕便急切地扶著自己直接擠了進去，一口咬上她的唇，靈活的舌頭長驅直入。

層層疊疊的褶皺被撐開，很快便吸附上來，像一張小嘴，貪婪地吮吸著他。他進入的時候排擠著他，等他想要抽身出來，卻又絞著他不放，濕滑緊致得讓他頭皮發麻，他喘著粗氣喟嘆：「真緊……」

久違的快感很快湧了上來，高潮毫無預兆地洶湧而至，喬樂曦閉著眼睛在那朵煙花在腦中炸開時顫抖著開口：「江聖卓……我很想你……」

話音剛落，下體痙攣著收縮得更快了，他太久沒要她了，在她極致地絞縮下，他也交待了第一次……

喬樂曦本以為結束了，誰知體內的某物很快又變大變硬，又重又深地進出著她的身體。她這時候敏感得厲害，悶哼了一聲叫嚷：「你是屬狼的啊……啊，你輕點……」細長白皙的雙腿在他身側掙扎著，被他抓住盤到腰上。

他要得急，喬樂曦怕他的傷口又裂開，不敢反抗，溫柔地順從著回吻他。

「容、人、之、量！嗯？」他全根沒入，頂著那處柔嫩重重地磨著，揉著手掌下的飽滿咬牙切齒地問。

現在換成喬樂曦被折磨，酥麻痠脹的感覺一下子衝上大腦，她呻吟著哭出來，隨著他不斷地撞擊，理智終於全軍覆沒。

江聖卓含著她的耳珠鼓勵她說著什麼，她的眼睛裡滿是情欲，他教什麼她就乖乖地說什麼：「哥哥，我錯了……你饒我這一次吧……你退出去一點……太深了……脹……」

「這就求我了？剛才是誰頤指氣使得像個女王？妳的容人之量呢？」

「哥哥……我錯了……」

他依舊熟悉她身體的敏感點，火熱的手掌不斷流連，引得她在抑制不住的呻吟裡不自覺地回應他。

幾次之後她有些受不住了，縮著小腹蹭他，搖著小屁股去迎合他，眼神有些恍惚，聲音卻媚得滴水，在他耳邊一口一個哥哥軟軟地叫著。

他越來越興奮，動作越來越大，她胸前蕩起一波波的白浪，晃花了他的眼，汗水一滴一滴地落進她的頭髮裡，精緻的五官因洶湧的情欲有些扭曲，漂亮的眼睛裡都是細細碎碎的光。他低頭吻著她的眼睛，在她致命的緊致和含唆中享受而低啞地道：「真想就這麼弄死妳！」

江聖卓跟吃了藥似的，從客廳到臥室，衣服亂七八糟地扔了一路，壓著她換了好幾個姿勢，射了之後很快又硬起來，再在她的哀求聲裡不管不顧地直接衝進去，她的肚子裡滿滿的都是他的東西，他壞心眼地堵著不讓它流出來，她終於被刺激地哭起來。

他不知疲倦地動著，拉著她一遍一遍地做，手指、唇舌，不斷地在她全身的敏感處流連，在她的身上留下曖昧的痕跡，似乎只有這樣，才能讓他真實地感覺到她是真的回來了。

江聖卓喘著粗氣一下一下重重地撞擊著她，她被他撞得邊斷斷續續地呻吟邊哭，可他一點都沒有心軟，還對她笑：「哭吧，就喜歡妳被我幹得哭出來。」

喬樂曦覺得江聖卓真的是入魔了，什麼不要臉的話都敢往外說，無論她怎麼求饒說好話投其所好都沒用，他有一種恨不得死在她身上的瘋狂。

他抱她去浴室清洗的時候，還把她壓在洗手臺上又來了一次，她的身體早就軟成了一攤水，由著他擺弄各種姿勢，他進得又快又重，這下子她連哭都沒力氣了，只能斷斷續續不自覺地輕喘呻吟。

直到最後他把她壓在床上，幾乎什麼都射不出來的時候才放過她，卻依舊埋在她體內不肯出來，一下一下地吻著她：「樂曦，我很想妳……」

喬樂曦的眼淚流了出來，緊緊地抱著他。

——※——

喬樂曦回來之前，江聖卓的生活狀態只能稱得上是「活著」，現在她回來了，他的生活便成了「好好過日子」，每天上班下班，兩個人一起吃飯，相擁而眠，週末一起去逛逛街、看看電影，天氣不好便窩在家裡打打遊戲、看看劇打發時間，日子平靜而充實。

她跟他講這幾年她在國外的事情，他跟她講這幾年這裡發生的事情，她靜靜地聽著，不時為某個消息驚呼。

江聖卓把她摟在懷裡：「過幾天帶妳去看看關悅，她家的小公主長得真是漂亮極了，江念一見過一次就念念不忘了，老是說著要拐回家。」

喬樂曦嘆了口氣：「當時走得太匆忙，連招呼都沒有打一聲，不知道她有沒有生氣。」

江聖卓捏捏她的臉：「沒生氣，就是總會提到妳。還有啊，我們都以為，溫少卿那個腹黑需要個御姐一樣的強勁對手才能制得住，誰知道還是不行。不對，不應該這麼說，應該說腹黑制不住御姐？不過說真的，溫少卿總是一臉不食人間煙火的笑，真想看看他其他表情是什麼樣子。」

喬樂曦想了想問：「溫少卿和那個溫家是什麼關係？」

江聖卓笑了一下：「我以為妳不知道呢。」

「我本來也沒多想，可這次見過之後覺得他的氣度不像是普通人家的孩子。而且溫家一直那麼低調，連張照片都沒有。不過前幾天我在我爸那裡看到一張合照，溫少卿的爸爸竟然和你爸、我爸是同一屆的，今天看見溫少卿我才想起來，他和他爸爸長得真的很像，都是溫潤如玉。」

喬樂曦越說越高興，手臂不自覺地揮舞著。

江聖卓按下她的手臂，低頭咬了一下她的鼻尖，一臉不滿：「喂，我吃醋了啊！」

喬樂曦抬頭親親他的下巴，他果然一臉的受用，本以為她會說幾句好聽的，誰知她接著說：「你和你爸爸長得真是一點都不像，他剛毅，你就是一個妖孽。」

江聖卓這次沒這麼容易放過她，狠狠地吻著她，像是要把她吃下去，直到氣喘吁吁才放開她。

喬樂曦雙頰緋紅，眼睛像是浸在湖水裡一般清澈透亮，看得他又忍不住吻下去。

最後喬樂曦窩在他懷裡平復著呼吸和心跳，忽然發現兩個人的心跳竟然一致！

江聖卓捏著她的手放在嘴邊親吻：「薄仲陽結婚了。」

「什麼時候？和誰？聯姻嗎？」

江聖卓只是遠遠地看過新娘一眼，他搖搖頭：「是個普通人家的女孩子，不過看得出來他跟以前不太一樣了，他是真的愛她。」

江聖卓還記得他去參加婚禮，薄仲陽站在走廊上對他說：「她說，她有喜歡到不行的人了。我一直覺得她矯情，可現在，我也找到了那個讓我喜歡到不行的人了。」

那一年發生了很多事，溫少卿結婚了、薄仲陽結婚了，緊接著葉梓楠家的寶貝也出生了，他覺得好像全世界就只有他還是一個人。

江聖卓說到這裡忽然問：「想見見白津津和孟萊嗎？」

喬樂曦愣了一下，她以為江聖卓這輩子都不會再提起這兩個名字了：「她們過得好嗎？」

江聖卓本來一臉嚴肅，卻忽然忍不住笑了出來：「不好，一點都不好。」

喬樂曦也跟著笑起來：「那我就放心了。」

江聖卓卻又收起笑容：「孟萊快不行了，前幾天不知道從哪裡打聽到妳回來了，輾轉托人來問我，她想見妳一面，我沒權力替妳決定，所以問妳一下。」

喬樂曦有點吃驚：「快不行了是什麼意思？」

「妳走了沒多久，陳老爺就病危了，陳家那幾個兒子本來就爭鬥得厲害。她在陳家不斷受排擠，陳老爺走了之後，她就被趕了出來，很慘，不知道是不是意外，出了車禍。她這一輩子就是靠那個信念支撐著，現在一切都毀了，她的心也死了，人心死了，身體就垮了。」

喬樂曦收了笑容：「我能去見她嗎？」

「能啊，妳想見我就去安排。」

他神色語氣自然，眉眼彎彎，那雙桃花眼眼尾上挑得漂亮，惹得她不由得伸手去勾勒，喃喃地嘀咕著：「江聖卓，你真的不一樣了。」

曾經的他習慣幫她決定一切，張牙舞爪地把一切結果強壓在她身上，雖然都是為她好。可是現在他會正正經經地問她的意見，尊重她的選擇，耐心地跟她講道理，收起一切稜角和鋒芒，卻更加蠱惑人心。

靜謐的夜晚，兩人相擁而眠，平靜甜蜜。

他有多久心裡沒那麼踏實了？她此刻就在他的懷裡，再也不會走，真好。

沒過幾天江聖卓帶她去看孟萊。

孟萊住在郊外的療養院，開車開了很久，遠遠地看到一堵灰色的高牆，開出去很遠了，喬樂曦還在回頭看。

江聖卓配合著放慢車速，直到看不到了，她才轉過頭問他：「白津津在這裡？」

他點點頭。

喬樂曦忽然輕輕地嘆了口氣：「你說，這麼一場鬧劇，白津津、孟萊、我，到底誰輸誰贏？」

江聖卓臉上依舊帶著笑：「妳說呢？」

喬樂曦垂下眼簾很認真地想了一下子，慢慢笑出來，一臉得意：「當然是我贏。我比孟萊年輕，比白津津漂亮，關鍵是我的男人長得帥事業有成對我又好！」

江聖卓沉沉地笑出來：「這麼自信啊！」

喬樂曦被自己逗笑，剛才的鬱悶一掃而光。

剛下車就有醫生迎上來，看來江聖卓已經提前打好了招呼。

病房門口，江聖卓停下來看著她：「妳自己進去可以嗎？」

喬樂曦點點頭推門進去。

孟萊躺在床上，身上蓋著薄被，臉色蒼白，頭髮淩亂，看上去有些狼狽。聽到響動她睜開眼，那雙眼睛灰暗沒有生氣，曾經的美麗已經不再，看來是真的要不行了。

喬樂曦在距離床邊不遠不近的地方站住，靜靜地看著她。

她現在的心情很複雜，曾經和孟萊手把手笑著走過人生中最美好的時光，誰知再見卻是反目成仇，如今她看著孟萊躺在那裡，真的不知道是該繼續恨她還是同情她。

孟萊氣若遊絲，顫抖著向喬樂曦伸出手。

喬樂曦垂著眼睛看那雙乾枯瘦弱的手，蒼白得可以看到血管，她只是很安靜地看著，一動也不動。

孟萊慢慢收回手，很痛苦、很用力地開口：「樂曦，我曾經很想要把妳當朋友，從小到大，妳是第一個真心對我的人，我一直都記得，可後來卻迷了心智。江聖卓以為我是為了他的身分地位，才和他在一起的，其實不是的，我真的喜歡過他，可是他……」

孟萊忽然咳了起來，喬樂曦一直冷眼旁觀，沒有表情和動作，甚至連句話都沒有。

孟萊很快又開口：「可是他卻喜歡妳，我從一開始就察覺了。他看著妳笑的時候是寵愛的，他臉上那種什麼都占據不了的妖孽中竟然有寵愛的存在。妳或許沒發現，無論什麼時候，他的眼睛永遠黏在妳身上。在國外那幾年，妳不和我們聯繫，他對什麼都心不在焉，包括我這個女朋友，可是他卻會偷偷地跑去看妳。他送過妳一塊畫圖板吧，那是他自己做的，做了很久，有一次還傷到了手。畫板裡面有個暗格，我雖然不知道是什麼，可我見過他偷偷地塞了東西進去。樂曦，不管妳信不信，我曾經後悔過，希望妳能忘了我對妳造成的傷害，我一直等著妳回來，想親口跟妳道歉。現在該說的我都說了，就算就這麼走了也沒什麼遺憾了。我祝妳和江聖卓幸福。」

喬樂曦的手用力握緊，指甲嵌在手心裡，很疼，可是她卻沒鬆開。

知道是一回事，可是從別人口中聽到，依舊感到震撼。

她什麼也沒說，轉身離開，在轉過身的那一霎那，竟然落下淚來。

她機械地開門關門，江聖卓正站在窗口背對著她打電話。

他一身灰色系的休閒裝，左手插進褲子口袋，右手優雅地舉著手機，慵懶而隨意，不時答上一兩個字。

喬樂曦走過去從身後抱住他，貼在他背上。

江聖卓嚇了一跳，反應過來的時候，任由她抱著，笑著用閒置的手覆上腰間的那雙手，聲音裡染上笑意，很快掛了電話。

他轉身伸手抱住她，她自然地歪進他懷裡，摟住他的腰，慢慢閉上眼睛。

江聖卓摸摸她的臉，微微笑著：「怎麼了，傷心了？早知道這樣就不讓妳來了。」

她輕輕搖頭，緊緊地抱住他，他身上的氣息熨燙著她躁動不安的心。

他一下一下地拍著她的後背，耐心極好地等著她，陽光從窗戶照進來，在他們周身灑下金色的光圈。

後來喬樂曦找到了孟萊說的暗格。

那個午後，外面太陽毒辣，知了在聲聲抗議著。她坐在客廳裡，空調不斷吹出冷氣。

喬樂曦抱著畫圖板反覆敲了幾遍才找到暗格的位置。

裡面夾著很多張寫了字的紙條，每一張的右下角都寫著日期。

——樂曦，妳怎麼不和我聯繫呢？

——喬樂曦，妳翅膀硬了啊！敢不接我電話！

——巧樂茲，我今天去看妳了，妳穿著紅色羽絨服真好看……

最後一張。

——樂曦，如果我一直等妳，那妳，就會回來的，對吧？

日期是她出國的前一天。

大概是他抱她回房睡覺的時候放進去的吧。

喬樂曦靜靜地看了很久，最後又一張一張地塞回去，然後抱著畫圖板窩在沙發裡出神。

江聖卓回來的時候看到她抱著畫圖板在沙發上睡著了。

他走過去想把畫圖板拿下來，誰知一動她卻抱得更緊了，很快睜開眼睛，皺著眉因為被吵醒了很不高興。

江聖卓寵溺地笑著，摸摸她睡得通紅的臉，又低頭親親她：「怎麼在這裡睡著了？」

邊說邊要把畫圖板接過來，喬樂曦本能地護了一下，很快鬆手。

「這塊板子挺不錯的，哪裡買的？」喬樂曦緊緊地盯著他的臉。

江聖卓的臉上閃過一絲不自然：「怎麼突然問這個？」

她不問了，坐起來抱著他，輕輕地喟嘆：「以前是我太遲鈍了，我以後會好好對你的。」

江聖卓有些奇怪：「怎麼忽然說這個？」

喬樂曦在他懷裡悶悶地問：「你到底什麼時候開始喜歡我的啊？」

江聖卓的身體僵住了，然後慢慢放鬆：「從妳說，妳會對我負責任的時候啊。」

雖然看不到他的臉，可是她知道他現在肯定是嚴肅認真的神情。

「我什麼時候……」樂曦剛說了幾個字便頓住，思緒慢慢飄遠。

記憶深處有兩個童聲響起。

「巧樂茲，妳快出去！」浴室裡一個光著身子的小男孩紅著臉捂著下半身一臉氣急敗壞地吼。

倔強的小女孩明明也感到不好意思的，胖胖的小臉紅得像個蘋果，卻還裝作不屑：「切，有什麼好看的？」

小男孩一臉委屈：「我都被妳看光光了……」

小女孩意識到是自己的錯，看著他眼裡晶瑩剔透好像馬上就會落下的淚，不耐煩地甩了句：

「你放心好了，我會對你負責的！」

說完噔噔噔地跑出了浴室，那落荒而逃的腳步聲亂了他的心。

喬樂曦忽然笑了，可能是小時候電視劇看多了，那麼小的年紀竟然會說出那樣的一句話，笑過之後她忽然有種想哭的衝動：「對不起，是我忘了，我以後會記得，再也不會忘了。」

——一年又一年，我慢慢長大，記住了很多事，卻唯獨忘了當年的約定，對不起。

——※——

前一天還是豔陽高照，第二天早晨卻是烏雲密佈。

江聖卓先送喬樂曦上班，下車前問：「下班來接妳？」

喬樂曦想了想：「不用了，下午要去郊區看場地，可能會到很晚，到時候我直接回家吧。」

江聖卓點點頭，驅車離開。

雷聲轟隆隆地響了一天，終於在下班前下起雨來，還有越下越大的趨勢。

江聖卓站在辦公室的落地窗前，看著雨水沖刷著玻璃，拿出手機打電話給喬樂曦：「在哪裡啊？」

喬樂曦的聲音夾雜著雨水聲：『在郊外呢。』

「什麼時候回來？」

『這時雨太大了，等小一點就回去了。』

「我去接妳吧。」

『不用，你好好上班，在家裡等我吧，回去的時候開車小心點。』

江聖卓應下來掛了電話。

他從公司出來的時候，已經從大雨發展成暴雨了，路上塞得一塌糊塗，車外風大雨大，積水淹沒了車輪，車內收音機裡播報著天氣，提醒市民注意安全。

平時十幾分鐘的車程，他走了整整兩個小時才回到家。江聖卓洗了澡換了衣服出來，拿起手機，沒有訊息和電話。

時間越來越晚了，雨依舊沒有變小的跡象，喬樂曦也沒回來，郊外估計手機訊號不好，一直打不通電話。

江聖卓耐著性子又等了一陣子，最後還是拿出手機撥了個電話。

『江少，市裡準備建基地站的地方沿路有幾棵大樹倒了，阻斷了交通，這邊進不去，那邊也出不來，今天去考察的幾位工程師都被困在那裡了。』

江聖卓聽到這裡很快拿起車鑰匙，邊聽邊往外走。

天氣越來越惡劣，江聖卓心裡著急，車速也沒減下來，很快就到了電話裡說的那個地方。路中央果然七橫八豎地倒著幾棵大樹，車肯定是沒辦法往前開了，他打著傘下車，很快有車從後面開過來，有幾個人下車大步向他走過去。

「江少，已經找人過來清理道路了，您再等一下吧。」

江聖卓沉吟了一下：「不等了，你們在這裡看著，我走過去。」

這幾個人紛紛阻攔：「江少，雨太大了，還是等等吧，萬一出了什麼事，我們不好向首長交代啊。」

江聖卓沒理他們：「行了，就這麼定了，你們在這裡等著，等一下路通了，開車來接我。」

說完就跨過眼前的樹枝，身姿靈巧地往前走。

那麼大的風和雨，天又黑，雨水打在身上、臉上很疼，可是他連眉毛都沒有動一下。

喬樂曦站在屋簷下看著這盆潑大雨，心裡有點著急。

這個時候江聖卓應該在家裡等她了吧。

她看看手機，還是沒有訊號，聯繫不上她，他應該等急了吧。

她低著頭有些懊惱地踢著地上的石頭，餘光發現雨夜裡有個人影朝著這邊來，猛地抬起頭，心跳忽然加速。

離得太遠，雨太大，能見度並不高，可她還是一眼就認出來那個人是江聖卓。

不知道為什麼一看到他，她提著的一顆心便放下了，滿滿的都是歡喜。

也不知道他走了多久，眼看他越來越近，她想也沒想，直接衝進了雨簾裡。

等道路清理好已經是後半夜了，江聖卓穿著濕衣服，當時就有些不太舒服，還是硬撐著和喬樂曦回到家。

喬樂曦忙裡忙外地幫他倒水量體溫，用酒精擦身體。

江聖卓躺在床上拉住又不知道要去幹什麼的喬樂曦，雙頰帶著不正常的紅：「別去了，陪我躺著吧。」

喬樂曦摸摸他的頭，順從地躺在他懷裡，他的身體滾燙，緊緊地擁著她，燙著她的心。

喬樂曦還是不放心，商量著徵求他的意見：「要不然，還是去醫院看看吧？」

江聖卓緊閉著眼睛，看上去很難受，勉強笑著：「不用擔心，我睡一覺就好了。」

喬樂曦看他睡著了想去拿酒精再幫他擦擦，誰知剛一動就被他按回懷裡，無意識地嘟囔：

「樂曦，別走……」

喬樂曦輕輕拍著他，語氣不自覺地放輕：「不走不走，你好好睡……」

後來她也迷迷糊糊地睡著了。

一場感冒，江聖卓被喬樂曦逼著在家休養了好幾天，他時不時就有意無意地長吁短嘆：

「唉，年紀大了，不服老都不行囉！」

喬樂曦沒聽出他的弦外之音，笑呵呵地回答：「不老呀，您正值壯年。」

每次江聖卓都惡狠狠地瞪著她，瞪得她一頭霧水。

幾天後，喬樂曦終於知道了某人的意圖。

那就是，年紀大了，該成家了。

那天是週六，喬樂曦一大早就被江聖卓拉起來，說要去看攝影展。

喬樂曦迷迷糊糊地任由他幫自己換衣服，最後他拉著她在衣帽間的矮凳上坐下，遞給她一個盒子。

喬樂曦還是一副沒睡醒的樣子，他給她，她就反射性地打開，一下子便醒了，唇角不自覺地勾起。

那是一雙銀白色的水晶鞋，上面鑲滿了碎鑽。

喬樂曦心裡一動，歪頭看他：「水晶鞋？我是灰姑娘嗎？」

江聖卓溫柔地笑，半跪在她身前，握起她的一隻腳幫她穿鞋：「不是，妳是樂公主。」

喬樂曦覺得奇怪：「這是要去看什麼攝影展啊，需要穿這麼正式？」

江聖卓摸摸她的臉：「一輩子只有一次，當然要重視。」

喬樂曦有些疑惑：「嗯？」

「去了就知道了。」江聖卓拉著她站起來，「起來走幾步看看合不合腳。」

喬樂曦站起身走了幾步，轉頭對他笑：「很合適。」

江聖卓開車帶著她去了城南，下了車喬樂曦感到奇怪地問他：「怎麼來這裡，不是去看攝影展嗎？」

她指著前方那座古色古香的小院：「那不是你的窩嗎？」

江聖卓睨了她一眼：「是妳的！」

說起這個，喬樂曦的心情還是頗為複雜的。

那個時候，江聖卓剛從國外回來，沒聽家裡的安排，堅持要出去創業。

創業的艱難沒有親身體驗過，光靠想像是想像不出來的。江家的家長不幫他，幾個哥哥也不敢幫他，誰也沒想到他和葉梓楠真的能做起來了。

剛開始的時候，沒人看好他，最艱難的時候，他連一頓飯都吃不上，明裡暗裡都被踩上一腳。

一開始她也不怎麼支持江聖卓，她覺得他這麼做也好、也不好，有時候看他不順利的時候也想說，大不了就回家接受家裡的安排，沒什麼好丟人的，可這話她不敢當著他的面說，他聽了大概要殺人。

可她聽別人貶低江聖卓聽得多了，就生出一股不服氣來，我的青梅竹馬怎麼可能不行呢？護短的心思一起，她便經常帶著吃的喝的用的去接濟他。

陰差陽錯地，她竟成為那個時候唯一一個支持他說他行的人。

有一次她剛發了薪水，那個時候的她已經很久不用家裡的錢了，自己的日子本來就過得很緊張，卻還是拿出一半來買了一大堆東西送過去給他，那天兩個人坐在樓頂喝了一手啤酒，她喝嗨了，還說了一大堆鼓勵他的話。

「你就好好幹！一定要做出成績來狠狠打那些人的臉！誰叫他們看不起你！」

江聖卓忽然直直地看著她，平靜地問：「妳看得起我嗎？」

「當然了！」她靠過去攬住他的肩，「我們關係那麼好，他們看不起妳就是看不起我！到時候我們一起打他們的臉！」

他的眼睛亮了一下：「妳那麼相信我？」

喬樂曦一臉理所當然：「當然啦！」

那晚的他格外安靜，過了許久才輕聲接了個字：「好。」

喬樂曦不知道他說的「好」到底是什麼意思，只知道他說完之後似乎高興了許多。

他當時頗激動，豪言壯志地許諾等他哪天發達了，一定會報答她！條件她隨便開。

她便隨手一指，說想在那個地方有個小院子。

那兩年房價已經漲起來了，誰也沒辦法定義所謂的「發達」到底是個什麼概念，她也只當作是一句戲言。

不知道過了多久，有一天他就真的帶她去看了一個小院子，把鑰匙放在她手裡，說那是她的了，他還把隔壁那個院子也買了下來，和她當鄰居。

她偷偷查了一下，那個地段的房子貴得離譜，她當然不敢收，又把鑰匙送了回去，可他不要，而且房屋持有人上也一直掛著她的名字。

江聖卓這個人看上去很不可靠，可這些年，但凡答應她的事，從來沒有失信過。

再後來他的生意做大了，陸陸續續也有了別的房產，卻是在這邊待的時候最多。

她原本並不知道江聖卓的生意到底做得有多大，第一次從別人口中聽到江聖卓這個名字的時候，還跟對方再三確認，那是否是她認識的那個江聖卓。得到肯定的回答的時候，她還唏噓了很久。漸漸地，他的名字被別人提起變成了一件很稀鬆平常的事，而大家對他的評價多是年輕有為、青年才俊、相貌堂堂、風度翩翩之類的，那個時候她才意識到，他是真的發達了。

她還在想著往事，就被江聖卓拉著走到了門口，笑著示意她推門。

喬樂曦看他一臉神祕地輕輕笑著，有些納悶，她邊把頭轉回來邊推了一下門，下一秒便驚呆了，臉上的笑容僵在臉上。

清晨，陽光正好，溫和地灑在小院裡，一片金黃。

院子裡插滿了向日葵，沿路擺滿了畫架，畫架上放著一張又一張照片。

她往裡面走，都是她的照片，還有她和他的合照。

從蹣跚學步到前幾天兩個人在客廳的沙發上打鬧。

很多照片，有些是真的拍下的，有些根本就是他根據當時的情景合成的，卻那麼真實，就和真的一樣，喬樂曦慢慢地一路走過去。

她仰頭、垂目、回眸、轉身、輕笑；他壞笑、挑眉、皺眉、大笑、寵溺。

喬樂曦伸手摸向最近的一張，照片上的兩個小孩子各自把腦袋偏向一邊並不看鏡頭，臉上都帶著對對方的不屑。

連續看了幾張，喬樂曦笑出來，好像他們兩個小時候就沒有心平氣和地拍張合照的時候。

又往前走了幾步，來到是中學時期，兩個人都是側臉，都還年少，都是一臉青澀、稚嫩，江聖卓大汗淋漓地抱著籃球向她走過來，她正笑著和他說著什麼。

那個時候大概是他們人生中最能開懷大笑的年紀。

她繼續往前走。

兩個人背對著鏡頭坐在空曠的教室裡，一起看著前方，黑板上用藝術字寫著大大的畢業兩個字，光線從窗外照進來，打在黑板上，帶著淡淡的傷感。

這張是不存在的，那個時候他還沒有等到畢業就出國了，所以畢業的時候就只有她一個人在，而且此後的幾年兩人一直沒有聯繫。

沒有聯繫，卻有照片。

她很快就看到了她在國外的那幾年的照片，有時候是在低頭看書，有時候是笑著和同學說話……

連她自己都沒有這些照片，不知道他是什麼時候偷拍的。

再往前走就是兩個人手牽手在雪夜裡漫步，地上有薄薄的積雪，昏黃的路燈帶著溫馨，她脖子上還圍著他的灰色圍巾。

最近的一張時間應該是在兩天前，他穿著和她同樣款式的睡衣，把她壓在身下撓她癢，兩個人笑著鬧成一團。

她再往前走就被一張稍大一點的照片擋住了去路。

照片上，她不知道在看什麼，目視前方開懷大笑，而他在旁邊側著頭，癡迷地看著她，慢慢地笑出來。

你看著她，像是看到了全世界的向日葵，她笑了，你就會跟著笑起來。

往事全湧上心頭，喬樂曦捂著嘴泣不成聲。

江聖卓一直默默地跟在她身後，此刻才上前一步在滿院的陽光和葵花裡，單膝跪在她面前，握著一枚戒指向她伸出手，笑得溫柔寵溺：「樂曦，嫁給我吧，我會讓妳在我身邊幸福一輩子。」

喬樂曦紅著眼睛質問他：「誰求婚會用向日葵啊？」

江聖卓依舊笑著：「可是只有向日葵是妳不會過敏的啊。」

喬樂曦垂眼看著江聖卓，她從門口走到這裡，看了一路，就像是把過去二十多年的路又重新走了一遍，原來，他們的生命早就糾纏在了一起，根本就不可能分得開。

江聖卓靜靜地等著，眼眶也有些紅，就像電影裡說的，她可以褪色，可以枯萎，怎麼樣都可以，但只要看她一眼，萬般柔情都會湧上心頭。

她狠狠地擦了幾下眼淚，對他點了點頭，伸手搭在他的手上拉他起來，撲進他的懷裡，緊緊抱住，就像抱住幸福。

他們在彼此過去的生命中佔據著重要的位置，在未來幾十年的道路上會依舊如此。

你若相邀，此生跟隨。你若不離，我定不棄。

這是我能給你的最美好的誓言。

——正文完——

番外一　鮮衣怒馬少年時

期末考的最後一天，下午考完最後一科就放假了。江聖卓順路送喬樂曦回家，走到她家門口的時候問她：「欸，開學就要分組了，妳要選文組還是理組啊？」

喬樂曦正準備推門回家，聽到他問，想也沒想就轉頭回他：「廢話！當然是選理組啦！你呢？」

馬上就要日落了，天空被夕陽的光輝渲染得炫麗壯闊，江聖卓站在大片大片的粉紫色晚霞裡，對她勾了勾唇，面如冠玉、眉目如畫的樣子看得她心跳不已。

「我啊，當然選文組啊！畢竟文組班的美女多嘛！」

任他再眉清目朗，一開口便變回了那遊戲人間的輕佻狂少年。

「切！」她翻了個白眼就要回家。

肩上揹著自己的書包，手裡拎著她的書包的少年喊住她，晃了晃手臂：「喂！書包不要了？」

喬樂曦吐吐舌頭，笑嘻嘻地跑回來：「差點忘了！」

眉眼靈動的少女小跑著進了家門，可少年依舊留在原地，嘴角噙著笑站了很久，直到夕陽完全沉到地平線以下，天邊的彩霞被漆黑的星空取代，他才轉身回家。

暑假剛開始沒多久，就進入了一年中最酷熱的時節，過了剛放假時的新鮮感，日子便只剩下百無聊賴。

喬樂曦吃完午飯躺在床上準備午睡，窗外蟬鳴陣陣，刺目的陽光從窗簾縫隙鑽進來，一切都昭示著室外的高溫。

屋內只有輕微的冷氣出風的聲音，襯得滿室一片靜謐。

或許是因為太安靜了，她在床上翻來覆去打了好幾個滾都沒睡著，探手去床頭櫃上摸手機。

手機螢幕上躺著一則訊息提醒。

一個小時前，江聖卓問她要不要來他家吃午飯。

她在心裡嘲笑了一聲，吃午飯？你才剛起床吧？

扔了手機，喬樂曦繼續在床上打滾。

十幾分鐘後，她實在睡不著，也閒得無聊，起床洗了個澡就出門去了江聖卓家。

一出家門喬樂曦就後悔了，地面被太陽曬得滾燙，空氣中似乎還彌漫著一股烤焦的味道，踩在上面就像是被架在火爐上，她沿著有樹蔭的地方走，一路小跑到了江家。

這個時間江家的長輩都不在，喬樂曦進門的時候看到客廳的沙發上坐著一個人，安安靜靜地看書，只能看到俊朗沉靜的側臉。

她看了一眼，笑著叫人：「聖揚哥。」

誰知那人聽了竟嘆了口氣，把書扔到一旁，轉過頭來看著她，懶洋洋的聲音隨即響起：「聖什麼揚啊，我是江聖航！」

喬樂曦深吸一口氣捂住了嘴，尷尬地笑了兩聲：「哦，聖航哥。」

江聖航趴在沙發椅背上皺眉：「都十幾年了，我說妳這丫頭還是分不清楚嗎？每次都認錯。」

喬樂曦抿了抿唇，很是無奈地攤攤手：「是分不出來啊，長得那麼像，不說話的時候簡直一模一樣。」

江聖航最討厭別人說他和江聖揚是同一張臉，於是瞪著眼睛嚇唬她：「胡說！我明明比老三帥那麼多！」

喬樂曦盯著那張臉仔仔細細地看了一陣子，完全不給面子不捧場：「沒看出來。」

江聖航無語：「嘖，妳怎麼跟我們家那個小魔頭一樣！沒大沒小的！」

喬樂曦嘛著嘴：「聖航哥你也沒有哥哥的樣子啊！」

江聖航不開心了，仰頭看著窗外的天空，憂鬱地嘆了口氣：「既生航，何生揚啊！」

如果問江聖航有一個和你長得一模一樣的雙胞胎兄弟是什麼感覺？

他大概會回答，也沒什麼感覺，不過就是在闖禍被抓包的時候，比平常人多了一種選擇而已。

從小江聖航做了壞事被發現，第一個反應不是跑，而是開始假扮江聖揚。

用他自己的話來說就是，老三多好裝啊，做一個安靜的面癱就好了。

由於兩人的臉實在太像，而江聖航的演技又太好，於是江聖揚不知道替他這個早出生五分鐘的哥哥揹過多少次鍋。

可是江聖航忘了，他的弟弟是個腹黑的傢伙，什麼栽贓嫁禍做起來根本不在話下。他用實際行動告訴他一個真理——當你一直招惹一個人而他一直沒有反應的時候，你就應該適可而止了，因為他在準備放大招。

某日江聖卓看到書房房門大開，江聖揚站在裡面盯著幾幅字畫，來回徘徊，他探頭過去問：「三哥，你幹什麼？」

江聖揚點著下巴若有所思：「我在想爺爺最喜歡哪幅字畫。」

江聖卓隨手一指：「就是那幅囉，最近才畫好的！正是爺爺的心頭好呢，碰都不讓我碰！」

江聖揚看了他一眼：「這樣啊，那就這幅吧。」

江聖卓忽然有了不好的預感，他好像無意中助紂為虐了：「你要幹嘛？」

江聖揚不答反問：「江聖航呢？」

江聖卓指指旁邊：「房裡睡覺。」

江聖揚竟然笑了一下：「一切都剛剛好。」

那笑容嚇到了江聖卓，一種莫名的恐慌籠罩在心頭，他頭也沒回地往客廳跑，心裡只有一個想法：珍愛生命遠離書房、遠離三哥！書房就要爆炸了！

書房是沒爆炸，不過江家老爺子的心好像爆炸了。

當保全和保姆進入書房的時候，房間裡只有一個人站在那裡。

江老爺子的心頭好像被某人最喜歡喝的飲料毀得面目全非。

江聖卓在門口看到原本站在裡面的三哥一秒鐘二哥附體，驚慌失措地看著他們，指著桌上的災難現場急得團團轉。

「千萬別告訴爺爺！不是我幹的！是這幅畫先動的手！」說完便衝出了書房，不知躲到哪裡去了。

表情誇張，動作豐富，其餘兩個目擊者紛紛表示這是江聖航無疑了，更何況先動手的還是他最喜歡喝的飲料。

江聖卓目睹了一場史詩級的變臉，眼睜睜地看著面無表情低調內斂的三哥瞬間變成嬉笑怒罵、開朗張揚的二哥，然後又在沒人看見的地方變了回來。

江聖卓找到江聖揚的時候，他正在廚房倒水喝，臉上神情淡漠，手上動作自然，一點也看不出剛剛做了壞事的樣子。

圍觀了整個過程的江聖卓對他嘆為觀止：「哇！三哥！沒想到你裝起二哥來竟然這麼像！可以以假亂真了！」

少年白皙俊朗的臉龐原本沒什麼表情，此刻卻忽然輕扯嘴角露出一抹嘲諷的笑，緩緩吐出幾個字：「一個傻子，有什麼難度。」

無辜的江聖航被揪到書房的時候還沒睡醒，揉著眼睛被罵得狗血淋頭，那絕對是他長那麼大被罰得最慘的一次。

他怒目看過去，那人站在一旁一派輕鬆自得，還難得對他笑了一笑，只是那抹笑容頗意味深長，心照不宣。

笑完之後還輕飄飄地看了江聖卓一眼。

旁邊的江聖卓暗暗下定決心，以後都不要招惹這個人了，也不要沒大沒小地叫他江聖揚了，還是乖乖叫他三哥吧。

從小到大，回想起來真是一路的刀光劍影血雨腥風啊，也怪不得江聖航會發出這種感慨。

喬樂曦被逗笑，認認真真地告訴他：「其實你們還是不一樣的，聖揚哥沒有那麼多戲，沒有你那麼豐富的表情，話也沒有你多，而且比你正經多了。」

江聖航不樂意了：「他哪是正經啊？那是面癱！不止面癱，還懶！懶得說話！」

話音剛落，就看到江聖揚從樓梯上走下來，還面無表情地看了江聖航一眼。

江聖航瞪他：「看什麼看，說的就是你！怎麼了，想要打我啊？」

江聖揚懶得理他。

江聖航哼笑一聲：「不服氣啊，不服氣我也是你哥，誰叫我比你先出來呢。」

江聖揚不輕易開口，一開口殺傷力卻格外驚人：「為了搶這種事情，腦子沒發育好就出來了是嗎？」

江聖航氣得血條立刻空了一半：「你腦子才沒發育好呢！」

喬樂曦笑嘻嘻地坐在一旁偷笑看熱鬧，兩張一模一樣的臉，看他們吵架跟看真人版精神分裂一樣，相當有意思。

江聖揚難得露出一抹笑，跟喬樂曦打招呼：「來找小四啊，他在樓上，和葉梓楠、施宸玩遊戲呢，快上去吧！」

說完就往門外走，一副要出門的樣子。

江聖航在他身後叫喚：「喂，你去哪裡啊？」

江聖揚頭都沒回，低低冷冷地拋給他一句：「你管得著嗎？」

江聖航捂著胸口做了個深呼吸，轉頭問喬樂曦：「妳說有這麼做弟弟的嗎？是不是當哥哥的都特別吃虧？都要讓著弟弟！」

喬樂曦轉著大眼睛腹誹，也沒見著你讓人家啊，你明明就是打不過你弟弟。

這話她不敢明說，扯扯嘴角轉移話題：「其實也不是，我二哥對我大哥就很好啊。」

江聖航倒是相當贊同地點了點頭：「喬裕啊，像喬裕性格這麼好的人已經不多了，對了，我用我弟弟換喬裕怎麼樣？」

喬樂曦想了想覺得可行，確認了一下：「哪個弟弟？」

江聖航略一思索：「兩個弟弟都給你們家！兩個換一個！」

喬樂曦搖頭：「不換不換，我二哥多少個都不換，要不然換我大哥吧！」

江聖航扯扯嘴角：「我拿兩個弟弟換一個哥回來？我怎麼那麼想不開呢！」

生意沒辦法談了，喬樂曦扶著樓梯扶手繼續往前走：「不換就不換。」

江聖航又叫住她：「換妳也行！我們家一直想要個妹妹呢！」

當年江聖卓沒出生的時候，三個人都盼著是個妹妹，後來江聖卓出生了，他們都受到很大的打擊。

江父在病房裡陪著江母，兄弟三個就站在嬰兒室門口往裡看，還嘀嘀咕咕的。

「是哪個啊？」

「那個，第二排第二個。」

「長得真醜！」

「大哥，你看清楚了嗎？真的是弟弟？不是妹妹？」

「看了十幾遍了！是弟弟！要不然你們自己去看！」

「這裡不是不讓人進去嗎……真是的，不是和媽媽說好了嗎？要妹妹，怎麼說話不算數呢……」

江聖航知道，雖然老三沒說話，小小少年的臉上也是一貫的沒有表情，但那緊緊皺起的眉頭還是洩露了心事，看樣子對這個結果也是不太滿意。

離開的時候，江聖揚走在最後，又轉頭看了一眼嬰兒房裡的弟弟，小聲說了句：「我也想要個妹妹……」

大哥沒聽到，但他和江聖揚是雙胞胎，本就心有靈犀，這句話就這麼飄進了他的耳中。

喬樂曦一愣，回頭看他：「換我？」

江聖航思索了半晌，一番利弊權衡後放棄：「還是算了，喬燁和喬裕會打斷我的腿的！」

喬樂曦嘻嘻哈哈地安慰他：「弟弟和妹妹一樣啊！」

江聖航嘆了口氣：「算了算了，這個家我也是待不下去了，我去找妳二哥玩吧！他在家嗎？」

喬樂曦邊往樓上走邊回答：「沒有哦，我二哥出門了。」

江聖航瞇著眼睛一副有情況的模樣：「又不在？怎麼最近一直看不見人影，這麼熱的天氣他出門幹什麼？」

喬樂曦搖頭：「不知道啊，他沒有說。」

江聖航挑了一下眉：「妳二哥是不是談戀愛了？」

喬樂曦腳下一頓，也不是很確定：「不是吧……」

江聖航則是一副篤定的樣子逗她：「小丫頭，很有可能哦，妳要有二嫂了！」

喬樂曦不高興了，瞪了江聖航一眼，噔噔噔地跑到樓上去找江聖卓了。

推門進去的時候，三個人果然正對著電腦打遊戲。

她不客氣地坐到江聖卓旁邊的椅子上問：「找我幹什麼？」

江聖卓一邊在遊戲裡大殺四方一邊應付她：「等一下周時約了個飯局，找了個別墅烤肉，一起去吧？」

喬樂曦從旁邊的書架上隨便抽了本書翻著，一副無精打采的樣子：「你們一堆男生的飯局，我去幹嘛？不去！」

江聖卓想也沒想就回她：「妳又不是女的。」

喬樂曦踢他一腳：「你給我滾！」

江聖卓眼疾手快地躲開：「去吧去吧！反正妳在家也沒事。」

喬樂曦搖頭：「不去！天氣太熱了。」

江聖卓抽空看了她一眼，笑了笑：「等等涼快了再去。」

半是誘哄半是寵溺。

坐在旁邊的葉梓楠和施宸對視了一眼，露出一抹意味深長的笑。

這個年紀的男孩子最討厭和女孩子玩，嫌她們礙事麻煩，但江聖卓每件事都想著喬樂曦，恨不得栓在褲腰帶上，走到哪裡都帶著。

喬樂曦則是愣住了。

從放假開始她就沒怎麼見過江聖卓，剛才忽然和他對視了一眼，竟然沒來由的心跳加速。

不過才幾天沒見，他好像又更好看了，那雙眼睛眼型漂亮線條飽滿，笑起來的時候眼尾勾起一個飛揚的弧度，深邃且勾人。

她沒說去也沒說不去，臉上一熱，狀似無意地低頭去翻手裡的書，江聖卓也不再說話。

喬樂曦看了一下子就開始打瞌睡，剛才還睡不著，這時眼睛又睜不開了。腦袋一點一點地，最後一頭撞在江聖卓的身上才清醒過來，捂著嘴打了個哈欠往床邊走：「我在你床上睡一下啊，走的時候叫我。」

江聖卓正忙於激戰，頭都沒回，心不在焉地回了句：「嗯。」

戰況太激烈，三個人時高時低地說著話，喬樂曦剛開始睡得不太安穩，不停地翻身。

過了一陣子，江聖卓忽然退了遊戲，伸了個懶腰：「累了，不玩了！」

後來房間裡漸漸安靜下來，喬樂曦才睡了過去。

她睡得很沉，不知道睡了多久，醒來的時候天都要黑了，房間裡只剩下江聖卓一個人了。

他戴著耳機看著電腦螢幕，不知道在幹什麼。

房間裡沒開燈，只能在電腦螢幕閃動的光裡看到他棱角分明的側臉。

她摸到手機看了一眼時間，立刻跳了起來：「哎呀，都這麼晚了，你怎麼不叫我，不是說要去烤肉嗎？」

他聽到動靜摘下耳機，轉頭看過來，然後站起來去開燈：「烤肉哪天不能去，妳要睡就睡唄。」

滿滿的不在乎，和剛才慫恿她一起去時的期待雀躍相差甚大。

喬樂曦聽他這麼說便又躺了回去，懶懶地伸了個懶腰，還不甚清醒地嘟囔著：「說要去的是你，不去的也是你……」

她一動，T恤便被帶著往上去，露出纖細柔軟的腰肢，白白嫩嫩的一片，晃得人眼熱。

江聖卓開燈回來站在床邊，看了一眼便僵硬地移開了視線，隨手從床角扔了條毯子蓋在她的腰上。

喬樂曦拿起來丟了回去，嘴上還抗議著：「你幹嘛！熱！」

江聖卓咬著後槽牙，妳不蓋我才熱呢！

他輕咳一聲，轉過頭不看她。

心裡還腹誹著，這丫頭什麼時候開始有胸、有腰、有屁股的……

江家長輩都不在，晚飯還沒有著落。

江聖揚是在晚飯前回來的，一進門就聽到江聖航欠扁的聲音：「老三啊，晚上你做飯吧，怎麼樣？」

不怎麼樣。

江聖揚低頭換鞋，恍若未聞。

江聖航還在那裡逗他：「你二哥我在跟你說話呢，有沒有聽到？」

江聖揚不冷不熱地瞥了他一眼：「占我五分鐘的便宜有意思嗎？」

江聖航一臉得意：「別說五分鐘了，就算只是半分鐘，我也是哥哥。」

江聖卓在樓上聽到兩人鬥嘴，靈光一閃，轉頭問喬樂曦：「妳想不想吃三哥做的飯？」

喬樂曦點頭：「想吃啊，但聖揚哥不做的呀。」

江聖卓出主意：「妳說妳想吃，他肯定做！」

喬樂曦猶豫著拒絕：「不好吧……我跟聖揚哥沒怎麼說過話。」

江聖卓則是一副胸有成竹的模樣：「聽我的！他誰都不做，但肯定會做給妳吃！」

兩人下了樓，發現客廳裡只剩下江聖航一個人了：「二哥，我三哥呢？」

江聖航正在看電視：「哼，叫誰二哥呢？你不是一直叫喬裕二哥的嗎？終於知道我才是你二哥了？你改姓喬算了！」

江聖卓在心裡拒絕，不要！我改姓喬就和巧樂茲成了真兄妹了！

他滿臉鄙視：「這麼大的人了，還吃這個醋，真是幼稚！」

江聖航也覺得不太好，轉頭問：「找你三哥幹嘛？」

江聖卓一本正經地回他：「當然是有正事了。」

江聖航漫不經心地逗他：「正事也可以跟我說啊。」

江聖卓一愣：「這些年不是一向都是正事找三哥，吃喝玩樂找二哥，解決不了的麻煩才找大哥擺平嗎？」

「我真是……怎麼沒趁你小的時候掐死你呢！」江聖航咬牙切齒地說完，轉頭揚聲叫道，「江聖揚！你弟弟找你！」

過了很久，都沒人回應。

於是江聖卓就趴在樓梯扶手上，喋喋不休地叫喚：「三哥？三哥！三哥三哥三哥！」

江聖揚被叫的心煩，從書房出來：「什麼事？」

江聖卓嘿嘿一笑：「三哥，巧樂茲有話跟你說。」

喬樂曦瞪了江聖卓一眼，不好意思地開口：「聖揚哥，晚飯可不可以你來做，我想吃你做的飯……」

江聖揚對她倒是很好說話：「可以啊。」

喬樂曦對他笑：「謝謝。」

江聖揚當下便卷了衣袖要進廚房：「沒事的，妳就跟我妹妹一樣，妳想吃什麼，我做給妳吃。」

喬樂曦立刻眉開眼笑：「聖揚哥，妳真好！」

江聖揚擺擺手：「去玩吧，好了叫妳。」

江聖卓趁機跳出來點菜：「三哥，我想吃水煮肉！」

江聖揚目不斜視地從他身邊走過，沒有打算理他。

江聖航在一旁煽風點火：「小四，看到沒，這就是差距，你說如果我現在把你閹了，讓你從四弟變成四妹，你三哥會不會對你好點？」

江聖卓轉頭對他揮了揮拳頭：「江聖航，你是不是閒到皮癢了？」

江聖航氣得直樂：「哪裡有這種弟弟！沒大沒小的小子！我打不過老三我還收拾不了你？你給我過來！」

頃刻間，兩兄弟就在沙發上打得你死我活。

喬樂曦在一旁搖旗吶喊，江聖揚空檔時從廚房出來觀戰，充當一下裁判。

江聖謙從外面回來，一推門就看到這樣一幅場景。

正打得如火如荼的兩個人聽到開門聲同時停下來，看到來人熟練地扮演無辜受害者，異口同聲地告狀，連臺詞都是一樣的。

「大哥！他打我！」

「大哥！他打我！」

江聖謙頭疼，扭頭去問目擊者江聖揚：「怎麼回事？」

準備避去廚房的江聖揚逃跑未遂，淡定轉身裝乖，扯了扯身上的圍裙，一臉事不關己的說道：「我不知道，我在做飯，我也是剛剛出來。」

潛臺詞就是我什麼都沒看到什麼都沒聽到，你不要問我，我什麼都不知道，晚飯是我做的，我很乖，大哥你不誇我嗎？

那邊還在糾纏的兩個人繼續拉票。

「大哥！江聖航他打我，你到底管不管！」

「大哥！這小子整天沒大沒小地挑釁我，你倒是說句公道話啊！」

江聖謙嘆氣：「這群弟弟就沒一個讓人放心！」

一轉身看向剛進門的江父：「爸！您看他們！」

剩下三人也一起看過去，賣巧裝乖。

「爸！」

「爸！」

「爸！」

江父一個個瞪了一眼：「爸什麼爸！這群兒子就沒一個讓人放心的！」說完略帶討好地看向一旁的江夫人，「老婆！」

後面又是跟著一連串的「媽」。

江夫人不冷不熱地掃過去，冷哼一聲：「這家的男人就沒一個讓人放心的。」但一看到喬樂曦乖乖地坐在那裡立刻就心花怒放，還是喬家的小丫頭好，女兒是貼心的小棉襖，兒子是皮夾克，食之無味棄之可惜！除了說出來好聽些其餘一無是處！

她笑著招呼喬樂曦：「樂曦來了？」

喬樂曦乖巧軟糯地叫人，江夫人喜笑顏開地和她聊天。

江父在一旁看著四個兒子一臉嫌棄，中看不中用！

江聖航和江聖卓對視了幾眼，自覺地結束打鬥，從沙發上下來。

江聖謙把嫌棄往下傳遞，遷怒離他最近的江聖航：「你弟弟沒一個好的！」

江聖航還很不服氣，想也沒想就回了句：「你弟弟才不好呢！」

江聖謙似笑非笑：「說得不錯啊，你也是我弟弟。」

「……」

江聖航覺得今天一定是和老三那傢伙鬥智鬥勇過多，智商透支了。

吃過晚飯，江聖卓著送喬樂曦回去的時候，正好碰到喬裕回來，先他們一步進了門，兩人只遠遠看了一眼。

江聖卓忽然碰碰她：「欸欸欸！」

喬樂曦不肯吃虧，立刻打了回去：「幹嘛！」

江聖卓神祕兮兮地問：「妳二哥是不是談戀愛了？」

喬樂曦想也沒想就嗆回去：「你二哥才談戀愛了呢！」

江聖卓樂了：「哈哈，江聖航那傢伙談戀愛有什麼可奇怪的，他那個人長相好，又會哄人開心，整天騷話連篇，撩天撩地撩空氣，不談戀愛才是糟蹋了。我前些日子才聽說一件事，你猜我二哥有個外號叫什麼？騷柔小哥哥，哈哈哈！」

喬樂曦睨他一眼：「那不就是和你一樣？」

江聖卓不樂意了：「嘖，我從來不費那口舌，小爺我靠的是顏值好嗎？」

喬樂曦呵呵冷笑。

江聖卓倒是沒在意，瞇著眼睛思索：「江聖航就算了，我倒是好奇三哥那麼悶又那麼冷的人什麼時候會談戀愛。」

一句話也勾起了喬樂曦的興趣：「說的也是。」

兩人皆是一副若有所思的樣子，可任憑兩人想像力再豐富，也沒想到多年之後，他們竟然真的看到了戀愛狀態的江聖揚。

冬日的午後，人來人往的街角，一身便裝的江聖揚單手插在褲子口袋裡靠牆而立，另一隻手裡捏著黑色的皮革手套，嘴裡漫不經心地咬著菸，瞇著眼睛目視前方，聽著旁邊的女人說話。

不知道那個女人在和他說什麼，那個手眼通天的男人就那麼靜靜站著，臉上沒什麼表情，眼裡也不見不耐煩，反而難得地帶著一種別樣的輕鬆舒坦，很愜意，只是平靜地聽著，風輕雲淡的眸子也不看她，也沒有任何回應，保持著同一個姿勢許久未動。

那個女人背對著他們，兩人看不到長相，不過身材倒是挺不錯的。

江聖揚的臉上一直沒什麼表情，老神在在的樣子讓人捉摸不透他是在出神還是在認真聆聽，後來不知女人說了什麼，江聖揚清清冷冷的眉眼微抬，輕飄飄地掃了她一眼，下一秒就毫無預兆地忽然抬手拿下菸，把女人拉到懷裡壓著，捧著她的腦袋低頭用力吻了下去……

動作乾淨俐落，一氣呵成，那副狠勁兩人從未見過，不過眼底的溫柔繾綣卻是騙不了人的。

明明是相當矛盾的神情和動作，由他做起來卻一點違和感都沒有。

喬樂曦還在那裡驚嘆：「哇哦！平時斯文內斂的面癱一旦慾起來啊，真是，嘖嘖……」

江聖卓也有些反應不過來：「我都沒見過三哥允許哪個女人站得離他這麼近過……」

喬樂曦碰碰江聖卓：「那真的是聖揚哥啊？會不會是聖航哥裝的？不過，那個樣子也不太像聖航哥啊……」

江聖卓一副吞了蒼蠅的模樣：「三哥肯定是撞邪了……快走快走……」

喬樂曦拖著他不走：「再看一下、再看一下！」

「別看了！三哥要看過來了！要是被他看到了肯定會把我們的眼珠子挖出來的！」話音剛落，江聖卓忽然臉色大變，「他真的看過來了，快跑快跑！」

「……」

兩人都在替江聖揚操心，許久都沒說話。

江聖卓忽然眉飛色舞地調侃道：「妳有沒有覺得妳二哥……嗯……有情慾了？」

喬樂曦回神，看著他：「你怎麼知道？」

江聖卓挺起胸脯：「男人的直覺啊。」

喬樂曦呵呵嘲笑了一聲：「男人有什麼直覺，男人有的都是色心！」

江聖卓不服氣地嗆回去：「妳二哥也是男人！」

喬樂曦抬手打他：「我二哥才不一樣！你再亂說，小心我打你！」

江聖卓看她一眼，不說話了。

過了一陣子，喬樂曦拽拽他的衣角：「欸，江小四。」

江聖卓抬頭看天、看月亮、看星星，就是不理她。

喬樂曦瞪他：「哎呀，和你說話呢！」

他眉眼間有一絲鬆動：「呵呵。」

喬樂曦踟躕半晌：「你真的覺得我二哥談戀愛了啊？」

江聖卓看她皺著眉，一副很苦惱的樣子：「妳二哥都多大了，不能談戀愛啊？」

喬樂曦咬唇皺眉：「不是啊……就是覺得有些奇怪，我二哥那麼好，誰能配得上他呢……」

江聖卓壞笑著去揉她的頭髮，直到揉成一個小瘋子才鬆手：「妳操什麼心！」

喬樂曦奮力抵抗，可奈何那人長手長腳地占盡上風：「你不許碰我的腦袋！」

「就碰就碰！」

「不許碰！鬆手！」

「……」

兩人站在樹下打鬧了半天，後來實在受不了蚊子的圍攻才各回各家。

喬樂曦剛進門，喬燁也回來了。

「大哥。」

「又去江小四家蹭飯了啊？」喬燁把手裡拎著的紙盒遞給她，「給妳。」

喬樂曦看到紙盒上的 Logo 就知道裡面是什麼了，笑嘻嘻地接過來：「給我的呀？」

喬燁也跟著笑起來：「妳不是喜歡嗎？」

「喜歡喜歡！我白天時就特別想吃，但外面太熱了便沒有去，沒想到晚上你就買回來給我了。」喬樂曦踮起腳尖，拍拍喬燁的肩膀，「大哥！我決定今天喜歡你比喜歡二哥多一點。」

喬燁被逗笑：「妳是我妹妹，他是我弟弟，我還爭這個？」

喬樂曦一副孺子不可教：「大哥，你真是……懂事的一點都不可愛！你要和二哥爭著做我最喜歡的哥哥啊，這樣你們就會爭著對我好了！」

喬燁一臉無奈地揉揉她的腦袋：「還要怎麼對妳好啊，妳就差沒有上天了。」

喬樂曦哼哼著狀似閒聊，忽然話鋒一轉：「大哥，二哥是不是談戀愛了？」

喬樂曦歪頭想了想：「大哥，如果你談戀愛了會告訴我嗎？」

喬燁不接招：「妳這個鬼靈精怪的丫頭！想知道自己去問，在這裡套我的話。」

喬樂曦審視般看著他：「你沒說實話！」

喬燁一愣：「不知道。」

喬燁倒了杯水，喝了一口才回答：「會啊。」

喬樂曦笑了：「那我不問了，我等二哥自己告訴我。」說完便高興地噔噔噔跑上樓。

喬燁拿著水杯，忽而皺起眉，看著樓上一副若有所思的模樣：「這小子不會真的談戀愛了吧？」

國民二哥疑似戀愛引起全民關注。

江聖卓回到家的時候，江聖航正站在江聖揚的房門口日常「調戲」他，可是聽來聽去就只有他自己的聲音。

江聖航扯著嗓子吼：「喂！老三！我在和你說話！」

房間裡斜倚在書桌前的江聖揚正一臉專注地低頭看書，一點反應都沒有，偶爾翻一下頁。

江聖航氣不過揉了個紙團扔過去。

江聖揚也沒躲，紙團打在他身上後彈開，掉到了地上，他還是沒反應。

江聖航轉頭問路人江聖卓：「他怎麼對什麼都沒反應，你說這個孩子是不是神經末梢沒長好啊？」說完又看向江聖揚自說自話，「不應該啊，明明多待了五分鐘才出來的啊，我都沒事……」

江聖卓笑著回了自己房間，洗完澡一頭摔到了床上。

床上枕頭上都是她身上的味道，清甜的水果香混合了少女的體香，若有似無恰到好處地勾引著他內心的躁動。

江聖卓把頭埋進枕頭裡，咬牙切齒地低吼了一聲：「磨人精！」

可主人還偏偏什麼都沒覺察，睡了一下午，晚上特別清醒，很晚了還打騷擾電話給他。

『欸，江小四，你看看你床上有沒有一個嫩黃色的球球，我下午不是在你床上睡覺嗎？回來發現綁頭髮上的那個球球不見了。』

江聖卓正被她撩得氣血翻湧，看都沒看直接回了句：「沒有！」

喬樂曦嚇了一跳，繼而有些委屈：『沒有就沒有嘛，那麼凶幹什麼。』

江聖卓無奈地張開眼睛，在床上摸索著，一邊找一邊問：「長什麼樣子啊？」

心裡忍不住罵了句，大晚上的找個球啊！

罵完之後才反應過來，還真是找個球。

喬樂曦有求於人的時候態度特別好：『就是一個嫩黃色的球球啊。』

江聖卓粗略掃了一圈，又把頭埋進枕頭裡，甕聲甕氣地開口：「找了，沒有。」

『你再找找啊，那是我大哥送給我的呢。』

「妳不是不喜歡妳大哥嗎？丟就丟了。」

『你才不喜歡你大哥呢！我大哥也很好啊！』

「一天一變的。」

『……』

兩人有一句沒一句地聊著，什麼時候掛了電話睡著的都不知道。

夜裡江聖卓起來去洗手間，無意間動了一下枕頭，然後就看到了那個球。

本來還睡得迷迷糊糊的人立刻清醒了，把那個小黃球捏在手裡垂眸看著。

但是他並不打算把它還給喬樂曦，上了他的床就是他的了。

包括……白天在他床上睡覺的那個。

隔天上午，喬樂曦站在江聖卓家樓下大聲叫他：「江聖卓！江聖卓！」

江聖卓睜開眼睛看了一眼手機，才不到十點！

一打開窗戶，熱浪迎面而來，他揉著腦袋問：「幹嘛？」

他唯獨對著喬樂曦才沒有起床氣。

喬樂曦對著別人時又乖巧又懂事，對著江聖卓的時候才本性全露，根本就是個任性霸道的小惡魔，而江聖卓恰恰相反，對誰都是一副放飛自我流露本性的樣子，從不遮掩，可對喬樂曦就是唯一的例外。

久而久之，所有人都知道江家四少爺對他這個小青梅不太一般，畢竟是十幾年一起長大的情分，再飛揚跋扈也是要給她幾分面子的。

喬樂曦撐著遮陽傘抬頭問：「你還沒起床啊？」

江聖卓煩躁地揉了把頭髮：「大姐啊，現在才十點！」

「十點怎麼了，你快起啦！」

「行了行了，起了起了，妳進來等吧！」

「我手機忘了拿了要回家拿，你好了來我家叫我。」

江聖卓匆匆洗了個澡，打著哈欠下樓吃早飯，驚得一眾人紛紛看他，連一向沒什麼好奇心的江聖揚都給了他一個眼神。

江母問他：「咦，今天起這麼早？」

他揉著眉心無精打采地回答：「巧樂茲說要去看一個展。」

江聖航笑哈哈地調侃著：「能讓你早起的除了地震大概就是樂曦那丫頭了。」

江聖卓沒理他，吃了兩口早飯騎著自行車就出門了。

喬樂曦坐在自行車後座上努力舉著遮陽傘：「這樣曬不曬啊？」

太陽大的刺眼，江聖卓慢悠悠地騎著，還抽空回頭看了她一眼：「不曬，妳自己撐吧。」

喬樂曦看了看他露出來的手臂，明明什麼防曬措施都沒用，那麼大喇喇地暴露在太陽底下，竟然和她差不多白，很不服氣地嘀咕：「最討厭你這種怎麼樣都曬不黑的人！不幫你撐了！」

江聖卓竟然還得意了起來：「怎麼，嫉妒啊？」

喬樂曦看著他白皙的皮膚，嘆了口氣，不得不說，有些人啊，就是特別受老天爺寵愛，羨慕不來。

她撓著他腰上的癢癢肉，惡狠狠地開口：「不嫉妒！就是覺得你特別討厭！從沒見過比你更討厭的人了！」

車子的路線歪七扭八起來，還有江聖卓的驚呼：「別撓癢！我在騎車呢，會摔車啊！小姑奶奶，我錯了還不行嗎！」

「不行！就是要撓你！哈哈哈……」

喬樂曦咯咯的笑聲傳出去很遠，那種無憂無慮的開心隨著笑容溢出，伴隨著江聖卓的求饒輕哄，灑滿了整個夏季。

也許這就是青春吧。

曬到要融化的夏天，大到刺眼的太陽，陰涼斑駁的樹影，帶著陽光和肥皂味道的白T恤，幾句半真不假的反話，一個妳喜歡他他也喜歡妳的少年騎著自行車慢慢悠悠地載著妳，漫無目的地走在馬路上，空氣中除了蟬鳴和微風，還有他身上淡淡的沐浴露的清香，沒有煩惱沒有憂愁，妳們偶爾聊幾句，不說話的時候就聽他哼歌，說不過他的時候，還可以打他，他永遠不會還手，妳知道他是那個怎麼樣都罵不走、打不跑的……青梅竹馬，就像從小一起長大那樣，還可以這樣過幾十年，手牽手一起走下去。

那些最溫暖的歲月裡，都有你，那些最美好的時光裡，都是你的名字，我的青梅竹馬。

番外二　時光以你為名

高二一開學就因為文理分組而重新分了班，分班後的第一次月考也很快就到了。月考成績出來後的一週。

一大早，喬樂曦剛踏進教室就聽到鬧哄哄的討論聲，她坐在靠近後門的倒數第二排，穿過大半個教室，從門口一路走到座位，把八卦聽得差不多了，坐下後放下書包，轉頭問斜後方的葉梓楠：「那隻花蝴蝶真的要轉到理組班來啊？」

葉梓楠正低頭補前一天的作業，心不在焉地敷衍她：「不知道啊。」

喬樂曦盯著他不說話。

葉梓楠嘆了口氣，終於抬起頭來，很鄭重誠懇地看著她：「我真的不知道。」

「好吧！」喬樂曦轉過頭去，小聲嘀咕了一聲，「反正我也不關心。」

接下來的幾天，無論喬樂曦走到哪裡都會聽到有人討論文組班的扛霸子怎麼忽然要轉到理組班的事情。

恰好她那幾天沒見到江聖卓，所以也沒機會當面求證，等她再次見到江聖卓時，他竟然真的轉來了理組班，還轉來了她這個班。

國文課上，老師讓前後桌四人一組討論，喬樂曦轉過去，明目張膽地和江聖卓閒聊。

「你為什麼轉到理組班來啊？你不是說文組班美女多嗎？」

「我還不能換個口味了？」

「那你來我們班幹嘛啊？去施宸他們班不好嗎？」

「妳們班美女多啊！施宸那班是遠近聞名的和尚班啊。」

「你……」

他的歪理一大堆，喬樂曦說不過他，轉頭對葉梓楠發難：「葉梓楠！你為什麼不提前跟我說一下！」

葉梓楠很無辜，痛苦地捂住臉：「我也是剛剛才知道啊，這個人做決定，什麼時候會找人商量的啊？」

喬樂曦點點頭，很是贊同：「也是。」

於是兩人閒聊變成了三人閒聊，而他們周圍唯一的一個乖學生就是喬樂曦的鄰座同學吳川了。

他縮在角落裡瑟瑟發抖，小聲打斷他們：「我們還是討論一下題目吧，萬一老師等一下提問怎麼辦啊？」

三個人俱是一副理所當然的樣子，異口同聲地回答他：「臨場發揮啊！」

說完又繼續剛才的話題。

吳川想哭，他沒有這個技能啊。

對於江聖卓轉到理組班這件事，最高興的莫過於班導師李老師和班裡除了喬樂曦之外的全體女生了。

李老師一直都知道江聖卓這個長得過分好看的男孩子，也知道沒分組前他和喬樂曦的成績不相上下，這樣一個學霸轉到自己班上，他真是求之不得。再加上葉梓楠，他便有了這個年級的三張王牌，每次上課看到角落裡那個黃金三角，他就感到一陣欣慰。

而女同學們則是擁有了無數和江聖卓接近的機會，一下課就湊到他旁邊和他聊天。

喬樂曦坐在自己的座位上，吹著泡泡糖研究自己的手相，她不知道教室的這個角落什麼時候變成人人趨之若鶩的風水寶地了。

她微微歪頭往後看了一眼，歪歪斜斜套著校服的少年也不好好坐著，只用了後面兩條板凳腿著地，坐在那裡晃啊晃的，臉上還掛著懶懶的笑，那雙桃花眼微微彎起，一副招人的樣子。

自從她認識江聖卓以來，他就是這麼……來者不拒，一點少年的清冷疏離都沒有，就連葉梓楠都還會偶爾高冷一下，他只知道對人笑啊笑啊笑啊笑，早晚會笑死！

這樣也就算了，最關鍵的是找他的女同學們找的藉口還真是……

「江聖卓，你能幫我看看這題嗎？」

喬樂曦聽到這裡便愣住了，然後就開始拍著桌子大笑，她們真的以為江聖卓那個傢伙是個會讀書的人嗎？

下一秒，江聖卓就踢了踢她的椅子。

喬樂曦收起笑容，兇神惡煞地轉頭質問：「幹什麼？」

江聖卓拿下巴示意她看桌面上的習題本：「這題怎麼做啊？」

喬樂曦看也沒看習題本一眼，只是一臉詫異地盯著他看：「你腦子壞了？」

江聖卓抬手扯住她的頭髮：「妳腦子才壞了呢！」

喬樂曦好不容易把自己的頭髮從他的魔爪中解救出來：「腦子沒壞，你竟然會問問題？」

江聖卓一張嘴就開始胡說八道：「我愛讀書不行嗎？」

「噗！」

這下不止喬樂曦，連葉梓楠都沒忍住笑了出來。

喬樂曦瞄了葉梓楠一眼，得意揚揚地調侃江聖卓：「看到了嗎？這種話說出來，連你兄弟都不信。」

江聖卓瞥了葉梓楠一眼，葉梓楠忍笑忍得全身顫抖，拿著杯子站起來：「你們聊，我去裝水。」

江聖卓還是一本正經的討教模樣：「妳這個人怎麼一點都不知道友愛同學呢？妳告訴我怎麼做不行嗎？」

喬樂曦看到他裝模作樣就生氣：「不會！」

他還槓上了：「不會我教妳啊。」

喬樂曦瞪他：「不想學！」

江聖卓旁若無人地和喬樂曦胡扯，而問問題的女生則被尷尬地晾在了一旁。

兩人吵吵鬧鬧，直到上課鐘響起才暫時休戰，圍在江聖卓身邊的女生們依依不捨地回了座位。

喬樂曦一直覺得江聖卓再招蜂引蝶也和自己沒關係，她坐旁邊看熱鬧就行了，畢竟讀書是一件很枯燥的事情，需要八卦和熱鬧調劑一下，誰知竟然還殃及她身上，陸陸續續的有女生來問她可不可以和她換座位。

下課時，她正低頭看雜誌，眼前一暗，隨即響起一道遲疑的聲音。

「喬樂曦，我能和妳換個座位嗎？」

這都不知道是第幾個了，喬樂曦煩得不行，頭都沒抬，指指後面那位：「因為他？」

女生紅了紅臉。

喬樂曦點點下巴，若有所思：「我問妳哦，江聖卓這傢伙的行情這麼好嗎？」

女生立刻兩眼放光：「妳不知道流傳最廣的那句話嗎，×中三分春色……」

「知道知道，×中三分春色，江聖卓自己就占盡一半嘛！占盡春色最風流。」喬樂曦說完又小聲嘀咕著，「不知道是風流還是下流……」

女生靦腆地笑了笑。

喬樂曦想了一下，抬起頭很認真地建議她：「那妳和葉梓楠換多好啊，坐他旁邊，更近。」

那個女生的臉又紅了紅，不好意思地開口：「可是我也想離葉梓楠近一點啊。」

天哪！

喬樂曦在心裡哀號一聲，小時候還不覺得，怎麼一到青春期，她身邊的人都這麼受異性歡迎呢？也不知道自己的同學都是一群什麼樣的人，色慾熏心坐享齊人之福？

她嘆口氣，看在人家這麼誠實的分上答應了：「行，換吧！」說完她開始收拾東西。

「不行！」

「不行！」

身旁和身後兩道反對的聲音同時響起。

喬樂曦看看後面的江聖卓，又看看同桌吳川。

吳川抬手扶了一下眼鏡，結結巴巴地開口解釋：「我……我還要問妳不會做的題呢，妳走了我問誰啊。」

這理由倒是有理有據冠冕堂皇啊。

後面的那位明顯就霸道獨斷多了，懶洋洋地吐出來五個字：「總之不許換。」

喬樂曦回頭看他：「為什麼？你又不會找我問問題！」

江聖卓一隻手撐在下巴上，一臉的理所當然：「因為妳上課坐得又直又端正啊，恍著神一坐一節課，穩如泰山，這樣我睡著的話，老師就看不到了！」

喬樂曦上去就是一巴掌：「閉嘴！我明明是在好好聽課順便思考問題！」

江聖卓樂不可支：「妳就好好騙妳自己吧，呵。」

喬樂曦被氣得火冒三丈，想要換座位的女生滿臉通紅地擺擺手：「算了算了，樂曦，我不換了。」說完就逃回了自己的座位。

喬樂曦心中的那把火愈燒愈烈，頗有燎原之勢，一直持續到放學，她都沒再和江聖卓說一句話。放學路過車棚的時候，喬樂曦對著他那輛招搖的腳踏車狠狠地踹了兩腳才解氣。

隔日，江聖卓難得來得早，他從後門進來，把喬樂曦的腦袋一把按到了桌上的英文課本上才放手。

喬樂曦正對著英文單字昏昏欲睡，被他的突然襲擊嚇了一跳，扶著腦袋轉頭瞪他：「你再碰我的頭，我就真的翻臉了！」

江聖卓把書包扔進抽屜裡：「誰叫妳踹我的車！」

喬樂曦冷笑一聲：「誰說是我踹的？自行車自己告訴你的？」

江聖卓學著她的樣子，也冷哼了一聲：「妳也不出去打聽打聽，全校除了妳，誰敢動我的車？」

喬樂曦咬著唇瞪他：「哼！」

葉梓楠抱著籃球進來：「你們幹什麼呢，一大早就開嗆。」

「她踹我車！」

「他按我頭！」

兩人異口同聲地向葉梓楠控訴。

這種官司根本扯不清，葉梓楠神色複雜，對自己剛才的踩雷行為表示道歉，他扔了籃球舉起雙手投降：「好好好，當我什麼都沒問，你們繼續，繼續啊……」

「懶得理他！」

「懶得理她！」

江聖卓和喬樂曦互睨一眼，各自翻了個白眼轉過頭去。

明明早上還相看兩相厭的兩個人，上了兩節課就恢復了邦交。

快上第三節課的時候，喬樂曦忽然一臉十萬火急的模樣轉向後桌，猛推正在睡覺的某人：

「江蝴蝶！江蝴蝶！」

江聖卓驚醒，抬起頭的時候還一臉茫然：「怎麼了？」

葉梓楠用餘光瞟了兩人一眼，勾唇笑了笑。也只有這個喬大小姐敢在這個江小少爺睡覺的時候推他，誰不知道江聖卓睡覺被吵醒的話是要屠城的？這兩人也是有意思，從小就這樣，翻起臉來比誰都凶狠，一轉臉就不記仇地開始嘻嘻哈哈。

喬樂曦急得臉都紅了：「生物老師上節課出的作業，我忘記寫了！」

江聖卓一臉無所謂，趴下繼續睡，嘴裡還不清醒地嘀咕著：「我還當出了什麼大事，沒寫就沒寫唄，我也沒寫。」

喬樂曦抓著他的手臂不讓他睡：「不行！我是好學生！不能不寫作業！你快去九班幫我借一份！」

江聖卓閉著眼睛問：「妳怎麼不自己去？」

喬樂曦很是理所當然：「九班喜歡你的女生多啊，你去借她們肯定都樂意借給你！你快去！快去啊！」

江聖卓被她晃得頭都暈了，不耐煩地低吼了一聲站起來，胡亂抹了抹臉：「去去去！真是欠了妳的！」

喬樂曦還不放心地叮囑：「你借個字和我寫得像的啊！」

沒過多久，喬樂曦就從後門看到，九班一群女生舉著作業本圍著江聖卓讓他挑，那架勢跟皇上翻牌子找妃嬪侍寢似的。

很快江聖卓便拎著兩本作業回來扔她面前：「自己挑吧。」

喬樂曦很誠懇地表示了感謝，並承諾週末請他吃飯。

江聖卓不置可否地扯了扯嘴角，趴在桌子上繼續睡。

生物老師是位一腳踏入更年期的小老太太，長期陰晴不定喜怒無常，一嘮叨起來沒完沒了，念得人頭都大了，沒有學生敢招惹。

一上課就開始查作業，遇到作業沒寫的就把人罵得狗血噴頭，查到這邊看到江聖卓便開始嘆氣：「知道你成績好，可作業你偶爾也要寫一寫，我的作業你從來沒寫過！你看看喬樂曦，人家的成績也很好啊，每次都考第一，但人家的作業從來沒有忘記寫！」

葉梓楠憋笑憋得臉都紅了。

江聖卓沒說話，在桌下狠狠地踢了一下喬樂曦的椅子。

喬樂曦那叫一個心虛啊，低著頭不敢有反應。

老太太還在喋喋不休地念著，江聖卓忽然開口打斷她：「知道了，韓老師。」說完彎著眉眼對她笑了笑。

乾淨漂亮的男孩子一笑起來，沒人會忍心罵他，老太太嘆口氣：「下午放學前把作業補完送到我的辦公室。」

說完轉身去查另一排。

全體同學看得目瞪口呆，在心裡又服氣又嘆氣。就這麼輕易放過他了？唉，原來盛世美顏還是治療更年期的良藥啊。

下了課，江聖卓一臉不情願地照著葉梓楠的答案往作業本上抄寫。

葉梓楠笑得不能自已。

江聖卓邊抄邊睨他一眼：「笑笑笑！有那麼可笑嗎？」說完扔了筆，皺眉看著他，開始遷怒，「葉梓楠！憑你的實力會考不過那個丫頭嗎？憑什麼每次都讓她考第一？」

葉梓楠瞬間斂了笑：「我不敢……」

江聖卓一臉疑惑：「有什麼不敢的？她會咬你啊？」

葉梓楠嘆了口氣，無奈地看著他：「你還有臉說，小學三年級，有一次考試我考了第一名，喬樂曦哭了整整一天，結果我被她兩個親哥哥喬燁和喬裕，加上你三個哥哥江聖謙、江聖航、江聖揚，還有你！六打一，我就這樣被你們連打了三天！你們這些哥哥遇上這個妹妹的事情，是沒有人性的！有你們這六個哥哥為她保駕護航，從那之後，但凡有她在，我就沒膽子考第一。」

「是嗎，還有這事？我怎麼一點都沒有印象……」江聖卓忽然心虛，語氣也變了，「呵呵，考試這種事嘛，隨便考考就行了，考第幾不重要的，你不要放在心上。」

葉梓楠不屑地對他假笑。

江聖卓不敢再提這事，閉了嘴老老實實地抄作業，沒寫幾行就煩了，扔了筆出去和一群男生站在走廊上閒聊。

喬樂曦和孟萊從洗手間出來，還沒走到教室門口就感覺孟萊猛地扯她的手臂：「欸欸欸，是江聖卓耶！」

喬樂曦無力吐槽，抬頭看了一眼，他正靠在教室門口的欄杆前和幾個男生說話，不知他們在聊什麼，他一副興致缺缺的模樣，卻忽然轉頭往她們這個方向看過來，繼而笑了一下，整張臉都生動了起來。

妖孽！

喬樂曦邊腹誹邊草草地環視了一圈，周圍女生的視線多多少少都落在他身上，特別是他一笑，幾個女孩子興奮得臉都紅了。

她又看了一眼旁邊同樣犯花癡的孟萊，嘆口氣，真是男色當道世風日下啊。

孟萊緊緊抓著她的手臂，興奮地問：「他是不是在對我笑啊？是不是啊？」

喬樂曦對孟萊笑了笑：「妳慢慢看，我先回教室了。」

她才剛坐下，江聖卓就跟了進來，斜倚在她的桌子上跟她說話。

「我說妳這人怎麼過了河就拆橋呢，我跟妳打招呼，怎麼不理人呢，下次不幫妳借作業了。」

喬樂曦也沒看他，皺皺鼻頭：「我哪知道你是在對我笑啊，我還以為你在對孟萊笑呢。」

江聖卓輕哼一聲：「胡說八道！我對她笑幹什麼？」

喬樂曦忽然笑了，仰眸看他：「人家長得好看啊，你不是說過嗎？孟萊大概是整個年級裡唯一能看的了。」

江聖卓摸著下巴回憶：「我有說過這話嗎？」

「也是，某些人整天招蜂引蝶的，大概早就挑花眼了，哪能每個都記得。」

「妳怎麼陰陽怪氣的？」

「有嗎？看來你不止眼花，耳朵也有毛病。」

「喂！」

「不願意聽就走開啊，沒人求著你聽。」

江聖卓慢慢站了起來，一摔門就出去了。

葉梓楠看看空蕩蕩的門口，又看看前方挺直僵硬的背影，嘆口氣，慢悠悠地開口：「妳這又是何必呢？說妳聰明吧，有時候也傻得厲害。妳也不想想，妳和江小四從小玩到大，十幾年的情分了，還能騙人？別說一個孟萊了，就是十個八個也沒用。她一個外人，怎麼和妳比啊？」

喬樂曦半天都沒有反應，過了許久才輕聲低喃著：「十幾年的情分……也不知道是什麼情……」

江聖卓直到上課都沒回來，化學老師一進來就看到後排空著的座椅：「喬樂曦，妳後面坐的是誰啊？」

喬樂曦皺眉，問我幹嘛？

「江聖卓。」

「他去哪裡了？」

「不知道。」

化學老師又轉頭去問別人：「葉梓楠，你同學呢？」

葉梓楠趕緊穩住：「老師，他下課打球扭到腳了，去保健室了。」

喬樂曦扭頭看他一眼，動了動嘴唇：「謊話精。」

葉梓楠氣不打一處來，連做了幾個深呼吸。

我這是為了誰？為我自己嗎？還不是為了你們！沒良心！惹禍精！

化學老師也沒細究：「好了，那不等他了，我們先上課吧。」

兩人一連幾天都沒說話，連吳川這個反射弧巨長的物種都看出兩人不對勁了。

下課休息時間，他推了一下眼鏡，看了一眼後排睡覺的人，小聲問：「喬樂曦，妳和江聖卓怎麼了？」

喬樂曦一手撐著下巴一手握著筆，正不用腦子地抄著文言文，心不在焉地應了句：「沒怎麼啊，你不是挺討厭他的嗎，問這幹嘛？」

「我沒有討厭他啊。」

「怎麼，這麼快就被俘獲了，一點氣節都沒有，不是應該寧死不屈的嗎？」

吳川不好意思地笑了下：「其實相處久了，就會發現江聖卓這個人還是挺好的。上次體育課，為了籃球場地的事，有幾個別班的人欺負我，還是他幫的忙。」

「是嗎？」喬樂曦依舊無精打采的，懶懶散散地評價，「那可能是你們相處得還不夠久，你還不夠了解他，等再久點，你就會發現這個人挺欠揍的，和人好沾不上邊。」

「……」

這下吳川大概知道了，江聖卓肯定是得罪喬樂曦了，不然喬樂曦不會這麼毒舌。

兩人正說著，班導師從教室前門走了進來，敲了敲黑板揚著聲音提醒了一句：「重申一遍啊，這週五下午的家長會記得通知家長準時參加，這次家長會是分組以來的第一次家長會，很重要，必須讓爸爸或者媽媽來，聽到了沒？」

下面稀稀疏疏地回答著：「聽到了……」

班導師發飆，用力敲了敲黑板：「聽到了嗎？」

下面立刻變成了整齊響亮的回答：「聽到了！」

班導師交代完才從前門走出教室，孟萊就從後門摸了進來，坐到喬樂曦旁邊：「欸，妳們班導師也在說這事情啊，我們才剛說完，樂曦，家長會是妳爸來，還是妳媽來啊？」

喬樂曦低頭看著書，半天沒翻頁：「不知道。」

孟萊尚未察覺到她的不對勁，歪著頭說著：「開過這麼多次家長會，我還沒見過妳爸爸媽媽呢，這次正好見一見！」

喬樂曦勉強應著：「到時候再說吧。」

「樂曦，妳媽媽是做什麼的啊？」

葉梓楠一進教室就聽到這兩句，心裡一緊，喬家的那些事在大院裡也不是什麼祕密。從她媽媽走了之後，她和她爸爸的關係就一直不太好，能不說話就儘量不說話，能說一個字就不會說兩個字。她的家長會一般都是她外婆、外公那邊派人過來開。他剛想開口去岔開話題，原本在桌上趴著睡覺的江聖卓忽然發火，拔高的聲音裡滿是不耐煩：「煩不煩啊，還讓不讓人睡覺了？」

喬樂曦沒動，孟萊轉頭看了一眼，壓低聲音繼續剛才的話題：「最好啊，妳媽媽能來，這樣……」

聲音再次被打斷，江聖卓直接站起來拍桌子，眉頭緊皺：「到底有完沒完？」

他的動靜有些大，整個教室的人都安靜了，往這邊看了過來，氣氛有些尷尬，好在是下課，教室裡的人也不多，葉梓楠笑著安撫大家：「他沒睡醒的時候脾氣特別大，大家別介意啊。」

大家當然不介意，又不是吼他們的。

倒是孟萊都快哭了，臉紅紅的，眼睛也紅紅的，又是窘迫又是惱怒。喬樂曦看她一眼，安撫著：「快上課了，回去吧，我有時間了去找妳玩。」

孟萊瞪了江聖卓一眼，跑出了教室。

葉梓楠回到座位上，碰碰趴在桌上裝睡的江聖卓，小聲開口：「行了，人走了，不用裝了。」

江聖卓頭都沒抬，只說了兩個字：「話多。」

也不知道是在說葉梓楠，還是在說孟萊。

接下來的一整節課，喬樂曦都保持著同一個姿勢，一整堂課一動也不動。

江聖卓坐在後面看著她的背影看了一節課。

難得他一放學就回了家，一進家門便直奔廚房，江母還奇怪：「你今天怎麼回來得這麼早？」

江聖卓沒接話：「媽，這週五的家長會……」

江母打斷他：「你不是說過了嗎，你爸說他親自去！媽媽不能幫你了，唉，你最近是不是在學校調皮搗蛋了，怕老師告訴你爸？」

江聖卓皺眉：「不是這個！這週五的家長會，您能不能去幫巧樂茲開啊？假裝是她媽媽。」

江母擦擦手，推著江聖卓從廚房出來：「為什麼啊？」

江聖卓一臉苦惱：「哎呀，之前都是她外婆、外公派人去開，這次學校規定必須要父母參加，聽說她爸去外地開會了，回不來，那她怎麼辦？」

江母有些猶豫：「這樣不好吧……老喬知道嗎？」

江聖卓想喬樂曦大概沒跟他爸說，想了一下才回答：「應該不知道……」

「唉，你說老喬也是……多好的小姑娘啊，也不……」江母嘆了口氣，「唉，不說了不說了，晚點啊，我讓你爸打個電話給喬伯伯，還是跟他說一聲。」

江聖卓勾起唇角：「那您是答應了？到時候您和我爸在學校遇見，可別穿幫了啊。」

江母點頭：「知道了，出去玩吧。」

晚上江母把這事跟江父簡單地說了一下，江父就打了個電話給喬柏遠。

掛了電話之後，江父的心情看上去很不錯，倒是難得地誇起人來：「我兒子還真是有情有義。」

江母在一旁逗他：「那就麻煩你下次再打你兒子的時候，也有情有義一點。」

江父聞言笑了笑。

喬樂曦忐忑了好幾天，週五還是到來了。

陸陸續續來了不少家長，她拎著書包站在教室門口拖拖拉拉不肯走。

一抬頭看到江母從走廊那頭走過來，她轉頭看了看教室裡坐著的江父，正奇怪怎麼兩人都來了，剛想叫人：「江……」

江母立刻走近了一步，握住她的手出聲打斷：「樂曦啊，路上有點塞車，媽媽來晚了，還沒開始吧？」

她腦子一片茫然，江母一直對她使眼色，她只能接著往下演，搖搖頭：「沒……」

江母笑了笑：「那就好，妳先回家吧，媽媽開完家長會就回去。」

喬樂曦僵硬地點點頭，看著江母進了教室，坐到了她的座位上。

這到底是什麼情況？

孟萊從身後拍了她一下，探著腦袋往教室裡看：「樂曦，那是妳媽媽啊，長得好漂亮好有氣質啊！」

周圍幾個看了半天的女生也湊了過來：「是啊是啊，看上去好年輕啊！」

喬樂曦扯出一抹艱難的笑，心虛地應了一聲，心裡腹誹，能不漂亮嗎？不漂亮能生出江聖卓那個妖孽嗎？

喬樂曦拎著書包心事重重地往家走，走著走著竟然走到了江家樓下。

她繞了半圈，走到江聖卓房間下面，也不管他有沒有在家，扯著嗓子叫了聲：「江聖卓！」

那扇窗戶依舊緊閉。

她吸了口氣，閉著眼睛又叫了一聲：「江聖卓！」

還是沒人回應。

當她又吸了口氣，打算喊第三聲的時候，身後忽然傳來一道男聲：「別喊了。」

她嚇了一跳，那口氣嗆進氣管，下一秒就開始撕心裂肺地咳了起來。

她邊咳邊轉身，看到江聖卓抱著籃球站在幾步之外。

江聖卓拍了幾下籃球，挑眉看她：「找我？」

她忽然有些窘迫，其實她也不知道為什麼要來找他。

她輕咳一聲：「那個……」

江聖卓似笑非笑地看著她：「哪個？」

喬樂曦鼓起勇氣看著他的眼睛，很誠懇地開口：「家長會的事……謝謝啊。」

江聖卓輕呵了聲：「什麼時候這麼客氣了？」

喬樂曦咬唇瞪他：「江聖卓，你好壞啊！我都來哄你了，你還想怎麼樣？」

江聖卓勾著唇角壞笑著，神色晦暗不明：「我想怎麼樣就怎麼樣，妳管得著嗎？」

桀驁不羈的模樣一出來，喬樂曦也不想理他了，拖著書包轉身回家。

江聖卓涼涼地叫住她：「去幹嘛啊？」

喬樂曦拿同樣的話堵他：「我想幹嘛就幹嘛，你管得著嗎？」

江聖卓伸手拉住她，依舊繃著一張臉，可語氣卻緩和了不少：「來我家吃飯吧，今天我三哥煮飯。」

喬樂曦歪著頭瞄他一眼，展顏一笑：「好啊！」

她本來就是來哄他的，既然他這麼給面子地服了軟，她也就趕快順著臺階下，誰知這麼一下卻又進了一個坑。

她忘了，今天是江父去開的家長會，江聖卓哪裡會那麼好心那麼容易原諒她，他根本就是仗著她在想逃過一場打。

她在答應前就應該多嘴問一句，為什麼是江聖揚做菜？

那麼江聖卓就會告訴她，是為了慶祝家長會後他的那頓打。好在他聰明，在門口撿了個免死金牌回家。

家長會終於過去了，江聖卓也就沒有再裝乖學生的必要了，才幾天就耐不住寂寞，開始原形畢露。

上課睡覺，下課打球，偶爾還打打架，作業更是從來不寫，頑劣得嚇人，可每次考試那分數也是高得嚇人。

週四下午自習課，一上課就聽他低聲慫恿著葉梓楠蹺課去打籃球。

「到底去不去啊？」

「我說你這破題目有什麼好寫的啊？你是不會還是怎麼樣？」

「去去去，等我寫完這題。」

「這是作業啊！馬上就寫完了。」

「別寫了別寫了，想寫考試的時候再寫！我去籃球場占場地，你去叫施宸！」

「你打電話給他不就行了？」

「沒人接，我覺得他的手機應該又被沒收了。」

「……」

兩人坐在後面滴滴咕咕了半天，等喬樂曦做完數學考卷才發現安靜了很多，一回頭，果然後面兩個座位都空了。

她也開始心癢，大好的時光啊，為什麼要浪費在一張張的考卷上啊？

她彎著腰偷偷摸摸地溜出了教室，臨走前吳川還阻止她：「好學生是不能蹺課的。」

喬樂曦把考卷貼到他臉上：「好學生快好好做試卷，自習課不許講話。」

她溜到孟萊的教室門口，傳了訊息給她，孟萊很快也溜了出來，兩人翻牆出去逛街吃甜品。

可剛逛到一半，就接到了葉梓楠的電話，喊她江湖救急去撈江聖卓。

她嘆口氣，匆匆忙忙地去江家演戲。

撈是順利撈出來了，不過還是有些後遺症的。

第二天剛結束早自習，江聖卓就扯了扯她的頭髮：「巧樂茲，借我點零用錢。」

喬樂曦扭頭看他，眉眼一彎：「幹嘛？又被經濟制裁了？」

江聖卓沒精打采地點點頭：「嗯……」

喬樂曦：「因為昨天的事？」

江聖卓繼續點頭：「嗯……」

她沒忍住，幸災樂禍地笑起來：「活該！」

江聖卓睨她一眼：「妳借不借？」

「借錢還那麼凶！」喬樂曦把錢包裡的幾張大額紙鈔都給了他，「只有這些了，月底了，地主家也沒餘糧了。」

江聖卓一張張塞進自己錢包裡，嘴上還在出餿主意：「找妳哥要啊！妳有兩個哥呢！」

喬樂曦冷哼：「你還有三個呢！你怎麼不找你哥要？」

「唉……」江聖卓嘆了口氣，抬頭望天一副一言難盡的樣子，「我那三個哥哥啊……大哥已經被我搜刮得差不多了，再說他也到談戀愛的年紀了，我總要給他留一點不是嗎？二哥就是個擺設，他那種強盜型人品，不搶我的就不錯了；三哥啊，三哥是個扮豬吃老虎的貨色，我跟他借零用錢，他竟然還收我利息！沒人性！」

喬樂曦嘖嘖兩聲：「真可憐……有三個假哥哥……」

江聖卓一頓，開始思索：「如果我有三個姐姐的話……」

喬樂曦看他又開始亂想，懶得理他，提醒了一句：「不準花在別的女生身上！」

江聖卓又看她一眼：「哼哼，我自己都不夠呢，幹嘛給別人花，迄今為止，我只在妳身上花過錢！」

「胡說八道！我什麼時候花過你的錢？」

「妳還敢說啊，上個月不知道是誰敲詐了我兩張演唱會的門票？」

「……那是特殊情況，百年難遇一次，你就當積德行善了。」

「……」

連假馬上就要到了，各科老師跟不要命似的出作業，一到下課時各科考卷滿天飛。

喬樂曦趁空檔轉過身，裝模作樣地開口：「哎呀，放假老是待在家裡好無聊啊。」

江聖卓正把一張張考卷折成飛機：「不是說要帶妳打遊戲嗎？」

喬樂曦咬唇：「我不想玩遊戲。」

江聖卓下意識地接話：「那妳想幹什麼？」

喬樂曦見目的終於達到，飛快地說出自己的計畫：「我們去西藏吧？」

一看就是早有預謀，江聖卓嗅到一絲危險的氣息，立刻拒絕：「不去！」

喬樂曦半個身子都探了過來：「去嘛去嘛！」

「妳們家能同意妳去？」

「所以我們兩個偷偷出發啊！」

江聖卓伸手捏了捏她的臉，惡狠狠地問：「我最近得罪妳了嗎？」

喬樂曦使勁掙扎出來：「沒啊，怎麼了？」

江聖卓自嘲地笑了一聲：「那妳這麼整我？我要真的和妳去了西藏就不用回來了，在西藏出家就行了，反正回來也是被打死。」

喬樂曦還氣他，點點頭：「我覺得不錯。」

江聖卓把她的臉推到一邊，繼續折飛機：「切。」

喬樂曦鍥而不捨：「去嘛去嘛！」

江聖卓態度堅決：「不去！」

喬樂曦看他不動搖，皺著眉瞪他一眼，把他的紙飛機一把揉成紙團，又面帶希冀地笑著看向葉梓楠。

葉梓楠嚇得手一抖，立刻從後門逃了，他可不想再重溫一遍六打一了！

只有隊員跑路了，喬樂曦只能再回來爭取江聖卓，既然利誘不行，那只能威逼了。

她拍拍桌子：「還錢！」

「……沒錢。」一提起這個，江聖卓就氣短，「要不我幫妳寫作業抵債？」

喬樂曦誇張地笑起來：「哈哈哈，真是笑死人了，你自己的作業都不寫好的人還幫我寫作業？鬼才信！」

江聖卓無奈地看她一眼：「那妳想怎麼樣啊？」

喬樂曦笑嘻嘻地開口：「跟我去西藏！」

江聖卓翻了個白眼：「妳複讀機啊，不去！」

「為什麼啊？費用我出！」

「我還不想死……被妳爸和妳的兩個哥哥知道了，我還有活路嗎？我們家老爺子都不可能放過我。」江聖卓邊說邊捂住心口，表情浮誇，「想想都覺得可怕。」

喬樂曦的小臉又垮了下去：「那就還錢！」

江聖卓抓狂：「妳怎麼來來回回就是這幾句啊？」

喬樂曦把桌上的紙飛機一個個破壞掉，嘴裡不停地念著：「還錢還錢還錢！」

江聖卓候補兩個字：「沒錢！」

喬樂曦恨不得掐死他：「你有沒有點義氣啊？！」

江聖卓投降：「我的大小姐，妳不是要義氣，妳是要我的命啊！」

「……」

喬樂曦倏地轉了回去，直到放學還氣鼓鼓的。

別人都因為放假興奮得不行，她反而一副半死不活的模樣。

江聖卓抬腳踢踢她的椅子：「巧樂茲，走啊。」

喬樂曦不想和他說話：「我收一下書包，你先走吧。」

江聖卓看她什麼都往包裡塞就頭疼：「收拾什麼啊，妳帶那麼多書幹嘛，又不看！」

喬樂曦回頭瞪他，她總要裝裝好學生的樣子啊！

江聖卓微微笑著，滿臉戲謔地拆臺：「好吧好吧，帶帶帶！都帶著啊！等一下拎不動了我幫妳揹。這桌子要不要也一起幫妳扛回去啊？」

喬樂曦手裡的作業本下一秒就飛到了他身上：「你怎麼那麼討厭？」

「討厭」的江聖卓拎著她那個重得要死的書包做了一路的苦工，也沒見這個大小姐給他一個笑臉，他嚴格遵守一項基本原則，只要不讓他和她去西藏，要他做什麼都行。

兩人快走到家的時候，前方的十字路口轉進來兩個人，在兩人前面步伐緩慢地邊走邊聊。

「聽說了嗎？有人幫喬書記牽紅線，介紹了錢老爺的女兒，還是錢老爺的女兒主動提的。」

「哪個喬書記？」

「還有哪個啊，柏遠書記啊。」

「哦哦，也是，喬家的幾個孩子也大了，柏遠書記也該操心操心自己的事了。喬家的小女兒馬上要高中畢業了吧？」

「是啊，柏遠書記可真是看不出來年紀有那麼大，保養得真好。」

「那還用說，我聽我媽說，他當年可是我們大院裡出名的美男子呢，你看喬家三個孩子也都長得漂漂亮亮、乾乾淨淨的，基因好啊。」

「……」

江聖卓聽得膽戰心驚，恨不得上去捂住那兩個人的嘴，再看看旁邊停下不走的人，他心裡忍不住罵了句髒話。

喬樂曦聽到喬柏遠的名字便渾身一僵愣在原地，垂著眼睛盯著地面，半天都沒說話。

江聖卓小心翼翼地看著她，眼看她的臉色越來越難看，半晌，他終於心一橫下定決心，大不了捨命陪君子，輕咳一聲：「那個……要不然我們兩個去西藏吧？」

喬樂曦依舊冷著一張臉，但總算有點反應了，雖然只是淡淡地掃了他一眼。

江聖卓心裡一慌，心想完了，連去西藏都哄不好，要不要再加點籌碼，就看到她自己沒忍住，喜笑顏開地往家裡奔，還丟下一句話。

「趕快回家收拾行李！明天一早我家門口見！誰不來誰是狗！」

「妳的書包不要了？」

「不要了不要了！」

看她那副迫不及待的樣子，江聖卓的面部表情有些扭曲，在心裡嘲諷她，剛才也真忍得住。

他幽幽地嘆口氣，再低頭看看自己的腿：「我這條狗腿怕是保不住囉！」

兩人的膽子也真的很大，留了張字條就不見了蹤影。

一切都很順利，他們也玩得很開心，只是沒想到會在回程的前一天遇上暴亂。

當時兩人正在一家飯館吃飯，忽然聽到一聲巨響，緊接著便是刺耳的尖叫聲，打砸的聲音接連不斷地響起。

喬樂曦扔了筷子一下子就躥到了江聖卓身邊：「江聖卓！」

江聖卓的臉上是百年難見一次的正經嚴肅，握著她的手將她護在身邊。

餐館裡的人爭搶著往外走，江聖卓下意識地把她護在懷裡也往外走：「別怕別怕，我在我在。」

他怕別人擠到她，把她半擁在懷裡，喬樂曦一抬頭就看到他淡青色的下巴。

他大概並不知道自己在說什麼。

察覺到她的視線，他低頭看過來，微微挑眉似乎在問怎麼了。

她笑著搖了搖頭。

江聖卓敲了一下她的額頭：「還傻笑！我們遇到大事了！」

事情遠比他們想像得要嚴重得多，整條街都亂糟糟的，喬樂曦根本不記得兩人是怎麼回到飯店的。直到進了房間，她才感到一陣後怕，天一黑她就更慌了，賴在江聖卓的房間裡不肯走。

江聖卓拿手機看了一下網路上的新聞：「快回去睡覺吧，我們這裡應該沒事，妳鎖好房門，誰敲門都別開，我找妳會打電話給妳的。」

喬樂曦坐著沒動：「我、我害怕……」

江聖卓還一臉戲謔地逗她：「喲，害怕？妳不是膽子挺大的嗎？還知道害怕？」

喬樂曦索性開始耍無賴，仰面躺在床上：「我不管，反正今天我就睡在這裡了。」

比耍無賴誰能比得過江聖卓，他一歪身子也在床上躺下了，還擺了個大字：「我也不管，我也睡這裡了。」

兩人離得有些近，他的小腿順勢搭在了她腿上，房間裡忽然一靜，氣氛開始走向曖昧，喬樂曦心頭一跳便開始推他。

「你不能睡床上！你去睡地上！」

「大小姐，這是我的床！」

「那你也不能睡這裡！」

「那算了，妳睡這裡吧，我去妳房間睡總行吧？」

「不行……你睡床上，我睡地上行了吧？」

江聖卓妥協：「我服了！妳睡床吧！我睡地上！」

他翻身從床上站起來，去櫃子裡抱了兩床被子出來，全部鋪在床邊的地毯上，一邊鋪還一邊嘀咕：「本少爺什麼時候打過地鋪？還不是為了妳！妳也沒有對我好一點……」

「我哪裡對你不好了？我的零用錢都給你了！」

「說得老子好像是吃軟飯的一樣。」

喬樂曦還想說什麼，房間裡的燈忽然全滅了，陷入一片漆黑。

她嚇了一跳，立刻從床上跳了起來：「怎麼了？」

江聖卓用手機照著走到門口，按了幾下開關沒反應，他又走到窗前往外看了看，外面也沒有一絲光亮，整片區域都是一片黑暗：「好像是停電了，沒事，睡吧，我們明天一早就走了。」

她重新躺下，房間裡靜悄悄的，只剩下兩人淺淺的呼吸聲。

黑暗裡，她悄悄挪到床邊，伸手想去勾他的衣袖。

他睡覺只穿了件無袖T恤，她勾了半天，只碰到他的手臂，溫熱的觸覺讓她覺得安心。

他也沒睡著，很快就握住了她的手，只是輕輕地握住了指尖，帶著試探，在伸手不見五指的黑夜裡，有種別樣的克制和深情。

兩人默契得誰都沒有說話。

不知過了多久，耳邊的呼吸變得均勻綿長，江聖卓無聲地坐了起來，看著趴在床邊，一手墊在臉下、一手抓著他的手不放的人。

她已經睡著了。

月亮升至半空，房內漆黑一片，只有窗外灑進來的點點月光星光，他吻了吻手裡她微涼的指尖，又看了她許久，最後低下頭閉上眼睛小心翼翼地碰了碰她的唇，落下一個極輕極淺的吻。

香香軟軟的氣息讓他意猶未盡，在後來無數個日日夜夜裡，每當他回憶起這一幕，早已不記得那晚皎潔的月光，不記得璀璨的星空，只記得她溫軟的側影和這個偷到的吻，這個足夠他回味一輩子的吻。

那一夜的他，是從未有過的卑微。

江聖卓從來沒告訴過任何人，包括喬樂曦。

這才是她的初吻，是他的，不是別人的，更不是田昊的。

第二天一大早，喬樂曦醒來的時候，手指還被他握在掌心裡，這麼睡了一夜的後果就是，喬樂曦的脖子僵硬緊繃到不能轉頭，而江聖卓的手臂麻木痠痛得近乎半殘，不過兩人醒來之後，也只是各自活動揉捏著脖子和手臂，誰也沒提牽手的事，也難得地沒有尷尬。

直到飛機降落以後，喬樂曦整個人才放鬆下來，她拍拍江聖卓的肩膀，一副劫後餘生的模樣：「這下我們也算是有過命的交情了吧？」

江聖卓呵呵一笑：「如果可以選擇，我寧願不要這種交情。」

喬樂曦安慰他：「江蝴蝶，做人要大氣一點，格局要放寬一些，不要不開心嘛。」

「妳剛曆了劫是開心的，可我的劫就在不遠處等著我呢，等回到家我就要被打死了。」江聖卓想到回到家的「盛況」就頭疼。

葉梓楠不知道喬樂曦是怎麼威逼利誘江聖卓妥協的，總之整個假期他都沒看到這兩個人，等他再次見到江聖卓的時候，江聖卓正在被他家老爺子追著打，然後又是被他爸揪著打，最後被喬樂曦兩個哥哥按著打，那動靜鬧得整個大院都知道了，打江聖卓一時間成了一項全民總動員的娛樂項目。

吃飯，睡覺，打江聖卓。

本來偷偷跑出去玩就夠胡鬧了，沒想到還遇上暴力襲擊，那真的是往死裡打啊。

江聖卓也是可憐，始作俑者喬樂曦是一句罵都沒挨，還被各種噓寒問暖關心愛護，而他則平白被冠了個拐帶的罪名，大羅神仙也救不了了。

第二天來上學的時候，江聖卓走路一瘸一拐的，身後還跟著一臉愧疚的喬樂曦。

一回來就是收心考試，美其名曰檢查一下大家在假期的讀書情況並且快速收心，可問題是都放假了誰會真的讀書啊。

考場也沒有按照成績來排，隨機安排的。

據說整個學校的學生不怕監考老師嚴格，不怕考題出得難，就怕和江聖卓同一個考場，不是因為他成績太好，而是因為還沒開考就會被他那種可有可無的態度刺激得士氣輸掉一半。

江聖卓自帶氣死人不償命的本事，拎著一枝筆就去了考場，一進考場就趴在桌上睡覺，那模樣在一堆抱著書本爭分奪秒複習的學生中很是突兀。直到監考老師進來唸考場規則他才醒，伸著懶腰一副沒清醒過來的模樣左右看了看，然後轉頭問隔著一條走道坐他斜後方那個一臉緊張準備應考的男生：「哥們，這場考什麼啊？」

運氣不好的吳川氣得握著筆的手都在抖：「不知道！」

江聖卓還一副頗為惋惜的模樣：「嘖嘖，你果然被巧樂茲那丫頭帶壞了，本來挺好的一個孩子，怎麼墮落成這樣了，以後別跟她一起玩了。」

吳川懶得理他，把頭扭到一邊。

本以為就這樣了，誰知江聖卓那傢伙拿到考卷看了一眼後，忽然又轉頭對還沒拿到考卷的吳川說：「這場考數學。」

真不知道他是真好心還是在故意逗他。

吳川手裡的筆都快掰斷了，我會不知道嗎？喬樂曦說得對！江聖卓這個人就是欠揍！他再也不說他人好了！

考完之後，吳川苦著一張臉回到教室，喬樂曦看到他還覺得奇怪：「你是太緊張了嗎？剛才我碰到你們考場的一個女生，她跟我說你連這場考什麼都不知道，你別學江聖卓那傢伙，他考試從來不準備的，你還是要好好複習啊。」

吳川欲哭無淚。

第二天早上，葉梓楠拉住準備去考場的江聖卓，看了一眼喬樂曦的背影，壓著聲音提醒他：「說好了啊，我數學最後一題不寫，你物理最後一題不要寫，要錯開來，免得太假。」

江聖卓一下就懂了，無聲地點了下頭。

成績出來很快，喬樂曦盯著成績單看了許久，忽然轉身扯過江聖卓墊在手臂下枕著睡覺的物理考卷，看到最後一面的空白時她皺了皺眉：「最後一題你不會？」

江聖卓打了個哈欠，倒也誠實：「會啊。」

「會為什麼不寫？」

「睡著了。」

「……」

她意識到了不對勁，又朝葉梓楠伸手：「把你的數學考卷給我看看。」

葉梓楠寧死不屈：「丟了。」

「什麼時候丟的？丟到哪裡了？」

「我也不知道，反正就是沒了。」

葉梓楠面不改色地胡說八道應付著喬樂曦，而放在抽屜裡的手則緊緊捏著數學考卷，不知道該往哪裡扔。

喬樂曦瞪了兩人一眼：「沒意思！我需要你們讓嗎？」說完氣鼓鼓地轉了回去。

葉梓楠和江聖卓趴在一起頭對頭小聲地互推責任。

「她從來都沒懷疑過，怎麼你一來她就察覺了呢，都怪你！」

「這也怪我，你每次都用同一招她又不傻！」

「……」

鍋正被推來推去誰都不肯揹的時候，班導師拿著成績單走了進來，敲敲講桌：「都別說話了，考試之前說過的，要根據這次考試成績調換座位，按照名次的先後自己挑選啊，放學以後再換，別耽誤上課。」

江聖卓踢踢喬樂曦的椅子，探著腦袋和她說話：「巧樂茲妳還是坐我前面吧！」

喬樂曦正生氣呢：「我不要！」

江聖卓湊熱鬧不嫌事大：「我現在都習慣上課揪著妳的頭髮睡覺了，不揪睡不著。」

喬樂曦終於看他一眼，咬牙切齒，像是要吃了他：「江聖卓！你是不是欠打？」

江聖卓蹭蹭鼻子，一副頗為委屈的模樣：「說實話還要被打……」

江聖卓靠著不要臉的精神黏住喬樂曦，從此每次考試後調換座位，兩人都雷打不動地坐著前後桌。

前後桌，多麼親近曖昧的位置。

你一抬頭就能看到我的背影，我一回頭就能看到你的臉，如果運氣好的話，或許還可以……占一下便宜。

——※——

節氣小滿那天的上午，雨後初晴。

他們班有節體育課，喬樂曦最怕太陽曬，懶得去，就請了個假在教室看書，不知道為什麼江聖卓也沒去，就坐在她後面睡覺，一時間教室裡只剩下他們兩個人，靜悄悄的。

金色的陽光從窗外灑進來，空氣中彌漫著若有似無的曖昧氣息。

他睡得不舒服，輕哼一聲換了個姿勢，手臂忽然伸到前排來，就在她的身側。

她微微垂眸看了一眼，過了許久，才小心翼翼地抬手握上了他的指尖，一如當日他握住她的那般……

時隔大半年，她竟然再一次握到了他的手。

她想要握緊一些，可又怕太用力會驚醒睡夢中的人，就這麼鬆鬆地握著，直到後來有人進來，她才很快鬆手，假裝低頭看書，只是臉紅得不像話。

他被不斷響起的腳步聲吵醒，揉著眼睛坐起來，歪頭看了看，忽然一笑，折了個紙飛機，瞄準喬樂曦的後腦勺飛了過去。

喬樂曦回頭瞪他。

「咦，巧樂茲，妳很熱嗎？臉怎麼那麼紅？」

她的心怦怦怦跳個不停，唯恐被發現心中的祕密，兇狠地掩飾心虛：「要你管！」

他大概是睡迷糊了，被她凶了還傻呵呵地對她笑，或許是光線太柔和，她竟從那雙彎起的眼睛裡看到了溫柔這兩個和他根本沒有關係的兩個字。

微風拂過，窗紗輕輕搖曳著，坐在陽光下對她微微笑著的江聖卓，大概是她整個青春歲月裡最耀眼而美好的存在了。

那一年，我叫江蝴蝶，妳叫巧樂茲。時光，以你為名。

番外三　一江春水向東流

自那天求婚成功之後，江聖卓有事沒事就張著嘴傻笑，葉梓楠、施宸皆以一種看神經病的眼神看他，當著面調侃他。

「他這又是出什麼事了？」

「聽說求婚成功了，夙願終於達成，也沒什麼牽掛了，大概是迴光返照吧。」

「嗯，那是可以含笑九泉了。」

江聖卓聽到他們的揶揄，一點都不在意，繼續樂著他自己的事。

杜喬看著整日哼著小曲笑得花枝招展的上司搖頭嘆氣，不知道又要迷惑多少少女了。

就連小姪子江念一也是瞪大眼睛看著他，幾秒鐘之後轉頭問江母：「奶奶，四叔是不是傻了？」

女方這邊呢，病情相似。

關悅看了看喬樂曦，隔了幾秒又看了看喬樂曦，當事人絲毫沒察覺，正盯著自己的左手笑。

關悅終於忍不住，拿了塊麵包塞到喬樂曦半張開的嘴裡：「妳能不能把妳的嘴闔攏幾秒鐘啊？」

喬樂曦捂住自己的嘴，一臉不好意思，卻還是掩蓋不住眼睛裡流露出的笑意。

關悅舉手投降：「完了完了……這個紅包我是保不住了！」

心情頗好的喬樂曦每天上班的時候都是神采奕奕、光彩照人的，江聖卓每天快到下班的時間就躁動不安，卡著時間去接未來的老婆下班。

小日子過得有滋有味。

——※——

結婚的日子據說是江喬兩家的老人翻了幾天的黃曆挑出來的好日子。

前一天晚上，新郎新娘按照慣例不許見面。

江聖卓見不到人只能打電話。

『四少奶奶，您在忙什麼呢？』

喬樂曦正在浴缸裡舒舒服服地泡澡，聲音中帶著幾絲慵懶：「泡澡呢，我外婆說了，讓我多泡一下子，這是習俗。」

江聖卓看不到摸不到只能在嘴上占便宜：『那帶著我一起泡泡吧！我幫妳好好按摩按摩。』

喬樂曦仗著天高皇帝遠，一副什麼都不怕的樣子：「好啊，來呀！」

江聖卓挑眉：『勾引我？那我真的去了啊，妳準備開門……』

江聖卓這句話剛落，喬樂曦就聽到敲門聲，她立刻坐起來：「你這個神經病不會真的來了吧？不是說不能見面的嗎？」

江聖卓樂不可支：『不逗妳了，不是我，妳快去看看是誰，等一下再打給我。』

喬樂曦匆匆穿了衣服去開門，父子三人站在門外笑著看她：「咦，人這麼齊？快進來。」

喬裕一臉神祕：「來幫妳梳頭啊，外婆特別交代的。」

喬樂曦坐在鏡子前，喬柏遠拿出一把梳子遞給她，緩緩開口：「這是我和妳媽媽結婚的時候她帶過來的，說以後女兒出嫁了就用這把梳子幫她梳頭。」

喬樂曦仔細摩挲著手裡的木梳，很古樸，沒有華麗的裝飾和花紋，帶著歲月沉澱的溫潤。

喬柏遠一下一下地幫喬樂曦梳頭，順便交代著：「雖說妳和聖卓從小就在一起，他對妳也好得沒話說，但妳嫁過去也不能和以前一樣任性隨意，不然會讓人笑話的。」

一直沉默不語的喬燁聽到這句突然開口：「誰敢？」

喬裕歪歪斜斜地靠著哥哥：「就是，誰敢笑話我們家丫頭？」

喬柏遠瞪了兩個人一眼繼續說：「好在嫁得不遠，沒事的時候多回來看看。」

喬柏遠停頓了一下似乎在斟酌什麼，沉吟著：「昨天我去看妳媽媽了，我告訴她，妳要嫁人了，她應該會很高興……」

喬樂曦抬頭看著鏡子裡的人，忽然驚覺自己真的要離開這個家了。

之前一直很興奮，直到這一刻她才意識到。

自己，要嫁人了。

從明天開始，她不能再每天回到這裡，不能再在父兄面前撒嬌耍賴，不能再像現在這樣每晚坐在這裡塗塗抹抹。

想到這裡，她的眼眶便紅了。

喬裕看著氣氛不對，笑著逗著妹妹：「欸，小妹，妳明天不會哭吧？」

喬樂曦瞪了瞪眼，壓下淚意，揚著下巴：「切，我才不會哭呢！」

喬柏遠難得開起了玩笑：「不哭就好，妳一哭起來醜死了，從沒見過哭起來這麼難看的姑娘，別把迎親的人都嚇跑了。」

喬樂曦被堵得一句話都說不出來，喬家兩兄弟則開懷大笑。

父子三人離開後，喬樂曦握著木梳躺在床上打電話給江聖卓。

『江聖卓，喬書記真的老了，我剛才都看到他的白頭髮了。』

語氣裡帶著幾分玩笑幾分不捨。

江聖卓現在和她越來越心有靈犀，她一句話一個眼神他便能感同身受。

他輕聲安慰著，開著玩笑：『喬書記哪裡老了，前段時間我碰到他在會議上發言，中氣十足、神采飛揚啊，我都比不上。還有啊，昨天押著我去……』

江聖卓說到這裡忽然停住了，喬樂曦知道他忌諱什麼，坦坦蕩蕩地接著他的話：「昨天押著你去看我媽媽，說了什麼？」

江聖卓知道她現在是真的放下了，聲音裡帶著欣慰：『讓我當著媽的面保證要好好照顧妳，我跟妳說，爸真是好笑死了，回來的路上跟我講了一路的鬼故事。』

喬樂曦奇怪：「講鬼故事幹嘛？」

江聖卓懶洋洋地回答：『如果我不好好對妳，就讓媽把我帶走唄！』

喬樂曦愣了一下，擁著被子笑起來。

江聖卓那邊的聲音緩緩響起：『笑了就好了，早點睡吧，明天還要忙一整天呢。』

喬樂曦把臉貼在被子上，帶著幾分撒嬌叫他的名字：「江聖卓。」

江聖卓的聲音裡帶著笑意，輕聲應著：『嗯？』

「你明天早點來接我。」

『好。』喬樂曦帶著笑容進入夢鄉。

這邊江聖卓靠在窗邊低聲細語地哄完喬樂曦睡覺，掛了電話，抬頭看著天上的圓月，不自覺地勾唇。

笑完一轉身臉又垮了下來。

說好婚前最後的狂歡夜，竟然是一個大陷阱。

幾十分鐘前還在妹妹面前叮囑的喬燁、喬裕兄弟倆正坐在對面沙發上似笑非笑地看著他。

江聖卓扯出一抹勉強的笑：「真的不是我要來的，我……」

邊說邊瞄著包廂那頭跳著豔舞的女郎和吹著口哨喝酒狂歡的狐朋狗友，恨不得把他們都踢出去，這到底是誰安排的節目！

現在說什麼都沒用了，最後他還是來了。

喬裕很快脫了外套站起來，邊活動著手腕邊笑著看他，死亡三連問：「告別單身？失去自由？今晚怎麼玩都不過分？」

江聖卓覺得喬裕今天晚上的笑容實在是太嚇人了：「二哥二哥，我喊了你這麼多年二哥，總不會是白喊的吧？」

喬裕打起架來都是溫溫和和的：「你放心，自然不會白喊。就是把你當自己人，每一下才打得真心實意，你知道我從來都不打外人的。」

國民二哥喬裕為數不多的幾次揮舞拳頭都打在了江聖卓的身上。

江聖卓遇上喬裕，只有守不敢攻，結結實實地挨了幾下之後，邊抵擋著邊瞪旁邊看熱鬧的葉梓楠和施宸：「你們兩個是不是兄弟啊？不幫忙就算了！還設局坑我！我說我不來！你們偏要讓我來！」

葉梓楠和施宸也很無辜，本來確實是好心，畢竟婚前狂歡夜也是個傳統了，怎麼瘋狂狂歡都不算過火，只是沒想到……

兩人一起搖頭嘆氣，誰叫你娶的老婆有那麼多哥哥呢？

其實也只是喝喝酒鬧一鬧，不會真的做出什麼出格的事情來，喬燁和喬裕兩兄弟也就是找個名目而已，回頭有人問起來，也算是師出有名。

江聖卓可能真的不是親生的。

聽說自己弟弟挨揍，江家三個哥哥來得倒是挺快，只不過來了之後也不太對就是了。

喬燁和江聖謙兩位老大坐在一起邊聊天邊隨手指揮打哪裡怎麼打，宗旨只有一條，不要打臉，別影響明天做新郎官。

喬裕打累了就換他三哥江聖揚來。而他自己的親二哥江聖航則負責在旁邊進行精神折磨，冷嘲熱諷了近一個小時都不重複的，看得眾人嘆為觀止。

葉梓楠和施宸不解圍就算了，還在旁邊找角度錄影片兼解說，說是難得一見留作紀念。

「小四，說真的，五打一啊，這盛況堪比當年我那場六打一。」

江聖卓氣得吐血：「你們到底是不是兄弟啊？還在那裡幸災樂禍！」

葉梓楠和施宸對視一眼：「他大概是對幸災樂禍有什麼誤解。」

「我也覺得。」

兩人挽著衣袖就湊上去了：「三哥累了吧，休息一下吧，我們來。」

兩人聯手身體力行地教他什麼叫幸災樂禍。

五打一直接升級為七打一。

一個回合的車輪戰下來，江聖卓直接癱倒在地，喘著粗氣投降：「不行了不行了，我不行了……」

葉梓楠蹲在地上調侃他：「別啊，江少，這才到哪裡，明天結婚你今天說你不行，誰會把妹妹嫁給你啊。」

江聖卓一腳踹過去：「你給我滾！」

到了後半夜，人散得差不多了，江聖卓和葉梓楠、施宸坐在角落裡喝酒。

葉梓楠有感而發：「你和樂曦啊，也是蹉跎多年終於修成正果了。」

江聖卓毫無形象地趴在吧檯上，微微笑起來：「蹉跎多年……我這輩子做過最後悔的事大概就是當年攆下巧樂茲去國外。那個時候我覺得，我喜歡她是因為從小到大身邊只有她一個女孩子。我想著，出去見見世面吧，或許見得多了，我就沒那麼喜歡她了。」

施宸又開了一瓶酒：「然後呢？」

江聖卓和他碰了一下杯才開口：「然後？然後我才知道，不是從小到大我身邊只有她一個女孩子，是從小到大我眼裡只看得到她一個女孩子，見再多的世面也沒用。我還是喜歡她，見得越多我越想她，比以前還喜歡。」

說完他自嘲地笑了一下：「終究還是年少無知啊，以為換個環境，可以換種心情。以為吃了想吃的東西，去了想去的地方，可以忘了她，可是相反的是，在陌生的環境裡，看到一切有趣的人和事，還是會忍不住地想要和她分享，那一刻，心底萬分悲涼，那個時候才明白，一切都是自以為，我還是很喜歡她，和她在不在身邊沒有任何關係。喜歡一個人和見不見世面有什麼關係呢？見過那麼多的人和事之後，才發現，我還是很喜歡她，比我以為的還喜歡得多。她總是說孟萊是我的桃花劫，可桃花劫算什麼，她才是我的紅顏煞……孟萊在她面前根本就不夠看。」

她是我心頭的朱砂痣，也是我心中的白月光，是我唯一想娶的老婆，也是我未來的孩子的媽媽——是我想要共度一生的人。

葉梓楠就算了，而被秀了一臉恩愛的單身狗施宸聽得心裡酸酸的：「說真的，當年你出國的時候，我們學校好多小姑娘都難過得哭了。」

江聖卓白了他一眼：「有沒有那麼誇張？」

施宸戲精上身：「真的真的！不信你問老葉，哭得那叫一個慘烈啊，不知道的還以為你英年早逝了呢！」

江聖卓差點把酒瓶扔他腦袋上了：「滾！」

葉梓楠笑得不能自已：「哈哈哈……」

他們三個是最後一批人了，看著兩人勾肩搭背地離開，江聖卓剛想拿外套回去就看到窗邊竟然還坐著個人。

那人看著窗外，神色淡漠，不知道在想什麼，像是個霽月清風的朗朗公子。

江聖卓眼底精光一閃：「三哥？」

那人回頭瞪他：「你是故意氣我的吧？」

果然一開口就破壞畫風。

江聖卓樂得不行，沒想到有生之年還能看到如此深沉漠然的江聖航，他嬉皮笑臉地靠過去：「誰叫你這麼嚴肅，比三哥還嚇人。」

江聖航睨他一眼：「真沒想到，你這個小屁孩竟然都要結婚了。」

一提起這個江聖卓就樂得闔不攏嘴：「羨慕啊？」

江聖航忽然斂了神色：「你不知道當年我們多希望你是妹妹，你一出生，我們有多失望。」

江聖卓點了菸遞給他：「要說失望，最失望的也該是大哥吧？一下子來了兩個弟弟，再來還是弟弟，事不過三，真的是過分了。」

江聖航瞇著眼吐出了個煙圈，一副恍然大悟的樣子：「說得也是。」

江聖卓低頭玩著打火機：「不過，大哥也應該習慣了。」

之後房間裡忽然安靜下來，只有菸草燃燒的聲音，過了許久，江聖航才開口。

「小四。」

「幹嘛？」

江聖航屈指輕彈了一下菸灰，似是無謂似是迷茫般地開口：「二哥這次啊……怕是真的栽了……」

江聖卓酒勁上來了，有些不甚清醒，勉強應著：「栽哪裡了？」

江聖航咬牙切齒：「栽女人手裡了。」

江聖卓一下子清醒了：「啊？」

他還想再問，門口忽然出現個身影，輕叩房門：「喂，到底要不要走？」

江聖卓看見來人立刻告狀：「三哥，江聖航在這裡 cosplay 你！嚇死人了！」

「呵。」看到那張一模一樣的臉，江聖航嗤笑了一聲。

江聖揚剛才揍江聖卓揍出癮了，挑著眉眼問：「你那是什麼表情，要不要打一架啊？」

江聖航喝得站都站不起來了：「打架？我懶得和你打！」

酒後的江聖揚難得的話多：「你是打不過吧？」

江聖航不樂意了，一副痛心疾首的樣子，和剛才深沉冷漠的樣子判若兩人：「嘖，你怎麼就不懂做哥哥的心呢，哥是讓著你好嗎？」

江聖揚上前扛起他：「快走吧，大哥還在下面等呢。」

江聖航一邊一個攬著兩個弟弟的肩膀，邊往外走邊念著：「兄弟一生一起走，誰先脫單誰是狗！」

說完就睡了過去。

江聖卓聽得直翻白眼，這狗他是當定了：「三哥，江聖航是喝多了吧？剛才還跟我說栽女人手裡了，我看他這樣啊，比較像是栽男人手裡了。」

江聖揚掃他一眼：「沒大沒小的，他是你二哥，也是你能隨便調侃的？」

江聖卓不服氣：「是你先……」

江聖揚一句話堵回去：「我從來都沒說過他不是二哥。」

江聖卓哼哼了兩聲：「反正我和江聖航都打不過你，你愛怎麼說就怎麼說。」

江聖揚很奇怪地看著他：「你不會真的以為他打不過我吧？」

江聖卓有些傻眼：「什、什麼意思？」

江聖揚深深地看了他一眼，不再說話，悶頭往前走。

等電梯的時候，江聖揚不知道受了什麼刺激，竟然主動開口說話：「你不知道哥哥都是打不過弟弟的嗎？一個竭盡全力，一個有心退讓，結果不言而喻。」

江聖卓進了電梯才反應過來：「不對啊，你每次打我的時候都打得特別凶啊！」

「哦，我那是在磨煉你。」

「放……」某個不文明的字在江聖揚清冷的眼神裡被他迅速替換，「心……」

——※——

第二天天剛亮，喬樂曦便被幾個堂妹、表妹叫起來坐在鏡子前化妝，沒過多久關悅便到了喬家，逗著一臉嚴肅的喬樂曦：「緊張啊？」

喬樂曦捂著胸口：「悅悅，怎麼辦，妳摸摸我的心，我覺得它馬上就要跳出來了！」

一屋子的人都開始笑。

與此同時，江聖卓光鮮亮麗的從齊嘉逸的工作室裡走出來。

齊嘉逸幫他整了整領結：「帥斃了！新郎官，不過……你昨晚玩大了吧，臉色這麼難看！」

「不會吧，我還特地敷了面膜呢。」江聖卓對著鏡子自戀地照了照，「挺帥的！」

齊嘉逸懶得理他：「快走吧！等一下路上塞車！」

一眾伴郎和年紀相仿的親友開著禮車浩浩蕩蕩地奔赴喬家。

車內，江聖卓也不管攝影機正對著他，收起了嘻嘻哈哈的模樣，檢查著東西：「戒指戴了嗎？紅包呢？還有花？」

施宸摸著下巴上上下下地打量著他：「怎麼了啊，江小四，你緊張啊？」

江聖卓看著鏡頭反駁：「我怎麼會緊張！你看錯了吧？」

到了喬家，幾個伴郎簇擁著江聖卓大喊：「新娘，我們來了！」邊喊邊往喬家衝。

江聖卓笑得格外燦爛：「巧樂茲，該走了！」

就像小時候，每天早上上學前，他都站在她家樓下叫她：「巧樂茲！該走了！」

關悅站在陽臺上看到禮車緩緩地駛進來，大叫著：「姑娘們，快準備堵門！他們來了！」

喬樂曦看著一群女孩子搞怪，聽到江聖卓來了她反而不緊張了。

喬家的大門緊閉，敲了半天裡面的人就是不開。

施宸掏出一把紅包：「噔噔噔噔，我有法寶！」

好不容易從門縫塞了進去，終於進了大門，一群人往樓上衝，伴娘把關可就沒那麼容易了。

新郎和伴郎團與伴娘團隔著門對話。

塞了幾個紅包之後，總算開了個門縫。

一群小姑娘笑嘻嘻地起鬨：「新郎官，你要對新娘說什麼啊？」

江聖卓知道說什麼這幫人都不會開門，直接拿錢砸。

轉身從施宸手裡搶過紅包，不管不顧地全塞進去：「這些都給妳們！」

伴娘們剛開始還不同意，誰知從門縫塞進來的紅包越來越多，每個人手裡都是厚厚的一疊，每個金額都十分可觀，她們也參加過不少婚禮，從來沒見過這麼爽快地給紅包的，一個個都傻了，這到底是準備了多少紅包啊。

喬樂曦穿著婚紗坐在床上早就笑到不行了。

趁著她們愣著，江聖卓和施宸對視了幾秒，忽然大叫起來：「闖啊！」

說完便開始撞門。

幾個小姑娘的力氣哪裡敵得過，門一下子就被撞開，江聖卓一進門便看到開懷大笑的喬樂曦，她身著白色的婚紗坐在床中央，美得讓他不忍直視。

伴娘們又跳出來擋在床前。

伴郎們紛紛哀號：「差不多了吧？」

「還有最後一關！」

新郎江聖卓和眾伴郎接近崩潰：「還來啊……」

一個女孩子遞出一張滿是手印的面紙，笑著問：「猜！哪個是你老婆的手印！」

瞬間哀號四起。喬樂曦和眾伴娘則樂不可支。

「快猜啊！」不斷有人起鬨。

江聖卓舉著面紙看著上面亂七八糟的紅色手印，根本沒什麼區別嘛！

轉頭無奈地看向喬樂曦，伴娘一下子全都擋在喬樂曦前面。

「新娘不許作弊！」

江聖卓無奈，只能自己猜，看了幾秒指著一個手印：「這個！」

伴娘群裡立刻發出驚嘆：「你是怎麼看出來的啊！」

江聖卓揚揚得意：「這下行了吧？找婚鞋！」

忙了半天終於把鞋子找到了，江聖卓單膝跪在床邊，幫喬樂曦穿上。

「老婆，我來接妳了，跟我回家吧！」

喬樂曦看看滿屋的人，又看著身前的人一臉的期待，眨眨眼睛：「行，嫁了！」

又是一陣歡呼聲，四個伴娘恭恭敬敬地站成一排，齊聲叫：「姐夫！」

江聖卓笑瞇瞇地點頭：「乖！」

說完橫抱起喬樂曦，她摟著江聖卓的脖子：「你到底是怎麼猜出來的？」

江聖卓低頭在她耳邊說了幾個字，言辭曖昧：「晚上洞房的時候告訴妳啊。」

喬樂曦看他流氓兮兮的模樣又是一陣臉紅心跳。

下了樓，兩個人跟外婆、外公和父親敬完茶，喬樂曦的聲音有點哽咽。

「外公、外婆、爸爸、大哥、二哥，我嫁人了！」

一家人笑著看著這對新人，樂准摸摸她的頭髮：「去吧。」

喬樂曦抱著樂外婆不放手：「外婆……我不想離開你們……」

樂外婆眼角潮濕：「傻丫頭……」

江聖卓在一旁傻眼了：「妳不會不嫁了吧？」

喬柏遠眼角早已濕潤，當年總在他眼前蹦蹦跳跳的小女孩終於長大要嫁人了。

最激動的卻是喬燁，微紅的眼角襯得臉色有些蒼白，喬樂曦上去抱了他一下：「大哥。」

喬燁笑著應了一聲：「嗯。」

「好好照顧自己，以後江聖卓欺負我了，你還要幫我撐腰呢。」

喬燁看了江聖卓一眼，笑容加深：「他不敢！」

喬樂曦又看了看喬裕：「二哥……」

喬裕摸摸她的腦袋：「妳乖，有事就跟二哥說……好像昨天還跟在我屁股後面二哥二哥的叫，今天竟然要嫁人了。」

最後喬樂曦還是依依不捨地走了：「你們好好保重身體……」

喬樂曦被江聖卓抱著踏出家門的時候轉頭看了一眼家人，又抬頭看著那扇窗。

媽媽，我嫁人了！妳會祝福我的，對吧？

江聖卓俯身吻了一下喬樂曦的側臉，溫溫柔柔地叫了聲：「老婆，我會好好對妳的。」

喬樂曦收回視線，摟緊了他的脖子。

到了江家，對江家長輩敬茶的時候，幾乎每個人都會來這麼一句，半是欣慰半是感嘆：「你這個臭小子！終於要結婚了！」

舉行婚禮的時候，喬樂曦挽著喬柏遠的手臂入門，走過長長的地毯，她忽然又開始緊張。喬柏遠握著手臂上那隻微微顫抖的手：「別緊張。」

喬樂曦看著父親重重地點頭：「嗯！」

一抬頭，江聖卓在那頭微笑著等她。

他坐在鋼琴前，指法嫻熟地彈著那首曲子，等她走近緩緩開口唱。

讓我做妳的男人，二十四個小時不睡覺，小心翼翼地保持這種熱情不退燒。

不管世界多紛擾，我們倆緊緊地擁抱。
隱隱約約我感覺有微笑，藏在妳嘴角。
做你的男人，二十四個小時不睡覺，讓膽小的你在黑夜中也會有個依靠。
就算有一天愛會變少，人會變老，就算沒告訴過妳也知道，下輩子還要和妳遇到。

喬樂曦拿著捧花站在舞臺上，眼前又浮現出小的時候兩人一起學鋼琴的情景，他總是一臉不情願地坐在鋼琴前搗亂。

原來他們已經相識這麼多年了。

江聖卓慢慢向她走過來，從喬柏遠手裡接過喬樂曦的手：「樂曦，我愛妳，做妳的男人，我此生無憾。」

喬樂曦被感動得熱淚漣漣，直到扔捧花的時候才終於有了笑容。

「新娘扔捧花啦！」

施宸本來還在和蕭子淵、葉梓楠說話，聽到這裡，立刻竄到最前面，嘴裡嚷著：「別跟我搶，連這隻蝴蝶都結婚了，我再不結婚真的會被我媽念死了！」

江念一穿著筆挺的小禮服跟在後面擠到最前面：「我也來搶！」

施宸低著頭看著他：「你才幾歲啊，湊什麼熱鬧！」

江念一仰著脖子撅著小嘴回擊：「施叔叔，你不能欺負小孩子哦，不然一輩子娶不到老婆哦！」

施宸隱忍著，這個世界到底怎麼了，連個小孩子都來嘲笑他！

——※——

兩年之後，喬樂曦生下一對龍鳳胎，取名江以瑜、江以瑾，這對兄妹繼承了父母的出色，集兩家人寵愛於一身。

「媽媽、媽媽！」江以瑾邁著胖胖的小短腿，伸著兩隻胖胖的小手臂抓住喬樂曦的褲管：「葉哥哥欺負我！」

葉梓楠的兒子大了這對雙胞胎幾歲，被父母教導得極出色，喬樂曦覺得他應該不會欺負小妹妹，可能是小孩子間在玩鬧。

她蹲下身幫女兒擦擦額頭上的薄汗，笑著問：「他怎麼欺負我們家寶貝了啊？」

江以瑾抓著喬樂曦的手捂上自己的右臉：「他親小瑾的臉！就是這裡！」

「那哥哥有沒有幫你打他啊？」喬樂曦笑呵呵的逗著女兒。

「沒有！哥哥說，讓葉哥哥娶了我，然後葉哥哥就要叫他哥哥了！」

喬樂曦啼笑皆非，轉頭問江聖卓：「喂，你兒子這麼腹黑，到底像誰啊？」

江聖卓放下手裡的工作，走過來攬著老婆，又開始胡說八道：「如果葉家那個小子真的看上了我的寶貝女兒，那就等著葉梓楠來提親，到時候來百般刁難，哈哈哈哈……」

喬樂曦無言的翻白眼表示鄙視。

江以瑾站到安全距離以外，指著江聖卓的臉：「爸爸，你笑得像個壞人！」

說完一溜煙地跑了。

某一天江聖卓帶著一對兒女出去玩，喬樂曦回到家剛打開門就看到兩團小肉球撲到她腿上，她笑著蹲下來問兩個孩子：「爸爸帶你們出去玩開不開心？」

「開心！」兩個孩子異口同聲地回答。

江以瑜攬上喬樂曦的脖子：「媽媽，今天爸爸買了一隻小狗給我們，叫豆豆，毛茸茸的，超級可愛哦，我們可不可以養牠？」

江以瑾笑瞇瞇地伸出一根胖胖的手指：「媽媽，牠只有一歲哦。」

「爸爸怕妳不同意，讓我們先把牠關在陽臺上，等妳回來同意了再放出來，我們乖不乖？」

喬樂曦摸摸兒子的頭，心裡帶著對小動物的熱愛期待著：「乖，去把小傢伙放出來讓媽媽看看吧！」

兩個孩子興高采烈地往陽臺奔，喬樂曦很快就看到一隻站起來比她還高的大狗轟隆隆霸氣四射地跑了過來，她瞬間崩潰。

「小」狗？原來是年齡小，不是體型小！

兩個孩子跟在後面跑出來，一臉期待地問：「媽媽，豆豆可愛吧？我們可以養嗎？」

喬樂曦強裝鎮定地笑笑，對著屋裡喊：「江聖卓！你給我出來！」

怪不得，她就感覺奇怪，怎麼進門這麼久了都沒看見江聖卓的身影，明顯是心裡有鬼嘛！

江聖卓磨磨蹭蹭地挪到喬樂曦面前，一臉討好：「我都說了媽媽不會喜歡的，可是兩個孩子一定要買，我也是沒辦法。」

江以瑜和江以瑾也看出喬樂曦的意思，小小的臉皺成一團：「媽媽，妳不是說我們要有愛心，要關心小動物嗎，為什麼不可以養？」

喬樂曦無語問蒼天，可以養，但可不可以養個體型小點的「小動物」啊？眼前這隻，哪裡可以被叫做「小」動物啊！

在喬樂曦的一再反對下，豆豆最終被江聖卓送走。

而江聖卓也被喬樂曦判為這件事的始作俑者，被罰在睡書房三天。

又是一年，眼看就要過年了。

江聖卓開車帶著喬樂曦和兩個孩子往郊外走。

兩個孩子穿著厚厚的棉衣，像兩隻笨笨的小熊，以為江聖卓帶他們出來玩，高興得吱吱喳喳：「爸爸，你要帶我們去哪裡玩啊？」

江聖卓微微偏頭，依舊看著前方的路況：「不是去玩，是去見個人。」

喬樂曦本來也奇怪，後來看著越來越近的目的地，心裡漸漸明瞭。

冬季的下午，寒風凜冽，帶著幾分冷清。

一家四口站在一座墓碑前。

江以瑜仰著小臉問：「爸爸，這個漂亮阿姨是誰啊？」

江聖卓哄著兩個孩子：「這個是媽媽的媽媽，你們要叫外婆。」

江以瑜和江以瑾乖乖地站到喬樂曦的兩邊，齊聲叫：「外婆好！外婆，我是您的外孫子江以瑜。」

「外婆，我是您的外孫女江以瑾。」

兩個孩子笑眯眯地仰著腦袋：「媽媽，外婆好年輕好漂亮啊。」

喬樂曦蹲下來抱了抱孩子，臉上始終掛著微笑，抬頭看著江聖卓，心裡暖暖的：「沒想到你還記得。」

江聖卓拉著她的手，包進掌心：「記得，我還記得我當時跟媽說過，以後要帶我們的孩子來看她。」

喬樂曦看著墓碑上那張依舊乾淨嶄新的照片，慢慢笑出來。

除夕夜江聖卓一家四口在江宅度過，吃了年夜飯，一家人到江聖卓結婚前住的房間玩，兩個孩子不知道從哪裡翻出一本相簿，指著上面的照片問：「媽媽，這個哥哥和姐姐是誰啊？」

江聖卓和喬樂曦聽到也湊過來看，照片上的兩個小孩子均是揚著下巴一副不服對方的樣子，怎麼看怎麼可愛。兩個人同時伸出手去觸摸，在碰到照片的時候握到了一起，正好窗外新年的鐘聲敲響，鞭炮聲、煙花聲一齊響起。兩個孩子跑到落地窗前看，不時發出驚嘆聲。

喬樂曦靠在江聖卓懷裡看著漫天的煙花，又看了看兩個孩子，她和江聖卓也是從這麼大的時候一路走到今天，想想挺不容易的。

身邊的這個男人經過幾年的風雨洗禮越發英姿勃發，歲月留給他的是成熟與責任。

江聖卓吻了吻她的眼睛，眼前的這個女人成為人母後越來越嫵媚動人，他們攜手一同走過春夏與秋冬。

「又是一年了，老婆……」

喬樂曦眼角有些潮濕：「老公，新年快樂！」

喬樂曦感受著身邊人的溫度，看著玩鬧的孩子，心裡的滿足滿得就要溢出來。

其實最好的日子，無非是你在鬧，他在笑，如此溫暖過一生。

更何況，他們還有一對可愛的兒女。

若干年後，江以瑜會遇到一個灑脫大氣的女子，江以瑾身邊會有一個溫潤深情的男子，而他和她將相伴一生。

當你老了，白髮蒼蒼，睡思昏沉，在爐火旁打盹，請寫下這些回憶，慢慢讀……

高寶書版集團
gobooks.com.tw

YH 059
以你為名的小時光（下）

作　　者　東奔西顧
責任編輯　吳培禎
封面設計　陳語萱
內頁排版　賴姵均
企　　劃　何嘉雯

發 行 人　朱凱蕾
出　　版　英屬維京群島商高寶國際有限公司台灣分公司
　　　　　Global Group Holdings, Ltd.
地　　址　台北市內湖區洲子街88號3樓
網　　址　gobooks.com.tw
電　　話　(02) 27992788
電　　郵　readers@gobooks.com.tw（讀者服務部）
傳　　真　出版部(02) 27990909　行銷部 (02) 27993088
郵政劃撥　19394552
戶　　名　英屬維京群島商高寶國際有限公司台灣分公司
發　　行　英屬維京群島商高寶國際有限公司台灣分公司
初　　版　2021年 10 月

國家圖書館出版品預行編目(CIP)資料

以你為名的小時光 / 東奔西顧著. -- 初版. -- 臺北市：英屬維京群島商高寶國際有限公司臺灣分公司, 2021.10
冊；　公分. --

ISBN 978-986-506-259-0(上冊：平裝). --
ISBN 978-986-506-260-6(下冊：平裝). --
ISBN 978-986-506-261-3(全套：平裝)

857.7　　110016336

GOBOOKS
& SITAK
GROUP ©